मन की बातें

मन की बातें

गुलाबराय

वाणी प्रकाशन

वाणी प्रकाशन
4695, 21-ए, दरियागंज, नयी दिल्ली 110 002
शाखा
अशोक राजपथ, पटना 800 004
फ़ोन: +91 11 23273167 फ़ैक्स: +91 11 23275710
www.vaniprakashan.in
vaniprakashan@gmail.com

MAN KEE BATEN
by Gulabrai

ISBN : 978-93-5072-449-1
Essays

प्रथम संस्करण 1954
प्रथम (वाणी) संस्करण 2013
मूल्य : ₹ 300

न्यू कृष्णा ऑफ़सेट, दिल्ली-110 093 में मुद्रित

वाणी प्रकाशन का लोगो मक़बूल फ़िदा हुसेन की कूची से

अपनी बात

मनुष्य के अध्ययन का सबसे प्रकृत और रुचिकर विषय है, मनुष्य। विज्ञान की उन्नति के दिनों में मनुष्य ने कोरी के उस लड़के की भाँति जो अपने भाइयों की गिनती करते समय अपने को भूल जाता था, अपनी आत्मा को भुला-सा दिया था। वृहदाण्यक उपनिषद् की यह पुकार 'आत्मा वा अरे द्रष्टव्यः श्रोतको मन्तव्यो निर्दिध्यासितव्य' जहाँ तक एक लोकातीत सत्ता का प्रश्न है अब कुछ अधिक उपेक्षित हो गयी है; किन्तु जहाँ तक मानसिक क्रियाओं और मानव-व्यवहारों का प्रश्न है उसकी दृष्टि अन्तर्मुखी हो गयी है। मानसिक विषयों के सम्बन्ध में निरीक्षण, परीक्षण और सामान्यीकरण की आगमनात्मक (Inductive) पद्धति का प्रयोग होने लगा है। विज्ञान मनुष्य को भी प्रकृति के धरातल पर खींच लाया है। जहाँ साहित्य प्रकृति को मानवी उच्च भूमि पर चढ़ाए लिए जा रहा है वहाँ विज्ञान मानव-मन को भी जड़-पदार्थों की भाँति प्रयोगशाला की नाप-जोख का विषय बना रहा है। मानव-मन के वैज्ञानिक अध्ययन के कारण मनोविज्ञान शास्त्र का उदय हुआ। मनुष्य ने मन के ऊपरी स्तरों से सन्तुष्ट न रहकर भूगर्भ विद्या के अन्वेषक की भाँति मन के भीतरी स्तरों का भी अध्ययन किया है और मनोविज्ञान को मनोविश्लेषण का (Psycho-analysis) का रूप दिया है। मन की ऊपरी चेतना लोक के नीचे वैज्ञानिकों ने एक अचेतन लोक, जिसका हमने अँधेरी कोठरी के नाम से वर्णन किया है, माना है और उस पर गवेषणा की विद्युत-किरणों का प्रकाश डाला है। उसके अग्रदूत हैं फ्रायड, एडलर और युंग और उनके अनुयायियों की सूची में तो वाल्डर (Walder), रिकमैन (Rickman) ग्लोवर (Glover), शिल्डर (Shilder), एलेक्जेंडर (Alexander) फैरेंसजी (Ferenczi) आदि अनेकों हैं और इनके मत के अवान्तर भेद भी हैं, किन्तु मैंने इस पुस्तक में मनोविश्लेषण की मूल धाराओं का ही उल्लेख किया है। इन अनुयायी महोदयों का शास्त्रीय अध्ययन मैंने नहीं किया है और जो कुछ जानता भी हूँ उससे पाठकों को भारी क्रान्त कर उनको 'गौड़ों में भी और' की-सी आश्चर्य-मुद्रा में नहीं डालना चाहता हूँ। ऊपर जो नाम मैंने गिनाये हैं वे केवल शास्त्र के विस्तार की ओर अंगुलि-निर्देश

करने के लिए जिससे कि लोग मेरे ज्ञान की न्यूनता से शास्त्र की दरिद्रता का अनुमान न कर बैठे। शास्त्र का बहुत विस्तार हुआ है, किन्तु वह पूर्णता से कोसों दूर हैं। उसमें अन्तिमता (Finality) का अभाव-सा है। स्वयं फ्रायड ने अपने सिद्धान्तों में कई बार परिवर्तन किये हैं। फिर मुझ जैसा विनोदाभ्यासी (Amateur) विद्यार्थी जिसने मनोविश्लेषण शास्त्र को गुरुमुख से नहीं सुना (सन् 1913 में जब मैंने दर्शन-शास्त्र में एम.ए. पास किया था, मनोविश्लेषण शास्त्र कम-से-कम भारत में तो शैशव-काल ही में था और दुर्भाग्यवश मुझे तो मनोविज्ञान का पर्चा कुल एक महीने में ही तैयार करना पड़ा था।) फ्रायड को समझने में गड़बड़ कर जाय तो क्या आश्चर्य?

प्राचीनता के उपासक विज्ञान की नित्य बदलती हुई धाराओं की हँसी उड़ाएँगे किन्तु विज्ञान और दर्शन की खोज में अन्तिमता नहीं आती। प्राचीन काल में ही कब अन्तिमता आयी? भाष्य पर भाष्य लिखे गये। भाष्यों, टीकाओं, और वृत्तियों के नाम से नवीनता लायी गयी और नये सम्प्रदाय बने। वेदान्त के ही कितने समुदाय हैं। इस नित्य-नये मत-परिवर्तन से हमको विचलित न होना चाहिए। हमको अन्धानुकरण से बचना वांछनीय है। विज्ञान में भी 'बाबा वाक्यं प्रमाणं' चलता है उस प्रवृत्ति से हमको बचना चाहिए। 'सन्तः परीक्षात्लरद्मजन्ते मूढ़ः पर प्रत्ययनेय बुद्धिः' सन्त लोग परीक्षा के पश्चात् निर्णय करते हैं और मूढ़ लोग पराये विश्वास बुद्धि वाले होते हैं।

मनोविश्लेषण शास्त्र का दृष्टिकोण भारतीय दृष्टि से बहुत ऊँचा नहीं है। वह दृष्टिकोण भौतिक प्रत्यक्ष का है, किन्तु यदि हम नीचे स्तर से ही चलें तो कोई बुराई नहीं है। कभी-कभी अध्ययन की सुविधा के लिए हमको अपना दृष्टिकोण बना लेना बुरा नहीं, किन्तु उसको अन्तिम न समझ बैठना चाहिए। सच्चा विज्ञान दर्शन का द्वार खुला रखता है।

मैंने मनोविज्ञान का अध्ययन बहुत कम किया है फिर भी इस क्षीण सम्बल के साथ मैं 'मन की बातें' लिखने का साहस कर बैठा हूँ। बिच्छू का मन्त्र न जानते हुए भी साँप की बाँबी में हाथ डाला है–'तितीर्षुमो हादुडपेनास्मि सागरम्' अर्थात् अज्ञानवश में बाँसों और घड़ों की घन्नई के सहारे सागर पार करने की चेष्टा कर रहा हूँ। मेरा सन्तोष इतना ही है कि इस कार्य द्वारा मैं हिन्दी की कुछ सेवा कर सकूँगा। 'अकरणाद्मन्दकरणं श्रेयम्' मुझे सदा प्रेरणा देता रहा है। हिन्दी में अभी वैज्ञानिक साहित्य की बहुत आवश्यकता है। विज्ञान की दृष्टि से यह पुस्तक बहुत अपूर्ण है, किन्तु इसकी साहित्यिक शैली गुड़ जिह्वाकान्यामेन (आजकल की शर्करावेष्टित कुनीन की गोलियों की भाँति) मनोविश्लेषण विज्ञान की ओर पाठकों की रुचि आकर्षित कर सकेगी, सिवा अन्तिम अध्याय के जो कुछ अधिक पारिभाषिक हो गया है। मैंने लोक-रुचि का ध्यान रखते हुए यथासम्भव इन लेखों में निबन्धों की साहित्यिकता लाने का प्रयत्न किया है। सच्चे अर्थ में सब निबन्ध

वैज्ञानिक हैं भी नहीं, जैसे भेड़ियाधसान, कानों सुनी आदि, किन्तु इनका भी एक मनोवैज्ञानिक पहलू है। वे मानव-प्रवृत्ति के द्योतक हैं। इनका सम्बन्ध सामाजिक मनोविज्ञान से है। मैंने उदाहरणों के लिए यथासम्भव भारतीय साहित्य और भारतीय जीवन को खखोला है और पाठकों की नित्य की परिचित बातों को सामने लाने का प्रयत्न किया है, इससे मुझे आशा है कि वह उनको रुचिकर होगा।

इस पुस्तक के लिखने में दूसरा सन्तोष मुझे इस बात का है कि इसके बहाने इस विषय की पारिभाषिक शब्दावली निर्माण का प्रारम्भिक कार्य हो जाएगा और आगे के लिए कम-से-कम कच्ची काम चलाऊ सड़क अवश्य बन सकेगी। इसमें जो शब्द आये हैं वे कुछ तो प्रचलित शब्द लिए गये हैं और कुछ मेरे गढ़े हुए हैं। बंगाली पुस्तकें (मनःसमीक्षण श्री सतीशचन्द्र मित्र की और दूसरी है फ्रायड की मनःसमीक्षण) मुझे इन निबन्धों के छप जाने के बाद इसी सन् 53 के नवम्बर में मिलीं। उनसे अधिक लाभ तो नहीं उठा सका, किन्तु अन्त में दी हुई शब्द सूची में उनमें प्रयुक्त बंगाली शब्दों का भी समावेश कर सका हूँ। इनमें से कुछ अच्छे हैं और कुछ को जो हिन्दी में प्रचलित हैं, मैं अच्छा समझता हूँ। हमारे यहाँ मनोविश्लेषण शब्द प्रचलित है इसको मैं मनःसमीक्षण से अच्छा समझता हूँ। भावी कार्यकर्ता इन शब्दों को चुन सकते हैं या और इनके आधार पर नये शब्द गढ़ सकते है। यह प्रयोग की अवस्था कुछ दिन चलेगी, किन्तु जितनी जल्दी शब्दों का प्रमाणीकरण हो जाय उतना ही अच्छा।

ये निबन्ध समय-समय पर लिखे गये हैं। इनमें पुनरुक्ति भी है, किन्तु वह पुनरुक्ति अधिक स्पष्टता में सहायक होगी। प्रारम्भिक लेखों में वस्तुनिर्देश मात्र एक साहित्यिक शैली में किया गया है फिर इनका स्तर अधिक वैज्ञानिक और विषयगत होता गया है, मैंने मनोविश्लेषण की दृष्टि से अधिकांश समस्याओं का अध्ययन किया है, किन्तु उसकी सब जगह दुहाई नहीं दी है। जहाँ साधारण मनोविज्ञान से काम चलता है वहाँ उसे स्वीकार किया है। मनोविश्लेषण भी साधारण मनोविज्ञान की अवहेलना नहीं करता।

इस पुस्तक में त्रुटियाँ अवश्य हैं। पाठकों की अपेक्षा मुझे उनकी कुछ अधिक चेतना है, किन्तु फिर भी मुझे विश्वास है कि कुल मिलाकर उनको इस पुस्तक से शास्त्र की एक विहंगम दृष्टि अवश्य प्राप्त हो जाएगी और उनका कुछ साहित्यिक मनोरंजन हो जाएगा। इसी विश्वास के साथ मैं इस पुस्तक को अपने पाठकों के हाथ में सौंपता हूँ।

विनीत

गुलाबराय

राम-नवमी, संवत् 2011
'गोमती निवास', दिल्ली दरवाजा
आगरा

विषय-सूची

1
अँधेरी कोठरी

अलंकृत कक्ष

प्रायः लक्ष्मी के कृपा-पात्र सम्पन्न लोगों के तथा अपेक्षाकृत कम भाग्यशाली किन्तु खाते-पीते भद्र पुरुषों के घरों में एक बैठक या अलंकृत कक्ष होता है, जिसको वे सजा-सजाया और परिष्कृत रखते हैं, विशेषकर जब कोई सम्मान्य व्यक्ति प्रतीक्षित हो। उस स्थान की मेज-कुर्सियाँ, सोफा-सेट, द्वार और गवाक्ष-पट, पुष्प-स्तवक, पित्तल-पुत्तलिकाएँ, चित्रादि अलंकार सब झाड़-पोंछ कर अनिन्द्य रूप से स्वच्छ और चमकते-दमकते रखे जाते हैं। प्रत्येक वस्तु अपने स्थान पर एक सुव्यवस्थित रूप में सज्जित होती है। वहाँ पर कोई भी अनचाही और अनावश्यक वस्तु नहीं रहने पाती, कभी-कभी तो उसमें गृह-स्वामी के कुलदीपक, आँखों के तारे, प्यारे, लाड़ले लालों का भी प्रवेश वर्जित कर दिया जाता है।

इन नयनाभिराम चित्तोत्फुल्लकारी अगरु-धूम्र से सुवासित शोभन स्थलों के अतिरिक्त सम्पन्न घरों में भी कुछ ऐसे स्थान होते हैं, जिनको सार्वजनिक दृष्टि से बचाया जाता है और जहाँ 'एषां क्वापि गतिर्नास्ति तेषां वाराणसी गतिः' की भाँति 'स्थानभ्रष्टाः केशाः दन्ताः नखाः नराः' के-से अशोभन एवं तात्कालिक उपयोग में न आने वाले पदार्थ सुरक्षित रहते हैं। पिछले वरांडे, अँधेरी कोठरियाँ जहाँ रवि क्या, कवि की भी गति कठिनाई से हो पाती है, और तहखाने जैसे शरणस्थलों में रिक्त पार्सल-पेटियाँ, खाली बोतलें, टूटे टीन, जीर्ण-शीर्ण समाचार पत्र-पत्रिकाएँ, अपने जीर्णोद्धार के लिए बढ़ई देवता की आस लगाये बैठी रहने वाली लूली-लँगड़ी, बैठक-तकिया से विमुक्त, शोभा-विहीन ढचर-पचर कुर्सियाँ, आगामी ग्रीष्म ऋतु की प्रतीक्षा में व्यग्र और व्याकुल खस की टट्टियाँ और विद्यारम्भ, विवाहादि शुभ अवसरों पर अपने जीवन की सार्थकता प्रमाणित करने वाले जंग लगे हरिताभ गंगा-सागर, शाक के चौकड़े और रायतेदान, ये सब भानमती के कुनबे के अमान्य

और लांछित सदस्य धूल के विशाल आवरण में लिपटे हुए सुख-निद्रा में शयन करते रहते हैं। वे पदार्थ भी नितान्त अनुपयोगी नहीं होते हैं। घूरे की भाँति कभी उनके भी भाग जागते हैं। फिर उनको संस्कृत और परिष्कृत कर सार्वजनिक दृष्टि में आने का अवसर दिया जाता है।

अवचेतन मन

जो सम्बन्ध अलंकृत कक्ष और अँधेरी कोठरी या तहखाने का है, प्रायः वही सम्बन्ध हमारे चेतन और अवचेतन मन का है। चेतन मन का रंग-मंच विस्तृत नहीं होता है। उस पर हमारे भाव परदे के पीछे से सज-सजाकर बारी-बारी से ही प्रवेश प्राप्त कर सकते हैं। जो बातें हमारे चेतन मन के मंच पर आती हैं वे प्रायः नाटकीय पात्रों की भाँति साफ-सुथरी, भव्य और दिव्य आभा धारण करके आती हैं। मंच पर वेतन-भोगी नट भी चक्रवर्ती नरेश-सा दिखाई देता है।

हमारे चेतन मन के अलंकृत कक्ष में आने का सौभाग्य सभी अन्तर्वासिनी वृत्तियों को नहीं होता है। कुछ वृत्तियाँ तो ऐसी होती हैं जिनको बेखटके चले आने का प्रवेश-पत्र ही नहीं प्राप्त होता है वरन् हम उनका प्रदर्शन भी करना चाहते हैं और सम्मान्य मित्रों की भाँति उनका सबसे सगर्व परिचय भी कराया जाता है। कुछ ऐसी भी वृत्तियाँ होती हैं ज़िनको हम फटे जूते और मैले कुर्ते वाले, गरीब रिश्तेदारों अथवा नंगे-धड़ंगे रोटी का टुकड़ा हाथ में लिए धूल-धूसरित बच्चों की भाँति सार्वजनिक दृष्टि से बचाना चाहते हैं। उनका स्थान पर्दे के पीछे ही निश्चत रहता है। अपनी हीनताओं और दुर्बलताओं, अपनी अन्तस्तलवासिनी कलुष-कालिमाओं, ईर्ष्या और घृणा की भावनाओं को हम अपने मन के पिछले तहखाने में प्रायः अज्ञात रूप से भेज देते हैं; किन्तु वे वहाँ निर्जीव स्पन्दनशून्य बक्स और बोतलों की भाँति चुप-चाप नहीं पड़ी रहतीं वरन् वे भीतर-ही-भीतर प्राचीन काल के सम्पन्न व्यक्ति के घर की मीसन-मिट्टी की अँगीठी में राख से ढकी हुई कंडे की आग की भाँति हाँडी के दूध को उष्णता पहुँचाती रहती हैं।

औचित्य-निरीक्षक

वे दमित वासनाएँ सामाजिक औचित्य-निरीक्षक (Censor) के, जो परम्परागत सामाजिक संस्कारों एवं अन्तरात्मा अथवा हमारी उच्चतर आत्मा (Super Ego) का प्रतिनिधि होता है, भयवश अवचेतन की कोठरी में पहुँचा दी जाती हैं। ये उन चंचल बालकों की भाँति होती हैं जो बड़ों-बड़ों की गम्भीर बात-चीत के समय कमरे में आने को वर्जित कर दिये जाते हैं; किन्तु उनका कर्णकटु कोलाहल,

उनकी चैं-चै, पैं-पै बाहर के कमरे में भी सुनाई पड़ती रहती है और कभी-कभी क्रोध, आतंक, कौतूहल एवं विद्रोह के भावों का रंग स्थल बना हुआ तथा लज्जा से ईषत् संकुचित किन्तु आश्चर्य से विस्फारित नेत्र वाला उनका मुख-मंडल पर्दे के पीछे से अपनी छटा दिखा पाता है।

दमन-कार्य

हमारे मन में सचेत रूप से अथवा अचेत रूप से संघर्ष चलता रहता है। हमारे अन्तर्द्वन्द्वों में जो पक्ष निर्बल होता है, वह प्रायः दमित हो जाता है; किन्तु अधिकतर यह दमन की क्रिया अवचेतन रूप में चलती रहती है। हम चाहे जितने उद्दंड क्यों न हों, हमारा अन्तःकरण जाति के सामाजिक संस्कारों के कारण औचित्य का मानदंड बना रहता है। वह राजनीतिक सेंसर की भाँति हमारी भावनाओं को चेतन मन की रंग-भूमि पर आने से पहले परख लेता है और अनुचित भावनाओं को दमित कर देता है। वे भावनाएँ अनुपयोगी सामान या अपरिष्कृत बालकों अथवा फटी मिर्जई और फटी बिवाइयों से रेखांकित चरणों वाले किन्तु मस्तक की सौभाग्य-रेखाओं से शून्य नाते-गोते के भाई-बन्धों की भाँति पर्दे के पीछे पहुँचा दिये जाते हैं।

चित्रगुप्त की बही

हमारे अन्तर्लोकवासी सचेत कक्ष में प्रवेश वर्जित हो जाने पर भी अपना अन्तर्लोकवासी अस्तित्व बनाये रखते हैं। वे समूल विलीन या नष्ट नहीं हो जाते। उनका नाम अवचेतन रूपी चित्तगुप्त (चित्रगुप्त) महाराज की सुविशाल बही में अंकित हो जाता है और कभी-कभी वे हमारे घर के भेदिये की भाँति हमारे खिलाफ गवाही भी दे बैठते हैं। वे हमारा लेखा-जोखा एवं कच्चा चिट्ठा सामने रख देते हैं और उसको नीची निगाह करके हमें स्वीकार करना पड़ता है। कभी-कभी जिस बात को हमने खोटे रुपये की भाँति घर में डाल लिया था, वह भूलवश मुँह से निकल जाती है और हमको चार आदमियों में लज्जित होना पड़ता है। जादू सर पर चढ़कर बोलने लगता है। यदि न भी बोले तो किसी-न-किसी प्रकार से लक्षित होने लगता है। घर के धुएँ की भाँति वह छिपाये नहीं छिपता। शिवजी ने विष पी तो लिया था फिर भी वे अपने कंठ में उसकी नीलिमा न छिपा सके।

निकास के मार्ग

ये दमित वासनाएँ दबी रहकर भी बाहर आने के लिए उत्सुक रहती हैं। जब

असूर्यस्पर्शा पर्दे की रानियाँ भी पर्दों में छेद कर लेती हैं, तब इन बेचारियों की क्या गिनती? यदि इनको बाहर जाने का मार्ग न मिले तो वेग बढ़ जाने पर अवरुद्ध जल की भाँति ये बाँध तोड़ डालती हैं अथवा सन् 42 के देशभक्तों की भाँति अन्तस्तलवासिनी होकर भी तोड़-फोड़ या बम-विस्फोट कर बैठती हैं। ये दमित वासनाएँ अपने नग्नरूप में बहुत कम आने पाती हैं; किन्तु वे प्रायः स्वप्नों में, दैनिक भूलों में, हँसी-मजाक में या भंग की तरंग में ऐसा रूप धारण करके आती हैं कि सेंसर की रोक-थाम से बच जाएँ। यह विधि का सुविधान है कि उनको श्वासावरोध से बचाने के लिए उस तहखाने में भी कुछ वातायन बना दिये गये हैं। स्वप्न को तो वातायन ही नहीं वरन् फ्रॉयड ने उसे अवचेतन का राजपथ (Via Regia) कहा है। यदि हम अपनी पौराणिक भाषा में कहें तो स्वप्नों को कल्पवृक्ष कह सकते हैं। स्वप्नों में हमारी दूरस्थ मनोकामनाएँ भी पूरी हो जाती हैं और रंक से राजा बनने में देर नहीं लगती। स्वप्न में हमारे अन्तर्द्वन्द्वों के चित्र भी सामने आ जाते हैं।

स्वप्न का वातायन

यद्यपि स्वप्न की सम्पत्ति पर कोई गर्व नहीं कर सकता है, फिर भी हमारे स्वप्न हमारी मनोवृत्तियों के परिचायक होते हैं। बिल्ली को ख्वाब में छीछड़े ही दीखते हैं। स्वप्नावस्था में कुछ तो सेंसर का बौद्धिक कार्य शिथिल हो जाता है और कुछ वासनाओं का रूप भी बदल जाता है, जिससे उनका नग्न और वर्जित रूप दिखाई नहीं देता है। इसलिए वे हमारी स्वप्न-चेतना के पट पर अपना स्वच्छन्द खेलकूद दिखला सकती हैं। वासनाएँ प्रायः प्रतीकों का अवगुंठन डालकर हमारे सामने आती हैं और कभी-कभी अपना रूप भी विकृत कर लेती हैं जिससे वे सहज में पहचानी न जाएँ। स्वप्नों के अन्य कारण भी होते हैं किन्तु उनमें हमारी वासनाओं का प्रमुख स्थान है।

दैनिक भूलें

हमारी दैनिक भूलें भी हमारे अन्तर्मन की परिचायक होती हैं। एक साहब आर्थिक कष्ट में थे। उनके पास मित्र के यहाँ से उनके लड़के के 'शुभ विवाह' का निमन्त्रण आया। वे लिखना यह चाहते थे कि खेद है, समयाभाव के कारण न आ सकेंगे; किन्तु लिख गये अर्थाभाव के कारण आने में असमर्थ हैं। जब मित्र का मनीआर्डर आया तब उनको आश्चर्य हुआ और मित्र से मिलने पर सब बात स्पष्ट हो गयीं। कृष्ण-प्रेम में आत्म-विभोर गोपिका 'दही लो, दही लो' के स्थान में 'श्याम

लो, श्याम लो' कहकर अपने गुप्त प्रेम का परिचय देती हैं।

मनोविश्लेषण-शास्त्र के प्रवर्त्तक आचार्य फ्रॉयड ने दैनिक भूलों के कुछ मनोरंजक उदाहरण दिये हैं। पहले महायुद्ध से पूर्व की एक घटना है। वह यह कि एक अंग्रेज यात्री जो कि कैंसर से बहुत घृणा करता था, 'वह दैवाहत बेवकूफ सम्राट (That damned fool of an emperor)' कहकर वह अपने किसी साथी से वहीं के बादशाह का उल्लेख कर रहा था। एक पुलिस के आदमी ने उस बात को सुन लिया और वहाँ के कानून के अनुसार उसको गिरफ्तार करके ले चला। अंग्रेज ने बड़ी सावधानी और प्रत्युत्पन्नमतिता के साथ कहा कि मैं तुम्हारे बादशाह के खिलाफ नहीं वरन् अपने देश के सम्राट के विरुद्ध कह रहा था। पुलिस के सिपाही ने उतनी ही सावधानी से कहा 'आइए, मेरे साथ चलिए, मैं खूब जानता हूँ कि आपने किसके विरुद्ध यह बात कही है, दुनिया में एक ही बेवकूफ बादशाह है और वह हमारा बादशाह है। इसमें धोखे की कोई बात नहीं।' पुलिस के सिपाही ने अपना कर्त्तव्य तो पालन किया, किन्तु बहुत दिन की रुकी हुई सच्ची बात उसके हृदय से निकल गयी।

मनोविश्लेषण-शास्त्र यह मानता है कि कोई भूल आकस्मिक नहीं होती। उसका अन्तर्मन से सम्बन्धित कोई-न-कोई कारण होता है। जो कार्य-कारण-शृंखला अन्य विज्ञानों में पायी जाती है, वही मनोविश्लेषणशास्त्र मानसिक व्यापारों में देखता है। आजकल मनोविज्ञान के अनुसार यह कहना युक्तिसंगत नहीं कि हमको आपके यहाँ आने की याद नहीं रही। याद न रहने का मतलब यही है कि हमारे अन्तस् में कुछ गाँठ है और हम उसी के कारण आपके यहाँ जाने की बात अज्ञात रूप से भुला बैठे। (नित्य की भूलों वाला अध्याय देखिए।)

हँसी-मजाक में भी अन्तस्तल का सत्य कुछ निरापद रूप से प्रकाश में आ जाता है। बहुत से लोग मजाक में जिमींदार को जिमींमार कह देते हैं। जिन दिनों 'जान मार्ले' भारत-मन्त्री थे, लोग 'जान-मारले' करके, उनका उल्लेख करते थे। इसी प्रकार लार्ड 'चेम्सफोर्ड' को 'चिलमफोड़' और 'करमफोड़' कहते थे। ये सब परिवर्तन आन्तरिक घृणा पर हँसी का आवरण डालने के उदाहरण हैं।

साहित्य

साहित्य को भी वासनाओं के विकास का उन्नत मार्ग माना गया है। कुछ लोगों का कहना है कि परमात्मा और प्रकृति के प्रति जो प्रणय-गीत लिखे जाते हैं, वे वास्तव में अन्तस्तल में बैठी हुई प्रेमिका के ही प्रति होते हैं। कवि की कृति में उसके हृदय की छाया उतर आती है।

कुछ लोगों का यह कथन है कि गोस्वामी तुलसीदास जी के साहित्य में स्त्रियों की हीनता के जो भाव हैं वे उनकी स्त्री की डाँट-फटकार की प्रतिक्रिया में उठी हुई, पर पीछे से दमित घृणा के साहित्यिक निकास हैं। हम इसी को एक मात्र कारण न कहेंगे। इसमें युग-चेतना का भी प्रभाव है। साहित्य के बहुत से प्रतीक, रूपक आदि दमित वासनाओं के फल हैं। कवियों द्वारा वर्णित बहुत-सा झंझावात, तूफान, समुद्र का लहराना हृदय की भावनाओं का प्रतिफलन होता है।

मूल वासनाएँ

इस प्रकार की दमित वासनाओं में फ्रॉयड ने काम-वासना को सबसे अधिक मुख्यता दी है। वह तो संसार की सारी क्रियाओं का मूल स्रोत काम-वासना में ही देखता है। उसके मत से काम-वासना के बीज शैशवावस्था में भी वर्तमान रहते हैं। एडलर (Adler) ने प्रभुत्व-कामना को मुख्यता दी है। किसी मनुष्य की आत्म-महत्ता को जितना-आघात पहुँचता है, उतना ही वह उसकी स्थापना में प्रयत्नशील रहता है। एडलर के मत से मनुष्य की क्रियाओं का मूल स्रोत किसी-न-किसी प्रकार के आत्म-भाव (शारीरिक, मानसिक, सामाजिक) के आघात की क्षतिपूर्ति में रहता है।

हमारे यहाँ भी उपनिषदों में तीन प्रकार की एषणाएँ मानी हैं। पुत्र-एषणा, वित्त-एषणा और लोक-एषणा। पुत्र-एषणा काम-वासना का प्रतिरूप है। वित्त-एषणा में मार्क्स की बतलायी हुई भौतिक आवश्यकताएँ आ जाती हैं और लोक-एषणा ख्याति की इच्छा को कहते हैं। यह एक प्रकार से प्रभुत्व-कामना का पर्याय है। किन्तु हमारे यहाँ ये अन्तिम प्रेरक शक्तियाँ नहीं मानी गयी हैं। सच्चा ब्राह्मण इनसे ऊपर उठने का प्रयत्न करता रहता है।

उन्नयन

ये वासनाएँ दमित होकर नाना प्रकार की ग्रन्थियाँ (Complex) जैसे हीनता-ग्रन्थि, भय-ग्रन्थि, परिशुद्धता-ग्रन्थि आदि उत्पन्न कर देती हैं। मनुष्य उनका आजीवन शिकार बना रहता है। (मानसिक ग्रन्थियों वाला अध्याय पढ़िए।) इसी अप्राकृतिक दमन के कारण नाना प्रकार की मानसिक विकृतियाँ—हिस्टीरिया आदि रोग उत्पन्न हो जाते हैं। इन वासनाओं के स्वाभाविक मार्ग जो ऊपर बतलाये गये हैं (स्वप्न, भूल, हँसी-मजाक) साहित्य प्रकृति की देन है। वे उनके वेग को बढ़ने से रोके रहते हैं। इन मार्गों के अतिरिक्त दो मार्ग और हैं। एक उन्नयन का मार्ग (Sublimation) है और दूसरा स्वच्छन्द सम्बन्ध-शृंखला द्वारा रेचन का मार्ग है। पहले मार्ग का अवलम्बन व्यक्ति स्वयं ही अपनी सूझ-बूझ के अनुसार कर लेता है। मातृत्व की

भावना रोगी-चर्या में पूरी हो जाती है। रत्नावली की डाँट-फटकार ने तुलसीदास जी को भक्त-शिरोमणि बना दिया था। युद्ध की भावना को व्यापारिक प्रतिद्वन्द्विता में विकास मिल जाता है। सौन्दर्य के आकर्षण में पड़कर नाना प्रकार के मानापमान से बचने और निराशा को निमग्न करने के लिए लोग कला-प्रेम और प्रकृति-प्रेम को अपनाते हैं।

स्वच्छन्द शृंखला

मानसिक विकृति उत्पन्न हो जाने पर चिकित्सक लोग प्रायः स्वच्छन्द शृंखला (Free association) द्वारा विकृति के मूल कारण तक पहुँच जाते हैं और उस कारण की तुच्छता दिखाकर रोग का शमन कर देते हैं। यह मार्ग अभ्यास-साध्य है और इसमें प्रायः चिकित्सक की सहायता पड़ती है। चिकित्सक एक लम्बी शब्द-सूची अपने सामने रख लेता है और एक-एक शब्द रोगी को सुनाकर उसकी प्रतिक्रिया को नोट करता है। उससे वह रोगी के स्वभाव का अध्ययन कर लेता है। उस अध्ययन के सहारे रोगी के वैयक्तिक इतिहास में प्रवेश करके वह कारण को खोज निकालता है। वह तह में बैठा हुआ किसी प्रकार की घृणा, भय, आघात, या दमित प्रेम का भाव होता है। भाव को अपेक्षाकृत निरापद रुप से विकास देकर उसका रेचन कर दिया जाता है। कारण को मूल रूप में देखने से ही रोग का बहुत कुछ शमन हो जाता है। पहाड़ खोदने पर जब चूहा ही निकलता है, तब कल्पित शेर का भय जाता रहता है।

श्रेयस्कर मार्ग

हम अपने स्वप्नों, भूल के कार्यों, हँसी-मजाक में निकले हुए वाक्यों और शब्दों की प्रतिक्रियाओं से अपने चरित्र का अध्ययन कर सकते हैं। अपनी बुरी वृत्तियों का न तो दमन करना ही अच्छा है और न उनकी लगाम ढीली कर देना श्रेयस्कर है। वास्तव में न कोई वृत्ति बुरी है और न अच्छी। मर्यादा से बाहर हो जाना ही वृत्ति को बुरा बना देना है। हम अपनी बुरी वृत्तियों का उन्नयन कर उनकी प्रबल शक्ति को समाज के उपयोगी कार्यों में लगा सकते हैं। हमको उनकी शक्ति दबाकर उन्हें विस्फोटक का रूप न देना चाहिए वरन् उस शक्ति का उचित उपयोग कर उनका परिमार्जन और उन्नयन करना वांछनीय है। हमारे पास अनेकों एटम बमों की शक्ति है, हम उस शक्ति को अपने ही ध्वंस के कार्य में न लगावें वरन् उस शक्ति को चरित्र-निर्माण और समाज-सेवा में लगाकर अपने जीवन को सार्थक करें।

नोट—यह विवरण अधिकांश में फ्रॉयड के अनुकूल है। जिसको फ्रॉयड ने अवचेतन (Subconscious) कहा है उसको थोड़े हेर-फेर के साथ उसके पीछे के आचार्यों ने अचेतन (Unconscious) कहा है।

2
मनोविश्लेषण-शास्त्र के प्रमुख सम्प्रदाय

व्यापक प्रभाव

मनोविश्लेषण-शास्त्र के सिद्धान्त यद्यपि पुराने हो गये हैं तथापि आज के नित्य-नूतनताप्रिय संसार में भी वे अपना आकर्षण और प्रभाव बनाये हुए हैं। आजकल भी फ्रॉयड के नाम की दुहाई दी जाती है। रचनात्मक साहित्य, विशेषकर उपन्यास और आलोचनात्मक साहित्य दोनों ही इससे प्रभावित हैं। विकासवाद की भाँति मनोविश्लेषण-शास्त्र ने भी अपने युग के विचारों में उथल-पुथल मचा दी है।

इतिहास

यह वह मनोविज्ञान है जिसका उदय शुद्ध मनोविज्ञान से नहीं, वरन् चिकित्सा शास्त्र से हुआ है। प्रारम्भ में इसका सम्बन्ध मेस्मेरिज्म (मेस्मर साहब का चलाया हुआ सम्मोहन-सिद्धान्त जिसके अनुसार कृत्रिम निद्रा की अवस्था में मन पर प्रभाव डाला जाता है) और हिप्नोसिस (सम्मोहन या कृत्रिम निद्रा) से रहा है। फ्रांस के कुछ डॉक्टर, जैसे चैरकौठ जेनैट प्रभृति हिस्टीरिया, स्नायुविकता, आवेशादि मानसिक रोगों की चिकित्सा सम्मोहन विद्या के सहारे किया करते थे। ये लोग सम्मोहनजनित निद्रा की अवस्था में रोगी पर अपने सुझावों द्वारा इस प्रकार के प्रभाव डाला करते थे कि उसका पिछला दूषित इतिहास सब धुलकर साफ हो जाया करता था अथवा वह रोग-मुक्त हो जाया करता था। इस प्रकार के भावों से रोगी प्रायः अच्छा भी हो जाता था।

फ्रायड (जन्म, ई. सन् 1856) ने पहले-पहल फ्रांस में जाकर उस समय के मानसिक चिकित्सा-सम्बन्धी सिद्धान्तों का अध्ययन किया। उसने चैरकोट का भी शिष्यत्व ग्रहण किया। फ्रॉयड ने उसको एक बार यह कहते सुना था कि स्नायुविकता के प्रायः सभी रोगियों में उनके यौन जीवन (सेक्स लाइफ) की कठिनाइयों का प्रभाव रहता है। यही फ्रायड के सिद्धान्तों का मूल आधार स्तम्भ बना।

इसके अतिरिक्त फ्रायड पर जोजफ ब्रूयर (जन्म, सन् 1842) का भी प्रभाव पड़ा। उसका यह मत था कि यदि सम्मोहन-अवस्था में रोगी अपने सम्बन्ध में खुलकर बातचीत करे तो उसका रोग दूर हो जाएगा। सम्मोहन अवस्था में पिछली स्मृतियाँ जागृत हो जाती हैं और बातचीत के द्वारा रोग के कारणों का पता चल जाता है। स्वयं ब्रूयर को इस प्रकार की चिकित्सा में एक कठिनाई पड़ी। वह यह कि एक रोगिणी जिसकी वह चिकित्सा कर रहा था उससे प्रेम करने लग गयी। उससे पीछा छुड़ाना कठिन हो गया। ब्रूयर ने बार-बार इस अनुभव की आवृत्ति के भय से उस पद्धति को ही छोड़ दिया। किन्तु फ्रायड इस सूत्र को पकड़े रहा। उसे उस मार्ग से एक नयी दिशा मिली। बातचीत के सहारे दबे हुए भावों के निकास या रेचन (कथारसिस) द्वारा रोग से मुक्ति—यह फ्रायड की चिकित्सा का दूसरा आधार-स्तम्भ बना। बातचीत से रोग का निदान ही नहीं हुआ, वरन् उससे निदान में ही चिकित्सा की भी सम्भावना स्थापित कर दी। कारण जान लेने पर रोग की महत्ता जाती रहती है और बात-चीत में दमित वासनाओं को विकास भी मिल जाता है। आगे चलकर उसने सम्मोहन का प्रयोग छोड़ दिया क्योंकि उसमें बहुत-सी कठिनाइयाँ होती थीं। सब रोगियों पर एक-सा प्रभाव नहीं पड़ता था, कुछ में कृत्रिम निद्रा लाना कठिन हो जाता था और सब हालतों में उसे चिकित्सा सम्बन्धी सफलता भी नहीं मिली। वह क्रमशः स्वच्छन्द सम्बन्ध की पद्धति पर आ गया। बातचीत में विभिन्न शब्दों पर रोगी की स्वतन्त्र प्रतिक्रियाओं द्वारा उसकी दबी हुई भावनाओं का पता लगाकर उनका वह रेचन कराने लगा। फ्रॉयड दबी हुई भावनाओं को काफी गहराई तक ले गया। इसी कारण उसका मनोविज्ञान गहराई का मनोविज्ञान कहलाता है।

काम-वासना

फ्रायड ने दबी हुई भावनाओं का मूल-स्रोत बाल्यकालीन कामवासना में—जो उस समय अँगूठा चूसने, स्तनपान, थप-थपाये जाने और गुलगुलाये जाने आदि क्रियाओं में केन्द्रित थी—पाया। स्नायुविकों को वह बाल्यकालीन दमित काम-वासना का फल मानता है। बालक (लड़का) अपनी माता के प्रति और लड़की अपने पिता के प्रति आकर्षित होती है। फिर उस प्रेम व्यापार में लड़के के सम्बन्ध में पिता की ओर से और लड़की के सम्बन्ध में माता की ओर से बाधा का आभास होने लगता है। इस प्रकार लड़का और लड़की के क्रमशः अपने पिता और माता के प्रति प्रतिद्वन्द्विता और घृणा के भाव स्थापित हो जाते हैं। एक ओर बालक अपने पिता को आदर्श मानता है और दूसरी ओर वह उससे घृणा भी करता है। यह भावना उभयमुखी हो जाती है और कभी-कभी बालक स्त्री रूप से भी अपने पिता को प्रेम करने लगता है। काम की प्रेरक शक्ति को फ्रायड ने 'लिविडो' कहा है। यह

व्यापक-प्रेरणा है, जो कुछ प्रसन्नता देती हैं वे सब क्रियाएँ उसके अन्तर्गत आ जाती हैं। उपनिषदों में इसको प्रेम कहा है। किन्तु फ्रायड इसको व्यापक रूप न देकर काम-वासना ही कहना चाहता है क्योंकि यह विषम-लिंगी व्यक्तियों के प्रति होता है (ईडीपस कम्प्लेक्स)। फ्रायड को इस बाल्यकालीन काम-भावना का आधार यूनानी वीर पुरुष ईडीपस के आख्यान में मिला। ईडीपस के सम्बन्ध में यह भविष्यवाणी हुई थी कि वह अपने पिता को मार डालेगा और अपनी माता से विवाह करेगा। उसके पिता ने उसे शैशवावस्था में ही घर से बाहर निकाल दिया था। किसी निकटवर्ती राज्य के राजा ने उसे उठा लिया था और वह उसी के यहाँ पालित-पोषित हुआ और बढ़ा। अन्ततोगत्वा किसी दूर देश में उसकी अपने पिता से मुठभेड़ हुई। उसने उसे मार डाला और अपने पिता के देश में जाकर अपनी माता से अनजाने में शादी कर ली। फ्रायड ने इस विशेष घटना को मनुष्य के लिए स्वाभाविक मान लिया। इस प्रकार फ्रायड ने ईडीपस के आख्यान में मातृरति और पितृद्वेष की भावनाओं का मूल स्रोत पाया। इसी के आधार पर मातृरति ग्रन्थि का नाम ईडीपस कम्प्लेक्स (Edipus Complex) पड़ा। इस प्रेम में बाधा पड़ने से बालक स्वरति की ओर जाता है; उसका भी माता-पिता द्वारा कठोर दमन होता है। समाज भी ऐसी भावनाओं का दमन करता है और उसके अनुकरण में व्यक्ति भी उसको दबाता है। यही दमन विकृतियों और स्नायुविकता का कारण बन जाता है।

ऊँचा और नीचा अहंकार

फ्रायड ने दमित बाल्यकालीन काम-वासना को मुख्यता दी है। अब हमारे सामने ये प्रश्न उपस्थित होते हैं कि दमित वासनाएँ कहाँ रहती हैं और इनका कौन दमन करता है। दमित वासनाएँ आत्मा के एक नीचे स्तर में जिसको फ्रायड ने इड (Id) कहा है, रहती हैं। इसको हम तत् न कहकर तद कहेंगे। तद का सम्बन्ध हमारी प्रारम्भिक अवस्था के मन से है। यही हमारी सहज प्रवृत्तियों का आश्रय-स्थान है। हमारा अहं (Ego)—इसको अहंकार या अवचेतन मन समझना चाहिए—हमारे वातावरण और तद (Id) में समझौता करता रहता है। वह तद को वातावरण के अनुकूल नियन्त्रित करता रहता है और वातावरण में भी तद के परिवर्तन लाने की चेष्टा करता है। इस कार्य में इसको हमेशा सफलता नहीं मिलती है। इसकी विफलताओं की छाप उस अहं पर रहती है और इस संघर्ष में उसका विकास होता रहता है। मनुष्य के उच्चतर अहं (Super Ego) के द्वारा उसको विधिनिषेध अर्थात् यह करो या यह न करो के आदेश मिलते रहते हैं। यह हमारी अन्तरात्मा (Conscience) का प्रतिरूप है। फ्रायड ने इस अन्तरात्मा को प्रारम्भिक मनुष्य से प्राप्त परम्परागत सम्पत्ति माना है। किन्तु अधिकांश में यह बालक की काम-वासना की पूर्ति में आने वाली बाधाओं के संघर्ष से विकसित होती है। इसलिए यह

अन्तरात्मा भारतीय आदर्श से भिन्न है।

औचित्य-दर्शक, सेंसर, का सम्बन्ध इसी उच्चतर अहं से है। यह उसी के आदेशानुसार काम करता है। किन्तु यह प्रायः अवचेतनावस्था में ही काम करता है। स्वच्छन्द सम्बन्ध द्वारा जो रोगी की वास्तविक प्रतिक्रियाओं को जानने की चेष्टा की जाती है, उसमें भी यह बाधक होता है। यह अनुचित बात को ऊपर आने से रोकता है। इसके रोकने की प्रतिक्रिया को विरोध (Resistance) कहते हैं। यह प्रतिरोध की अवचेतन अवस्था में ही होता रहता है, किन्तु फिर भी मनोविश्लेषण के हाथ कुछ-न-कुछ लग ही जाता है।

फ्रायड ने चेतन और अवचेतन मन के बीच एक चेतनोन्मुख (Preconscious) मन भी माना है।

रूप-परिवर्तन

दबी हुई वासनाओं के निकास के फ्रॉयड ने तीन मार्ग माने हैं—स्वप्न, हँसी-मजाक और दैनिक भूलें। इनमें वासनाएँ ऐसा वेश बदलकर ऊपर आती हैं कि औचित्य-दर्शक की आँख में धूल झुक जाती है। स्वप्न में वासनाएँ अपूर्ण अथवा बदले हुए रूप में, प्रायः प्रतीकों द्वारा प्रकट होती हैं। मनोविश्लेषक का यह कार्य होता है कि वह उनको बदले हुए रूप में भी पहिचान ले।

हम भूलते वही हैं जिसको हमारा अवचेतन मन याद रखना नहीं चाहता (जैसे फ्रायड अपने एक ऐसे रोगी का नाम भूल गया था जिसको वह अच्छा नहीं कर सका था) और हम उसे भी भूल से कह जाते हैं जो हमारे अवचेतन मन में सब से ऊपर या सबसे अधिक शक्तिशाली हो। इस भूल में भी थोड़ा रूप-परिवर्तन हो जाता है। इस प्रकार फ्रायड ने मानस-जगत् में भी उसी कार्य-कारण शृंखला की स्थापना की जिसका कि भौतिक जगत् में साम्राज्य है।

युग-प्रवर्तन

फ्रायड ने चिकित्सा-शास्त्र और मनोविज्ञान दोनों में ही एक नये युग का प्रवर्तन किया। फ्रायड ने भौतिक विकृतियों और स्नायुविकता के कारणों के अनुसन्धान को एक नयी दिशा दी। स्नायुविकता की उत्पत्ति किसी आघात के कारण नहीं होती वरन् व्यक्ति की इच्छाओं और वातावरण में एक सामंजस्य स्थापन करने के असफल प्रयत्नों के कारण होती है। चिकित्सा इस सामंजस्य को अधिक सफल और कम-से-कम संघर्षमय रुप में करा देती है।

फ्रायड ने अचेतन या अवचेतन मन की स्थापना कर मानसिक जगत् के क्षेत्र को विस्तार दिया और इससे बहुत-सी बातों की व्याख्या का सूत्रपात किया। उसने मानसिक जगत् में भी उस कार्य-कारण शृंखला की स्थापना की जो कि भौतिक

जगत् में विज्ञान द्वारा प्रतिपादित की जाती है। भूलों, विस्मृतियों और जीभ के फिसलने की सकारण व्याख्या की। इस सब के होते हुए फ्रायड में कल्पना की उड़ान अधिक है। वह व्याख्या का पूर्ण ढाँचा बनाने में वैज्ञानिकता की परवाह नहीं करता था। दो-चार उदाहरणों से ही नियम बनाने की ओर कूद पड़ता था। एक ईडीपस के उदाहरण से उसने मातृरति की कल्पना कर डाली और यह न सोचा कि पिता भी बालक के मातृस्नेह में सहायक होता है, बाधक नहीं होता है। पिता को भी अपनी इच्छाओं का संकोच करना पड़ता है। इसके अतिरिक्त फ्रायड ने जो काम-वासना को प्रधानता दी वह अधिक युक्तियुक्त नहीं प्रतीत होती है। जीवन में और भी प्रेरणाएँ हैं, जिनकी ओर उसने ध्यान नहीं दिया और विस्तृत अर्थ में काम-वासना रहने भी नहीं पाती है। हम काम-वासना को नीचे स्तर से ही क्यों लें? उसका उच्च रूप ही क्यों न लिया जाय? इन सब त्रुटियों के रहते हुए भी फ्रायड ने विचार के लिए बहुत-कुछ सामग्री दी है।

एडलर (वैयक्तिक मनोविज्ञान)

हीनता भावना

एलफ्रेड एडलर (जन्म, सन् 1870) ने पहले-पहल फ्रायड के ही नेतृत्व में अपने अनुसन्धान आरम्भ किये। किन्तु सन् 1912 के लगभग यह स्पष्ट हो गया कि फ्रायड की कामशक्ति के विरुद्ध उसका अहं तत्त्व (Ego) पर अधिक आग्रह करना उसे अपने गुरुदेव से अलग ले जा रहा था। वह अपने गुरुदेव द्वारा कामशक्ति पर अत्यधिक आग्रह से सहमत नहीं था।

एडलर का विचार था कि स्नायुविकता में मौलिक बात हीनता की भावना ही है। किसी प्रकार की वास्तविक न्यूनता या हीनता के कारण, जो चाहे किसी शारीरिक विकृति के कारण हो अथवा किसी विशेष सामाजिक परिस्थिति के कारण हो, हीनता भावना की उत्पत्ति होती है। प्रत्येक मनुष्य में प्रभुत्व-कामना अथवा आत्म-महत्त्व की भावना होती है। हीनता भावना उसके विरुद्ध पड़ती है। इस कारण कोई मनुष्य उसको (हीनता भावना को) सहन नहीं कर सकता। मनुष्य यदि अपने में किसी बात की कमी देखता है तो वह उस क्षेत्र में तो नहीं, दूसरे किसी क्षेत्र में अपनी श्रेष्ठता स्थापित करने या बढ़ने को जी-जान से तैयार हो जाता है। मनुष्य प्रायः एक क्षेत्र की कमी को दूसरे क्षेत्र में पूर्ति करता है। टेलीफोन आविष्कर्ता एडीसन शरीर में कमजोर था, किन्तु उसने अपनी आविष्कारिक प्रतिभा के बल अपनी महत्ता स्थापित कर ली थी। जायसी ने कविता के क्षेत्र में अपनी कुरूपता की क्षति-पूर्ति कर ली थी। डेमोस्थेनीज जैसा व्यक्ति तो अपने उद्योग से अपनी कमी के क्षेत्र में ही अपनी श्रेष्ठता का सिक्का जमा लेता है। वह हकलाता

था किन्तु उसने अपने मुँह में कँकड़ी डालकर समुद्र की लहरों की गरज के साथ प्रतिस्पर्द्धा कर यूनान में अपने को सबसे श्रेष्ठ वक्ता बना लिया था।

ऊँचा-नीचा मार्ग

कुछ लोग तो सतत प्रयत्नों द्वारा ठीक मार्ग से अपनी वास्तविक महत्ता स्थापित कर लेतें हैं और कुछ महत्ता स्थापित करने के सस्ते मार्ग ढूँढ़ निकाल लेते हैं और वे दूसरे लोगों की आँखों में धूल झोंककर ही सन्तोष कर लेते हैं। ऐसे ही लोगों की हीनता-ग्रन्थि पतन के गर्त में ले जाती है। अन्यत्र वह बहुतों के उत्थान में भी सहायक होती है। व्यक्ति की कल्पनाएँ और उसके दिवा-स्वप्न कामशक्ति की पूर्ति के नये-नये मार्ग ढूँढ़ने से ही नहीं सम्बन्ध रखती है, वरन् इस हीनता भावना से छुटकारा पाने के सुलभ मार्गों के खोजने में भी उनका प्रयोग होता है।

इस प्रकार एडलर महोदय कामशक्ति के स्थान पर आत्म-सत्ता-स्थापन की प्रवृत्ति को जीवन की प्रेरक शक्ति मानते हैं। सारी क्रियाएँ आत्म-हीनता-भावना के, जो सभी में किसी-न-किसी रूप में होती है, विरुद्ध इस आत्म-सत्ता-स्थापन की प्रवृत्ति की तुष्टि के लिए होती हैं।

जीवन-शैली

हीनता भावना के रूप के अनुकूल ही मनुष्य के जीवन की शैली निश्चित होती है। यह जीवन की शैली बच्चे की परिस्थिति के अनुकूल बचपन से ही निश्चित हो जाती है। मनुष्य की तीन प्रमुख समस्याओं (अर्थात् सामाजिक जीवन, व्यवसाय और प्रेम) के प्रति व्यक्ति की प्रतिक्रिया के अनुकूल जीवन-शैली निर्धारित होती है। परिस्थिति के अनुकूल जीवन का आदर्श निश्चित हो जाता है।

बहुत बड़े आदमियों के लड़कों को एक प्रकार की निराशा आविर्भूत कर लेती है। वे सोचने लगते हैं कि हम इतने बड़े नहीं हो सकते हैं। वे अपने पिता की कीर्ति में ही गर्व करके अपने आत्म-भाव को सन्तुष्ट कर लेते हैं और अनुद्योगशील जीवन व्यतीत करने लग जाते हैं। जो बच्चे अपने बालकपन में बहुत लाड़-प्यार से रखे जाते हैं उनके जीवन का ध्येय समाज में आकर्षण-केन्द्र बनना रह जाता है। जो लड़का घृणा की दृष्टि से देखा जाता है उसमें पलायन की प्रवृत्ति पैदा हो जाती है। वह समाज से दूर रहने में ही अपनी श्रेष्ठता समझने लगता है।

घर के ज्येष्ठ पुत्र की श्रेष्ठता जन्म से ही स्थापित हो जाती है। वह उस स्थिति को स्थापित रखने के अतिरिक्त और कुछ नहीं चाहता। वह बहुत महत्त्वाकांक्षी नहीं होता और कुछ रुढ़ि-प्रिय भी होता है। घर का दूसरा लड़का श्रेष्ठता की दौड़ में अपने को पिछड़ा हुआ पाता है। इसलिए उसमें अपने को श्रेष्ठ प्रमाणित करने की महत्त्वाकांक्षा उत्पन्न हो जाती है। तीसरा बालक या तो दूसरे बालक के-से स्वभाव का बन जाता है या उसमें लाड़-प्यार वाले बालक की प्रवृत्ति आ जाती है।

इस प्रकार हम देखते हैं कि एडलर ने भी बाल्यकाल को पर्याप्त महत्त्व दिया है, किन्तु उसकी काम-वासना को नहीं वरन् उसकी सामाजिक स्थिति को। एडलर ने काम-वासना की उपेक्षा नहीं की है, वरन् उसको भी जीवन-शैली का एक अंग माना है। यदि मनुष्य की जीवन शैली उदारता और आशावादिता की है, जिसमें संसार के प्रति रुचि और साहस की मनोवृत्ति रहती है, वह काम तो प्रवृत्ति को अपने जीवन में उचित स्थान देकर प्रेम और विवाह में सफलता प्राप्त कर सकता है और यदि उसकी जीवन-शैली में प्रतिद्वन्द्विता का प्राधान्य है और उसमें अपना घोड़ा आगे बढ़ा ले जाने की प्रवृत्ति है तो वह काम-प्रवृत्ति को भी अपनी महत्त्वाकांक्षा का साधन बनायेगा।

दृष्टिकोण का अनुमान

कुशल चिकित्सक जीवन-शैली की तथा उसके उच्चता सम्बन्धी विशेष आदर्श की, जिसको वह अपने सामने रखना चाहता है, खोज करता है। उसकी रहन-सहन, चाल-ढाल, उसकी खड़े होने की विधि और चलने की पद्धति, उसके हाथ मिलाने के ढंग और सोने की शारीरिक स्थिति आदि से उसके दृष्टि-कोण का पता चल जाता है। एडलर लिखता है कि जब हम किसी को सैनिक की भाँति सावधान मुद्रा में चित्त सोया हुआ देखते हैं तो हम उसकी स्थिति से यह अनुमान कर सकते हैं कि वह पुरुष महत्त्वाकांक्षी है। जो मनुष्य कीड़े की भाँति गुड़ा-मुड़ा चादर से मुँह ढँककर सोता है वह प्रयत्नशील और साहसी नहीं समझा जाएगा। चिकित्सक को अनुमान से काम लेना पड़ता है और वह अनुमान व्यापक परिस्थितियों के आधार पर होता है। उसमें अन्धे की-सी लकड़ी की बात नहीं होती है कि घर का बड़ा हमेशा रूढ़िवादी हो ही। उसमें और भी बातों का ध्यान रखना पड़ेगा।

स्वप्नों में दिशा-निर्देश

स्वप्नों के सम्बन्ध में भी एडलर का अपना विशेष मत है। वह स्वप्नों को पिछली इच्छाओं की पूर्ति नहीं मानता है, वरन् उनको वर्तमान समस्याओं के हल का दिशा-निर्देश समझता है। उसमें एक प्रकार से आगे किये जाने वाले कार्यों का पूर्वाभिनय-सा हो जाता है और उसके (स्वप्न के) द्वारा मनुष्य के जीवन के प्रति दृष्टिकोण का पता चल जाता है। स्वप्न चरित्र और जीवन-शैली के परिचायक होते हैं। जो मनुष्य शंकाशील और भीरु-स्वभाव का होता है वह अपने विवाह-पूर्व ऐसे स्वप्न देखेगा कि नये देश की सीमा में प्रवेश कर रहा है और उसको सीमा-रक्षकों ने रोक लिया है। जो साहसी है अर्थात् जिसके हृदय में उत्साह है वह ऐसा स्वप्न देखेगा कि उसके सामने एक नदी है, किन्तु वह घोड़े पर सवार है, उसने एक एड़ लगायी और पार हो गया। प्रतीकवादिता (Symbolism) का इसमें भी सहारा लिया जाता है, किन्तु वह प्रतीक हमेशा काम-वासना सम्बन्धी अथवा यौन नहीं होते हैं।

चिकित्सक का आदर्श

एडलर ने फ्रायड की भाँति ऊँची उड़ानें नहीं ली हैं। बालकों तथा युवकों के व्यवहार के सम्बन्ध में उसकी व्याख्या अधिक जन सुलभ है। एडलर ने चेतन और अवचेतन के बीच कोई दुर्गम खाई नहीं रखी है। चेतन और अवचेतन दोनों मिलकर एक गतिशील इकाई बन जाते हैं। दोनों की परस्पर सहकारिता रहती है। इसमें चिकित्सक का आदर्श यह होना चाहिए कि मनुष्य अपनी हीनता का कारण पहिचान ले और उसने अपने सामने जो उच्चता प्राप्त करने के साधन रखे हैं, उनमें औचित्य ले आया जाय, अर्थात् सस्ते साधनों को काम में न लाकर उसकी प्रभुत्व कामना को समाजोपयोगी बनाया जाय। प्रभुत्व-कामना की भावना को समाजोपयोगी बनाने से व्यक्ति और उसके वातावरण का संघर्ष न्यूनातिन्यून हो जाता है जिससे समाज और व्यक्ति में सामंजस्य स्थापित हो जाता है। एडलर में भी यद्यपि प्रत्येक व्यक्ति की स्थिति का ध्यान रखा गया है तथापि उसके रोग का एकमात्र निदान हीनता भाव रखा गया है। इसमें भी सुधार की आवश्यकता थी।

युंग

मूल सिद्धान्त–जीवन शक्ति

सी.जी. युंग (जन्म, सन् 1875) भी पहले-पहल फ्रायड का साथी और अनुयायी रहा। फ्रायड महोदय इस नवयुवक से इतने प्रसन्न थे कि उन्होंने उसको मनोविश्लेषण शास्त्र की अन्तर्राष्ट्रीय परिषद् का सभापति बना दिया था। इसने सम्बन्ध-ज्ञान की पद्धति के पर्याप्त प्रयोग किये थे और उनको फ्रायड बहुत मूल्यवान समझता था। फिर भी युंग फ्रायड के सिद्धान्तों को अपूर्ण तथा एकांगी समझता था। बालक की माता के प्रति काम-वासना की बात अलंकारिक रूप में ही सत्य हो सकती है। उसने फ्रायड की कामशक्ति (Libido) के स्थान में व्यापक जीवन-शक्ति को मनुष्य की क्रियाओं का प्रेरक माना है। यह वर्गसन् के इलाँवाइटल (Elan Vital) के विचार से मिलता-जुलता है। यह जीवन की एक शक्ति है जो विभिन्न व्यक्तियों में विभिन्न रूपों से प्रकट होती है। इसमें फ्रायड की कामवासना और एडलर की प्रभुत्व-कामना दोनों को ही स्थान मिल जाता है। यह सिद्धान्त एक प्रकार से एकवाद (Monism) और आध्यात्मिकता के निकट आ जाता है। एक ही शक्ति कभी काम-शक्ति के रूप में प्रकट होती है और कभी प्रभुत्व-कामना के रूप में। इस प्रकार युंग ने दोनों की एकांगिकता दूर कर दी है। युंग के मत से कामशक्ति में भी परिवर्तन होते रहते हैं। जब वह उन्नत होकर कला और साहित्य-प्रेम का रूप धारण कर लेती है तब कामशक्ति से बहुत दूर पहुँच जाती है।

सामूहिक अवचेतन

अवचेतन के सम्बन्ध में भी युंग के विचारों में नवीनता है। वह अवचेतन को वैयक्तिक ही नहीं मानता वरन् सामूहिक अवचेतन को भी मानता है। मनुष्य सामूहिक अवचेतन को सामाजिक दाय के रूप में ग्रहण करता है। इसमें मनुष्य की विचार-पद्धतियाँ संस्कार और सहज प्रवृत्तियाँ (Instincts) रहती हैं और जब मनुष्य कोई काम सहज-भाव से करता है तब इसी के अनुकूल करता है। मनुष्य के प्रारम्भिक लोक-विश्वास, दन्तकथाएँ और पौराणिक कथाएँ इसी से सम्बन्ध रखती हैं। स्वप्न की बहुत-सी विचित्र बातों की व्याख्या जिनकी अन्यथा व्याख्या नहीं हो सकती, इसके आधार पर हो जाती है।

स्नायुविकता की व्याख्या

स्नायुविकता को वह एक प्रकार का दूषित संयोजन मानता है जो व्यक्ति अपनी परिस्थिति से करता है। इसका कारण यह फ्रायड की भाँति भूत में ही नहीं मानता वरन् उसका तात्कालिक कारण वर्तमान में भी मानता है। अतीत में कारणों के बीज या संस्कार निहित हो सकते हैं जिनके कारण वह स्नायुविकता का शिकार बन जाता है, किन्तु उन संस्कारों को क्रियाशील बनाना किसी वर्तमान समस्या का, जो एक नया संयोजन चाहती है, काम होता है। वर्तमान की कठिन समस्या की पूर्ति न होने पर मनुष्य में एक प्रकार का प्रत्यावर्तन (Regression) होता है, वह विकास में पीछे हट जाता है। प्रौढ़ होता हुआ भी वह बालकों की-सी स्वच्छन्द कल्पना में विचरण कर, सुख का अनुभव करने लगता है। वह जीवन की वास्तविकता से दूर हो जाता है। स्नायुविकता दूर करने के लिए वह फ्रायड की भाँति बाल्यकालीन प्राथमिक कारणों का उद्घाटन ही पर्याप्त नहीं समझता है, वरन् चिकित्सक का कर्तव्य एक स्वस्थ और नये संयोजन (Adjustment) का सुझाव और समस्या का एक नया और स्वस्थ हल देना है।

स्वप्नों की व्याख्या

स्वप्नों को भी युंग बाल्यकालीन काम-वासना की पूर्ति के रूप में नहीं मानता है वरन् उनको अवचेतन द्वारा वर्तमान समस्या के हल का प्रयत्न मानता है। उसने इस सम्बन्ध में एक उदाहरण दिया है। एक विश्वविद्यालय का स्नातक जिसने हाल ही में डिग्री प्राप्त की थी, मनोनुकूल उद्योग-धन्धों की प्राप्ति में असफल रहने के कारण-स्नायुविक हो गया। उसने एक बार यह स्वप्न देखा कि वह अपनी माता और भगिनी के साथ सीढ़ियों पर ऊपर चढ़ रहा है। जब वह ऊपर पहुँच गया तो किसी ने कहा कि उसकी बहन के बच्चा होने वाला है। फ्रायड के अनुसार तो

बाल्यकालीन मातृरति का स्पष्ट संकेत है। बच्चा होना भी रति का ही द्योतक है, जो माता से बहन में स्थानान्तरित हो गयी है। किन्तु युंग इसकी व्याख्या दूसरी ही रीति से करते हैं। माता कर्त्तव्य की प्रतीक थी। उसने अपनी माता के प्रति कर्त्तव्य की अवहेलना की थी। बहन शुद्ध प्रेम के मार्ग की ओर संकेत करती है और सीढ़ी पर चढ़ना सफलता का द्योतक है। बच्चे के जन्म की सम्भावना उसके नये जीवन की ओर अँगुलि-निर्देश करती है। स्वप्नों की व्याख्या के सम्बन्ध में हम यही कह सकते हैं कि "जाकी रही भावना जैसी, प्रभु मूरति देखी तिन तैसी।"

अन्तर्मुखी-बहिर्मुखी (Introvert and Extravert)

व्यक्तियों के अन्तर्मुखी और बहिर्मुखी दो वर्गों के विभाजन की बात युंग की विशेष देन है। इस विभाजन द्वारा उसने फ्रायड और एडलर दोनों के ही सिद्धान्तों को मान लिया है। फ्रायड काम-वासना को महत्त्व देता था और एडलर प्रभुत्व-कामना को। दोनों का समन्वय तो कठिन था, किन्तु युंग ने यह कल्पना की कि दो प्रकार के व्यक्ति हो सकते हैं—किन्हीं में काम-वासना का प्राधान्य हो सकता है और किन्हीं में प्रभुत्व-कामना का। इस विचार को व्यापक बनाकर उसने बहिर्मुखी और अन्तर्मुखी की कल्पना की। बहिर्मुखी लोगों की जीवन-शक्ति बाहर की ओर जाती है और अन्तर्मुखी लोगों की शक्ति भीतर की ओर प्रवृत्त रहती है। बहिर्मुक्षी लोग सामाजिक कार्य करते हैं, वे उदार होते हैं। अन्तर्मुखी लोग स्वार्थी होते हैं। बहिर्मुखी सदा समाज में रहना चाहता है। वह अपने मित्र बनाना चाहता है और बहुत से काम हाथ में लेता है। उसमें लोकैषणा का प्राधान्य होता है। वह सब चीजों का मूल्य बाहरी मापदंडों से नापता है। अन्तर्मुखी एकान्त चाहता है, गृहस्थी के झंझटों से वह भागता है, यहाँ तक कि वह विवाह को भी बन्धन समझता है। स्त्रियों के साथ उसका व्यवहार शुष्क होता है, वह लोकमत की परवाह नहीं करता, आत्म-तुष्टि को ही सबकुछ मानता है।

यह विभाजन मनोरंजन अवश्य है, किन्तु अन्योन्य बहिष्कारक नहीं है। विचारशील लोगों में बहिर्मुखी भी होते हैं जैसे डार्विन और अन्तर्मुखी भी होते हैं जैसे कांट। भावनाशील लोगों में भी दोनों प्रकार के होते हैं। कुछ लोग कुछ विषयों के प्रति बहिर्मुखी होते हैं और कुछ के प्रति अन्तर्मुखी। युंग ने भी इस उभयमुखता की प्रवृत्ति का अनुभव किया था और उसने उभयमुखी वर्ग को भी स्वीकार किया था। लोगों की उभयमुखता की एक यह भी व्याख्या की गयी है कि कुछ लोग जो चेतन मन में अन्तर्मुखी होते हैं, अवचेतन में बहिर्मुखी होते हैं; और इनके विपरीत चेतन में बहिर्मुख लोग, अवचेतन में अन्तर्मुखी हो जाते हैं। इसके अतिरिक्त क्षतिपूर्ति के सिद्धान्त के अनुसार प्रतिक्रिया भी चलती रहती है। जब बहिर्मुखी मनुष्य सार्वजनिक कार्यों में अत्यधिक व्यस्त हो जाने के कारण घर-बार को भूल

जाता है अथवा अपने स्वास्थ्य को बिगाड़ लेता है और अन्तर्मुखी जब अपने को समाज से तिरस्कृत और बहिष्कृत पाता है और जब उसके योग-क्षेम में भी बाधा पड़ने लगती है तब वे अपनी वृत्तियाँ बदल लेते हैं। वास्तव में जीवन में समत्व की आवश्यकता है। इसी समत्व को गीता में योग कहा है। जीवन-संग्राम में सफल मनुष्य वही होता है जिसने स्वार्थ और परार्थ का समझौता कर लिया है; जिसमें अन्तर्मुखी और बहिर्मुखी प्रवृत्तियों का सन्तुलन हो जाता है, और जिसने वैयक्तिक और सामूहिक अवचेतन मन में सामंजस्य स्थापित कर लिया है। मनुष्य में कामोपभोग की वृत्ति स्वाभाविक है, पूर्णता चाहने वाला मनुष्य इन वृत्तियों का सन्तुलन इनसे निवृत्ति की इच्छा से करता है–'निवृत्तिस्तु महाफलः'।

भ्रम-निवारण

जो लोग यह समझते हैं कि नवीन मनोविज्ञान यह सिखलाता है कि दमित वासनाओं के स्वच्छन्दतापूर्ण प्रकाशित करने में दमन से उत्पन्न रोगों का शमन हो जाता है, भूल करते हैं। स्वच्छन्दतापूर्ण प्रकाशन में सामाजिक भावना का दमन होने लगता है। वह भी अपनी विकृति उत्पन्न करता है। मानसिक स्वास्थ्य दमित वासना और दमन करने वाली सामाजिकता के समन्वय से ही उत्पन्न होता है। दमित वासनाओं का सामाजिकता के आलोक में अध्ययन कर उनके दूषित रूप की स्वीकृति करना और उनका स्वस्थ रूप में प्रकाशन करना, उनका दमन करना है। युंग महाशय की यही देन है। उन्होंने सन्तुलन की ओर ध्यान दिलाकर मनुष्य को पूर्णता का मार्ग बतलाया। उन्होंने फ्रायड और एडलर के सिद्धान्तों को उनकी एकांगिकताओं से बचाकर एक व्यापक जीवन-शक्ति से समस्त मानव क्रियाओं को 'आत्मनः कामाय' माना है। युंग महाशय इस आध्यात्मिक दृष्टिकोण के बहुत निकट आ जाते हैं। भौतिक दृष्टि से भी सभी क्रियाओं का सम्बन्ध आत्मरक्षा से है। भारतवर्ष में इसी आत्मरक्षा का भौतिक से ऊँचा उठा हुआ आध्यात्मिक रूप लिया गया है। 'आत्मनः कामाय' के हाथी के पाँव में सेक्स भी आ जाता है और प्रभुत्व-कामना भी। आत्मा के नीचे स्तर में भौतिक कामनाएँ और ऊँचे स्तर में आध्यात्मिक प्रेरणाएँ भी आ जाती हैं। इसलिए आत्मरक्षा या आत्म-तुष्टि को ही मूल प्रवृत्ति मानना चाहिए।

3
फ्रायड और काम-वासना (क)

एक व्यापक सूत्र की खोज

मनुष्य अपने व्यवहार में चाहे जितनी पार्थक्य की भावना रखे, गोरे, काले, सवर्ण और अवर्ण का भेद करे, किन्तु वह अपने विचार में एकता की ओर जाता है। सारे वैज्ञानिक नियम और दार्शनिक सिद्धान्त अनेकता में एकता और भेद में अभेद स्थापित करने वाली मनुष्य की स्वाभाविक चाह की मुक्त स्वर से उद्घोषणा करते हैं। जिस प्रकार दार्शनिकों ने कीरी से कुंजर तक चल, और राई से पर्वत तक अचल संसार और नाना चेतन और अचेतन व्यापार एवं सकल सुख-दुखमय धूप-छाँही संसार के आधार स्वरूप एक मूल तत्त्व की स्थापना का प्रयत्न किया है उसी प्रकार मनोवैज्ञानिकों ने रुचिवैचित्र्य पूर्ण ऋजु और कुटिल विभिन्न मार्गानुगामिनी क्रियाओं, भावनाओं और विचार-शृंखलाओं की एक मूल प्रेरक शक्ति की कल्पना की है।

क्षुत्-पिपासा

किसी ने क्षुत्-पिपासा को मुख्यता दी है—आदमी पेट के लिए जटा रखता है, मूँड़ मुड़ाता है, बाल नोचता है, गेरुआ वस्त्र पहनता है और नाना प्रकार के वेश धारण करता है—

> **जटिलो मुंडी लुंचित केशः**
> **काषायाम्बर बहुकृतवेशः।**
> **पश्यन्नपि न पश्यति लोको**
> **ह्युदरनिमित्तं बहुकृतशोकः॥**
>
> **—शंकराचार्य**

किसी ने यशेप्सा की प्रधानता का पाठ पढ़ाया है—भगवान् कृष्ण ने भी दार्शनिक एवं आध्यात्मिक युक्तियों को अपर्याप्त समझकर वीरवर अर्जुन से 'यशो लभस्व' की मनोवैज्ञानिक अपील की थी।

काम-वासना

किन्हीं-किन्हीं आचार्यों ने, विशेषकर फ्रायड ने, काम-वासना को मानव व्यापार की एकमात्र संचालक शक्ति माना है। उसने गोस्वामी जी के शब्दों में बरीबरी में लौन न देकर काम की प्रधान कुंजी से सभी मनोवैज्ञानिक समस्याओं के ताले खोले हैं। उसने काम को अपना राम बना लिया है।

'उमा दारुयोषित की नाईं
सबै नचावैं राम गुसाईं।'

फ्रायड के अनकूल इसका पाठ होना चाहिए—

'सबै नचावैं काम गुसाईं।'

अपने यहाँ भी काम की महत्ता स्वीकार की गयी है—'काममयं एवायं पुरुषः'। काम के व्यापक प्रभाव से विजन-बन-बिहारी वाताम्बुपर्णहारी व्यास, पाराशर और विश्वामित्र भी नहीं बचे और आठों याम वीणा पर हरिगुणगान करने वाले तथा भक्ति सूत्रों के अमर कर्त्ता नारद मुनि का गर्व चूर-चूर हो गया। काम की निर्दय मार मनुष्य को नाना भेष धराती है—कोई नग्न रहता है तो कोई मूँड़ मुँड़ाता है, कोई पाँच चोटियाँ रखता है तो कोई जटाधारी बन जाता है और कोई कपाल हाथ में लिए फिरता है।

ते कामेन निहत्य निर्दयतरं
नग्नीकृताः मुंडिताः।
केचित् पंचशिखीकृताश्च
जटिलाः कापालिकाश्चापरे॥

हमारे यहाँ आचार्यों और कवियों ने काम की अनेक रूप से प्रशस्ति की है। उसके अनेक रूप बताये गये हैं। मनुष्य की क्रियाओं की मूल प्रेरक शक्ति को कोई कर्म या स्वभाव कहते हैं, कोई उसे काल या दैव कहकर पुकारते हैं, उसी को दूसरे लोग काम कहते हैं।

केचित् कर्म वदन्त्येनं स्वभावमितरे जनाः।
एके कालं परे दैवं पुंसः कामभ्‌ उताऽपराः॥

उपनिषदों में तीन एषणाएँ मानी गयी हैं। पुत्रैषणा काम-वासना का परिमार्जित रूप है। वित्तैषणा जीवन की क्षुत्-पिपासा सम्बन्धी भौतिक आवश्यकताओं का प्रतिरूप है। इसमें जर, जमीन (जन नहीं, वह पुत्रैषणा विषय है), धन-दौलत, विभूति-वैभव सब कुछ आ जाता है।

चार पुरुषार्थों में एक

काम मनुष्य के चार पुरुषार्थों में से एक माना जाता है। प्रत्येक मनुष्य में कम-से-कम किसी एक का होना आवश्यक बतलाया गया है। जिसमें धर्म, अर्थ, काम, मोक्ष में से कोई भी नहीं होता उसका जन्म बकरे के गले के थनों के समान निरर्थक कहा गया है।

धर्मार्थकाममोक्षाणां यस्यैकोऽपि न विद्यते।
अजागलस्तनस्येव तस्य जन्म निरर्थकम्॥

अपने यहाँ तो धर्म, अर्थ और काम के सामंजस्य को ही मनुष्य के जीवन का परम लक्ष्य माना है। श्री रामचन्द्र जी ने चित्रकूट में आये हुए भरत जी को यही उपदेश दिया है कि धर्म से अर्थ और काम में न बाधा पड़े और अर्थ से धन और काम की हानि न हो; इसी प्रकार काम से अर्थ और धर्म का संघर्ष न हो—यही जीवन का सन्तुलन है।

श्रीमद्भगवद्गीता में भगवान् कृष्ण ने भी अपने को 'धर्माविरुद्ध' काम कहा है—'धर्माविरुद्धो भूतेषू कामोऽस्मि भरतर्षभ'। फ्रायड ने काम को एकमात्र प्रधानता दी है। हमारे और फ्रायड के दृष्टिकोण में यही अन्तर है।

व्यापक और संकुचित अर्थ

काम के दो अर्थ हैं—एक व्यापक और दूसरा संकुचित। सबसे व्यापक अर्थ में काम का अर्थ कामना या इच्छा मात्र है। वह तो ब्रह्म में भी है 'सोऽकामयत एकोऽहं बहुस्याम्' उससे कम व्यापक अर्थ में काम सब इन्द्रियों के आभिमानिक अर्थात् तत्तद विषयक रसों के साथ उनमें प्रीति को कहते हैं—'आभिमानिक रसानुविद्धा सर्वेन्द्रियप्रीतिः कामः।' इस प्रकार काम का सब इन्द्रियों से सम्बन्ध हो जाता है। कामसूत्रों में दी हुई काम की परिभाषा बहुत-कुछ इसी प्रकार की है।

'श्रोत्रत्वक्चक्षुजिह्वाध्राणानामात्मकं संयुक्तेन मनसा अधिष्ठितानां स्वेषु स्वेषु विषयेषु आनुकूल्यतः प्रवृत्तिः कामः'—अर्थात् कान, त्वक् (त्वचा या स्पर्श), आँख, जिह्वा, और नाक आदि अपने-अपने विषयों में मन के साथ आत्मा की अनुकूल प्रवृत्ति को काम बतलाया गया है। अपनी इन्द्रियों के विषय में मन की अनुकूलता

अर्थात् प्रसन्नता के साथ प्रवृत्ति को काम कहते हैं। गाने में आनन्द कानों के विषय में मन की अनुकूल प्रवृत्ति कही जाएगी। इसलिए यह काम की संज्ञा में आयेगी और इसीलिए कामसूत्रों में संगीत-वाद्यादि को चौसठ कलाओं में स्थान दिया गया है।

संकुचित अर्थ में काम का विशेष सम्बन्ध प्रजननेन्द्रियों से रहता है और दूसरी सब इन्द्रियाँ उसकी सहायिका होती हैं। इसमें प्रेम का मानसिक व्यापार भी न्यूनाधिक मात्रा में सम्मिलित रहता है, जो व्यक्ति की शिक्षा-दीक्षा से सम्बन्ध रखता है। इस कामशक्ति का विकास एक विशेष अवस्था पर होता है जिसको यौवनावस्था कहते हैं। लेकिन फ्रायड ने इसको शैशवावस्था से ही अपने अविकसित रूप में भी स्वीकार किया है। उसने बीज में ही वृक्ष के दर्शन किये हैं।

कुछ लोगों ने तो जैसे प्रसाद जी ने कामशक्ति को और भी व्यापक रूप में लिया है जो कि सारी सृष्टि में ही वर्तमान रहती है; परमाणुओं का भी मिलन इसी शक्ति के वश होता है। इस प्रकार वे फ्रायड से भी दो कदम आगे बढ़ जाते हैं। देखिए—

वह मूल शक्ति उठ खड़ी हुई
अपने आलस का त्याग किये
परमाणु बाल सब दौड़ पड़े
जिसका सुन्दर अनुराग लिए।

—कामायनी

वैसे तो ब्रह्म में भी एकोऽहं बहुस्याम की सृजनेच्छा होती है, किन्तु वह चेतन शक्ति है। फ्रायड द्वारा शैशवावस्था में इसकी स्थिति को संकुचित अर्थ में स्वीकार करना बीज को ही वृक्ष समझ लेना है।

विभिन्न अवस्थाएँ

शैशवावस्था में यह अपने अविकसित रूप में रहती है। यौवनावस्था में ही पूर्ण विकास को पहुँचती है। प्रौढ़ अवस्था में आयु बढ़ने के साथ इसका भौतिक पक्ष घटता जाता है किन्तु प्रायः इसकी मानसिक बुभुक्षा और इससे सम्बन्धित रूप-रस-गन्ध की वासना वार्द्धक्य में भी बहुत मात्रा में बनी रहती है। संक्षेप में हम यह कह सकते हैं कि काम शक्ति अपने व्यापक रूप में उपनिषदों के 'प्रेय' का पर्याय हो जाती है। फ्रायड ने भी इसका सुख-सिद्धान्त के नाम से उल्लेख किया है, जिससे इन्द्रिय और मन को सुख मिले वह सब काम के अन्तर्गत है। उसके संकुचित अर्थ में इसके पाँच तत्त्व हैं।

पाँच तत्त्व

(1) शारीरिक सौन्दर्य के प्रति आकर्षण।

(2) प्रजननेन्द्रिय प्रधान ऐन्द्रिक सुख की चाह जिसका परिणाम सन्तानोत्पति होती है।

(3) वास्तविक सहवास और मिलन का सुख।

(4) मिलने के अभाव में विषम वेदना का अनुभव।

(5) बाल-बच्चों के प्रति प्रेम और उनकी रक्षा का भार। स्वस्थ लोगों में ये पाँच बातें एक साथ मिली-जुली रहती हैं, किन्तु कुछ में इनका पारस्परिक विच्छेद रहता है। किसी के प्रति सम्भोगेच्छा रहती है तो किसी के साथ सहवास सुख में आनन्द मिलता है। ऐसे ही लोगों में समलिंगी प्रेम की प्रवृत्ति रहती है। पूर्ण उभयनिष्ठ रति को ही रति कहा है, और सब प्रकार की रतियों को भाव या अपूर्णरस कहा है।

विकास क्रम

इन प्रवृतियों का पूर्व रूप विशेषकर सौन्दर्य का आकर्षण तो बहुत पहले से ही दिखाई देने लगता है, किन्तु पूर्ण विकास यौवनावस्था में ही होता है। उस समय मनुष्य की आवाज भी कुछ बदल जाती है और एक विशेष उत्साह और साहस का प्रादुर्भाव होता है, वह कठिनाइयों, रोड़ों और बाधाओं के पहाड़ को फूँक से उड़ा देना चाहता है और यदि वे फिर भी नहीं हटते हैं तो वह चिड़चिड़ा उठता है। उसके कंठ से प्रायः गायन का भी उदगम होने लगता है, उसे कामुकतापूर्ण उपन्यासों में आनन्द आता है। यदि उसकी जवानी की शक्ति स्वस्थ खेल-कूद, भाग-दौड़ और अन्य साहसी कामों में निकास न पावे तो वह आवारा हो जाता है।

मनुष्य की शिक्षा और दीक्षा के अनुसार काम में ऐन्द्रिकता और मानसिकता घटती और बढ़ती रहती है। जान-पहचान की मधुर मुस्कान और सान्निध्य सुख की मधुर शिष्ट और कोमल प्रेरणा से आरम्भ कर मैथुन और पाशविकता तक काम की कई श्रेणी होती है। किन्हीं की कामुकता सौन्दर्य की सराहना मात्र तक रहती है, किन्हीं की मौन याचना तक जाती है और किन्हीं में धृष्टता और शठता का रूप धारण कर लेती है। बहुत कुछ व्यक्तियों के स्वभाव और परिस्थितियों पर निर्भर रहता है। कामना का वेग नदी की बाढ़ की तरह से बह उठता है। महात्मा भर्तृहरि ने कहा है कि अदर्शन पर दर्शन मात्र की कामना रहती है, दर्शन होने पर 'रसैकलील' होने की इच्छा बढ़ जाती है।

भारतीय सतर्कता

हमारे यहाँ तो सस्मित वार्तालाप आदि को काम की श्रेणी में ही रखा गया है, इसीलिए स्मरण, चिन्तन, क्रीड़ा, भाषण आदि को मैथुन के आठ अंगों में माना है और इसीलिए ब्रह्मचारी को इन सबसे बचने की आज्ञा दी है। पाश्चात्य और भारतीय आदेशों में इस सम्बन्ध में अन्तर है। पाश्चात्य देश के लोग साथ खाना-पीना और एक साथ नृत्य करना तक वर्ज्य नहीं मानते हैं और वे विषम लिंगियों में शुद्ध मैत्री भावना की सम्भावना भी स्वीकार करते हैं। वहाँ उनके आंशिक एकान्तवास में भी दोष नहीं माना गया है। लेकिन कोई नहीं कह सकता है कि कब मैत्री पूर्ण संसर्ग कामुकता में परिणित हो जाय। हमारे यहाँ काम की प्रबलता स्वीकार करते हुए भाई और बहन के साथ भी एकान्तवास वर्जित रखा है।

मात्रा स्वस्रा दुहित्रा वा नाविवक्तासनो भवेत्
बलवानिन्द्रियग्रामो, विद्वांसमपि कर्षति।।

इसमें आंशिक की अतिरंजना अवश्य है, किन्तु इसको हम सुरक्षा की ओर की हुई भूल कहेंगे। यद्यपि काम और प्रेम के बीच रेखा खींचना कठिन है तथापि काम और प्रेम में अन्तर होता है। काम में भौतिक पक्ष का प्राधान्य होता है और प्रेम में मानसिक पक्ष का। कामी अपने सुख को मुख्यता देता है, प्रेम दूसरे के सुख को। काम एक वेग होता है और प्रेम मन की एक स्थायी वृत्ति होती है। बहुधा काम और प्रेम मिला भी होता है। जिनमें काम के साथ प्रेम नहीं होता उनमें एकनिष्ठता नहीं रहती।

लिबिडो का स्थानान्तरण

जैसा कि ऊपर निवेदन किया जा चुका है, फ्रायड ने कामशक्ति का, जिसको कि उसने लिबिडो (Libido) कहा है, अस्तित्व शैशवावस्था में भी माना है। स्तनपान, अँगूठा चूसना, थपथपाये जाने और झुलाये जाने में प्रसन्नता, ये सब काम वासना के रूप हैं। (इनको हम पूर्व रूप कह लें किन्तु रूप कहना अनुचित होगा। इन पूर्व रूपों और विकसित रूपों में इतना ही अन्तर है जितना कि केंचुआ नहीं, तो मेंढक और आदमी में।) युंग ने लिबिडो का स्थानान्तरण माना है। एक श्रेणी में लिबिडो मुख-प्रदेश में ही रहती है और काम वासना खाने और चूसने का रूप धारण कर लेती है। वहाँ से हटकर स्व-स्थान में आ जाती है। यह यौवनावस्था में होती है। कान में उँगली डालना, नाक में उँगली डालना आदि क्रियाओं को उन्होंने लिबिडो का स्थानान्तरण कहा है। फ्रायड के मत से यह शैशवकालीन प्रेम-पथ निष्कंटक नहीं होता है। इसमें पिता की ओर से बाधा पड़ती है और बालक में मातृरति की ग्रन्थि (कम्प्लेक्स) के साथ पितृद्वेष की भी ग्रन्थि उत्पन्न हो जाती है।

मातृरति ग्रन्थि

इसका आधार फ्रायड को यूनानी वीर पुरुष ईडीपस की कहानी में मिला। वह शैशवावस्था में ही घर से बाहर डाल दिया गया था। किसी राजा ने उसे पाला-पोसा और बड़ा किया। उसकी अपने पिता से मुठभेड़ हुई और लड़ाई में पिता मारा गया। फिर उसने अनजान में ही अपने शत्रु की स्त्री अर्थात् अपनी माता से विवाह कर लिया। इसी से मातृरति और पितृद्वेष की ग्रन्थि का नाम ईडीपस ग्रन्थि (Edipus comlex) रखा गया। यह ग्रन्थि प्रायः सभी मनुष्यों में होती है और स्वप्नों आदि में सारी उम्र तक इसका प्रभाव रहता है। एक उदाहरण से, वह भी अनजाने के उदाहरण से, उसकी सारी मानव जाति में व्याप्ति कर लेना, व्याप्तिकरण का दुरुपयोग है।

वर्जित रति में रूपकत्व

अपने यहाँ भी वर्जित रतियों के उदाहरण मिलते हैं। यम-यमी भाई बहन थे। चन्द्रमा ने गुरु-पत्नी के साथ भोग किया था। सरस्वती भी ब्रह्मा की पुत्री और स्त्री दोनों ही मानी गयी हैं। अधिकांश में इनका आलंकारिक अर्थ ही लगाया जाता है। कवि अपनी कृति का पिता होता है और वह उसमें आनन्द भी लेता है। कबीर ने भी अलंकारिक रूप से कहा है कि पुत्र अपनी माता को ब्याह लेता है। मनुष्य माया से जन्म लेता है और फिर उसी के आकर्षण में पड़ जाता है।

इच्छा रूप नारि अवतरी,
जासु नाम गायत्री धरी।
तेहि नारी के पुत तिन भयऊ,
ब्रह्मा, विष्णु शंभु नाम धरेऊ॥
तब ब्रह्मा पूँछत महतारी,
को तोर पुरुस का कर तुम नारी।
तुम हमैं हम तुम और न कोई,
तुम मोर पुरूष हमैं तोर जोई।
बाप पूत नारि एक एकै माय विआय,
दिख्यो न पूत सपूत अस बापै चीन्हें धाय॥

सम्भव है, ईडीपस की कहानी भी रूपक हो और फ्रायड ने उस पर अपनी कल्पना का महत्त्व खड़ा कर लिया हो।

फ्रायड और उनके अनुयायियों में कल्पना का प्राधान्य रहा है। उन्होंने सभी धार्मिक और अन्य जीवन-व्यापार सम्बन्धी क्रियाओं में प्रतीक रूप से काम क्रीड़ा

की पुनरावृत्ति माना है। ईसाई क्रौस (सूली) और ईसा के मरण और पुनरुत्थान में भी वे यौन रूपक देखते हैं। युंग ने समुद्र मन्थन से अमृत और विष की उत्पत्ति को यौन रूपक ही माना है। मन्थन का उन्होंने मन्मथ से सम्बन्ध जोड़ा है। यज्ञ की अग्नि उत्पन्न करने वाली अरिणियों के संघर्ष को भी काम क्रिया का प्रतिरूप माना है। यों तो ओखली, मूसल आदि के कार्य को भी वे कामक्रिया का ही प्रतीक कहेंगे। इनमें प्रतीकत्व देखना बेपर की उड़ान है। ये जीवन की साधारण क्रियाएँ हैं। यों तो पम्प में पिस्टन के कार्य को भी प्रतीकात्मक कहा जाना चाहिए। न उसमें चेतन का व्यापार है और न अचेतन का। यह तो जीवन की साधारण क्रियाएँ हैं और कामक्रीड़ा भी जीवन की एक क्रिया है। उसको ही क्यों प्रमुखता दी है? हम ज्यादा से ज्यादा यह कह सकते हैं कि सारे जीवन के व्यापारों में एक गति है, जो कभी संघर्ष और कभी ताल और लय (Rythm) के रूप में प्रकट होती है। काम क्रीड़ा भी इसी व्यापक गति का एक अंग है।

काम और विभिन्न इन्द्रियाँ

काम का सम्बन्ध प्रायः सभी इन्द्रियों से है और उनके अधिष्ठाता मन से भी है; तभी तो इसको मनसिज, मनोभाव आदि नामों से पुकारा गया है। इसकी जाग्रति तो शरीर में स्वतः ही होती है। स्त्री-पुरुष विषयक रति का आरम्भ प्रायः नेत्रों से होता है। पहले ये मिलते हैं और फिर शरीर और मन भी। प्रेम व्यापार में नेत्रों की महत्ता का बिहारी आदि कवियों ने जी खोलकर वर्णन किया है–'लगालगी लोचन करें, नाहक मन बँध जाय'–बिहारी। नेत्रों का सम्बन्ध रूप से है। काम में प्रदर्शनेच्छा और दार्शनेच्छा दोनों ही रहती है। अपनी ओर दूसरे व्यक्ति को आकर्षित करने के लिए मनुष्य अपने को मोहक रूप में दिखाना चाहता है। उसके लिए वह नाना प्रकार के वस्त्र और अलंकरणों का प्रयोग करता है। आदिम जातियों के उतार-चढ़ाव को व्यक्त करने वाले कोट, रंगीन टाई, और चाणक्य को भी लज्जित करने वाली तत्परता से नित्य प्रति की दाढ़ी-मूँछ की सफाई एवं साबुन, पाउडर, क्रीम, स्नो, सेंट, इत्यादि सब शृंगारिक प्रसाधन प्रदर्शनेच्छा के ही विभिन्न रूप हैं। वे प्रयोग चाहे किसी निश्चित व्यक्ति के प्रति न हों, फिर भी मनुष्य अपने को दिखाना चाहता है। दर्शनेच्छा में नेत्र लाज लगाम को भी नहीं मानते हैं। कविवर बिहारी ने ठीक ही कहा है–

लाज लगाम न मानहीं नैना मो बस नाहिं।
ये मुँहजोर तुरंग लौं, ऐंचत हूँ चलि जाँहि।।

रसना का सुख बालक के स्तन-पान, अँगूठा चूसने और ओठों के चुम्बनादि में रहता है। वैसे तो स्वादिष्ट भोजन भी एक प्रकार की काम-तृप्ति ही है; सिगरेट

पीने आदि में पाश्चात्य मनोवैज्ञानिकों ने कामवासना की मौखिक तृप्ति मानी है। रसना की तृप्ति सुस्वादु भोजनों में होती है। इसीलिए संन्यासी लोग स्वादिष्ट भोजन से भी दूर रहते हैं। अच्छे संन्यासी प्रायः भोजन को जल में डुबोकर खाते हैं। चन्दन, माला, सेंट, इत्र आदि और प्रियजन के शरीर की सुवास, ये सब गन्ध सम्बन्धी काम के साधन हैं। साहित्यकारों ने पद्मिनी नायिकाओं में पद्म की गन्ध मानी है। काम सूत्रकारों ने माला गूँथने को चौसठ कलाओं में माना है। संगीत और प्रियजन के मधुर वचन श्रवणेन्द्रिय सम्बन्धी काम के प्रसाधन हैं। संगीत को शृंगार का उद्दीपक भी माना है। स्पर्श की क्रिया स्वाश्रित और पराश्रित दोनों ही प्रकार की होती है। अपने शरीर को रगड़ना, तेल मर्दन, स्नानादि उसके स्वाश्रित रूप हैं (भक्तों के स्नान में ऐन्द्रिक सुख का अभाव रहता है, वह उन्हीं लोगों के लिए है जो स्नान को सुख का साधन समझते हैं)। स्पर्श में हाथों का ही सुख नहीं वरन् त्वचा और सारे शरीर का सुख है। फ्रायड ने मल-मूत्र त्याग को भी काम सुख माना है। निद्रा में, विशेषकर जवानी की निद्रा में, काम सुख रहता है। प्रजननेन्द्रियों से तो इसका विशेष सुख-सम्बन्ध है ही।

आत्म-पीड़न और प्रिय-पीड़न

फ्रायड और अन्य अंग्रेजी मनोवैज्ञानिकों ने प्रिय-पीड़न अर्थात् प्रियजन को पीड़ा देना—जिसको अंग्रेजी में मारक्विस डी सेड के नाम पर सैडिज्म (Sadism) कहते हैं—और आत्म-पीड़न जिसको मैसॉकिज्म (Masochism) कहते हैं। (यह शब्द मेसॉक के नाम पर बना है) इन्हें भी काम-वासना की पूर्ति का ही साधन माना है। काम-वासना में कभी-कभी प्रेम और घृणा का अपूर्व संयोग रहता है। मनुष्य जिसको प्रेम करता है उसी से कभी-कभी प्रत्यक्ष घृणा भी करने लगता है। कुणाल की विमाता—अशोक की पत्नी—ने पहले कुणाल को प्रेम किया था और प्रेम में विफल रहने पर उसकी आँखें निकलवा ली थीं। उर्वशी ने अर्जुन को नपुंसक हो जाने का शाप दिया था। सेलोम ने जान दी बेप्टिस्ट का सर कटवा लिया था। युसूफ जुलेवा का भी आख्यान इस प्रवृत्ति का उदाहरण है। काम की सक्रियता कभी-कभी विकृत होकर प्रिय-पीड़न का रूप धारण कर लेती है। पीड़न में काम के वेग को निकास-सा मिल जाता है। नपुंसक लोग भी प्रायः पर-पीड़न में आनन्द लेते हैं। पर पीड़न द्वारा उनकी निष्क्रियता की क्षतिपूर्ति हो जाती है। आत्म-पीड़न भी सम्भोगेच्छा का विकृत रूप है। सम्भुक्त को जो पीड़न सहन करना पड़ता है, आत्म-पीड़न से उसकी क्षतिपूर्ति हो जाती है। देवी की चौकियों आदि में अपने को लोहे के कोड़े आदि से मारना आत्म-पीड़न के ही रूप हैं। पाश्चात्य मनोवैज्ञानिकों ने ऐसी क्रियाओं तथा कीर्तन-कव्वाली आदि के आवेशों में काम-वासना की ही पूर्ति देखी है।

विकास की तीन श्रेणियाँ

फ्रायड ने काम-विकास की निम्न तीन श्रेणियाँ मानी हैं–

(1) स्व-योनिज, (2) नारसिसवाद अर्थात् स्वरति (3) पररति।

स्वोत्तेजन का सम्बन्ध इन्द्रियों के निर्विषयक उत्तेजनजन्य सुख से होता है। उसमें इन्द्रियाँ ही स्वयं विषय बन जाती हैं और उनका अन्य कोई विषय नहीं होता है। बालकों का अँगूठा चूसना, वयस्कों का सिगरेट पीना, शरीर खुजाना, तेल मलना, स्नान, निद्रा की अँगड़ाई आदि इसके मृदु रूप हैं। हस्तमैथुन आदि इस प्रवृति के वर्जित और उग्र रूप हैं। नाचना, भागना, दौड़ना, जिमनास्टिक, तैरना आदि इस श्रेणी के शिष्ट और समाजानुमोदित रूप हैं।

नारसिसवाद नारसिस नाम के एक यूनानी युवक के नाम पर पड़ा है। यह युवक जल में अपनी परछाई देख उस पर ही मुग्ध हो गया था। नारसिसवाद स्वरति को कहते हैं। यह निर्विषयक तो नहीं होती, किन्तु इसमें रति-भावना अपने शरीर पर ही केन्द्रित होती है। स्वोत्तेजन में भौतिक पक्ष ही रहता है। स्वरति में सौन्दर्यानुभूति का मानसिक पक्ष भी रहता है। कभी-कभी स्वोत्तेजन की प्रवृत्ति और स्वरति में संघर्ष भी पड़ जाता है। जैसे कोई स्त्री स्वादिष्ट भोजन जिह्वा की रति के अर्थ खाना चाहती है, किन्तु स्वादिष्ट भोजन से शरीर मोटा होता है। यह बात स्वरति की भावना के विरुद्ध पड़ती है। स्वरति का सम्बन्ध प्रदर्शनेच्छा से भी है। यह प्रवृत्ति दूसरों को आकर्षित करने की आवश्यक श्रेणी है। स्वरति की भावना बड़ी उम्र तक पीछा नहीं छोड़ती। बार-बार शीशा देखना, बाल सम्हालते रहना, खिजाब लगाना, स्वरति के द्योतक हैं। जिन लोगों में स्वरति की भावना कुछ गहरी जड़ पकड़ जाती है वे लोग प्रायः स्त्रियों से सहज में सन्तुष्ट नहीं होते और स्ववर्गरति की ओर झुक जाते हैं। स्वरति अपने शरीर से हटकर अपनी या स्वनिर्मित वस्तुओं में स्थानान्तरित हो जाती है। इसका एक मानसिक पक्ष भी है। जब मनुष्य स्वशरीर-रति से अपने सिद्धान्त और आदर्शों की ओर जाता है, तब वह क्रमशः स्व से पर की ओर बढ़ने लगता है। बहुत से लोग अपने प्रेमास्पद में अपने खोये हुए बचपन की झलक देखने लगते हैं (गयी न शिशुता की झलक) और बहुत से उनमें अपने आदर्शों को मूर्तिमान पाते हैं। फ्रायड ने मातृरति को स्वरति और पररति के बीच की संक्रान्ति दशा माना है। पररति में ही आकर काम अपना पूर्ण विकास पाता है।

निकास के मार्ग

प्रायः बहुत से व्यक्तियों को अपनी काम वासना की तृप्ति में आंशिक सफलता भी नहीं होती है। सामाजिकता और नैतिकता इसमें बाधक होती है। बहुत से सम्बन्ध

वर्ज्य होते हैं, जैसे हिन्दुओं में दूसरी जाति के लोगों से या स्वगोत्रियों से विवाह, ईसाइयों में साली से विवाह (वैसे ईसाई और मुसलमानों में इस सम्बन्ध में अधिक स्वतन्त्रता है।) फ्रायड ने बच्चों में मातृरति और पितृरति की भावना भी मानी है। भारत में ये वर्जित भावनाएँ—मातृरति या भगिनीरति की भावनाएँ—तो शायद हजार में एक में कभी देखने में आती हों तो आती हों किन्तु साधारणतः कम देखने में आती हैं। अन्य वर्ज्य सम्बन्ध की भावनाएँ आती अवश्य हैं, किन्तु सामाजिकता का औचित्यदर्शक उनको दमित कर देता है। इनके निकास के कई मार्ग बतलाये गये हैं। स्वप्नों में वे वासनाएँ रूप बदलकर प्रकट हो जाती हैं। स्वप्नों के अतिरिक्त उनका निकास हँसी-मजाक और खेल-कूद तथा साहित्य कला आदि में भी होता है।

प्रतीक

स्वप्नों और बोलचाल में लोग प्रायः प्रतीकों से काम लेते हैं। प्रतीक मूल वासनाओं और वस्तुओं के बदले रूप हैं। अपेक्षाकृत निरापद होने के कारण सहज में प्रचार पा जाते हैं। फ्रायड का यह कहना है कि हमारी बहुत-सी पौराणिक और दन्तकथाएँ एवं उपासना के प्रकार भी यौन प्रतीक हैं। अलाउद्दीन का चिराग इच्छापूर्ति का प्रतीक है। कामवासना की पूर्ति सबसे बड़ी इच्छापूर्ति है। चिराग की ज्योति अग्नि का एक लघु रूप है और उष्णता का द्योतक है। उष्णता रुधिर संघर्ष और वृद्धि का प्रतीक है। अग्नि की उत्पत्ति लकड़ियों के संघर्ष से होती है, वह रति क्रिया का द्योतक है। फ्रायड महोदय को चिन्तामणि की बात मालूम होती तो उसके सम्बन्ध में भी ऐसी ही बात कहते। उसमें आकार साम्य का भी क्षीण आभास मिलता है। प्रसादजी ने भी कामायनी में लकड़ियों के संघर्ष को रति क्रिया का प्रतीक बनाया है।

फ्रायड और काम-वासना (ख)
(स्वस्थ निकास)

अस्वस्थ मार्ग

बहुत से लोग अश्लील कामोद्दीपक उपन्यास आदि पढ़कर या चित्रपट देखकर अपनी कामवासना की कल्पना में तुष्टि कर लेते हैं। काल्पनिक व्यभिचार करने वालों की संसार में कमी नहीं है। मानसिक व्यभिचार शारीरिक व्यभिचार की अपेक्षा अधिक काल तक मनुष्य को आक्रान्त किये रहता है। ऐसे लोग पढ़े-लिखों की श्रेणी में अधिक मिलते हैं। इस प्रकार के काल्पनिक निकास से वासना घटती नहीं वरन् बढ़ती है। घी डालने से अग्नि की ज्वाला और भी प्रदीप्त होती है।

गाली देना या मजाक करना काम-तृप्ति के ही मार्ग हैं। विफल मनोरथ लोग इनका अधिक प्रयोग करते हैं। बहुत से लोग गालियों में अश्लीलता बचाने के लिए उसे पूरा नहीं कहते हैं। इसे वैज्ञानिक भाषा में धनीकरण (कंडेंसेशन) कहते हैं। और बहुत से लोग अश्लील शब्द को बदल देते हैं, स्त्री की जननेन्द्रिय को लोग आँत कह देते हैं। इसको वैज्ञानिक भाषा में स्थानान्तरीकरण कहते हैं। इन साधनों से औचित्य का भी आंशिक निर्वाह हो जाता है और वासना को भी प्रश्रय मिलता है। हँसी-मजाक में प्रायः द्वयर्थक शब्दों का प्रयोग होता है। उनके अश्लील संकेतों पर श्लीलता का क्षीण आवरण पड़ा रहता है।

रेचन पद्धति

जब काम शक्तियों को कोई निकास का मार्ग नहीं मिलता है तब वह मानसिक विकृति, अपस्मार, हिस्टीरिया, स्नायुविकता आदि का रूप धारण कर लेती है। विरह की दशा में हमारे यहाँ भी अपस्मार मूर्च्छा, व्याधि आदि का उल्लेख हुआ है। किन्तु फ्रायड हिस्टीरिया और स्नायुविकता का सम्बन्ध अधिकतर अचेतन या अवचेतन मन की दूषित वासनाओं के विकृत निकास से मानता है। इस तरह के मानसिक रोगों और ग्रन्थियों के शमन के लिए फ्रायड ने स्वच्छन्द सम्बन्ध ज्ञान (फ्री एसोसिएशन) द्वारा दमित भावों के रेचन की विधि बतलायी है। प्रश्नोत्तर और शब्दों की प्रतिक्रिया द्वारा चिकित्सक रोगी के पूर्व इतिहास में प्रवेश कर रोग और विकृति के कारण तक पहुँच जाता है। फिर उसकी आत्म-स्वीकृति कराकर विवेचन और काल्पनिक चित्रण द्वारा उस कारण की तुच्छता को प्रत्यक्ष करा देता है। इस प्रकार कल्पना और वार्तालाप में ही वेग का रेचन हो जाता है। बड़ी उम्र पर विकृतियाँ तो बनी रहती हैं, किन्तु कारणों की तीव्रता जाती रहती है। वर्तमान के आलोक में पूर्व कारण तुच्छ प्रतीत होने लगते हैं। यह लोगों का भ्रम है कि फ्रायड ने स्वच्छन्दता को बहुत कम आश्रय दिया है। उसने उन्नयन (सब्लीमेशन) का मार्ग बतलाया है।

स्वस्थ निकास

काम-वासना का स्वस्थ निकास प्रायः विवाह में हो जाता है। विवाह वासना और सामाजिकता का एक प्रकार से समझौता है और जहाँ पर यह सम्भव नहीं होता वहाँ कामशक्ति को किसी उन्नत मार्गों में लगा देना श्रेयस्कर होता है, जैसा कि उपन्यासों में दिखाया जाता है, कोई लोग आश्रम खोल देते हैं (जैसा सेवा सदन में) कोई युद्ध में चले जाते हैं और कोई देश-सेवा का व्रत धारण कर लेते हैं। औरतों में रोगी परिचर्या (नर्सिंग) द्वारा मातृ-भावना की तृप्ति हो जाती है। स्त्रियों में अध्यापन कार्य भी मातृ-भावना की तुष्टि करता है। धार्मिक कार्यों, जैसे दान-पुण्य,

पूजन-आराधना, संगीत-कीर्तन आदि में अनित्य प्रेमपात्र से मन को हटाकर प्रेम के नित्य आलम्बन की ओर स्थानान्तरीकरण हो जाता है। प्रकृति प्रेम सौन्दर्योपासना का एक स्वस्थ और सात्विक रूप बन जाता है। उसमें मानवी भावों का आरोप भी होने लगता है। साहित्य-सृजन तथा अन्य निर्माण कार्य संचालन में सृजनेच्छा की तुष्टि और वात्सल्य सुख का अनुभव होने लगता है। खेल-कूद, साहित्य-संगीत और कलाओं का अनुशीलन, जिम्नास्टिक, बागवानी, साहसिक यात्राएँ काम-वासना के निकास के उन्नत मार्ग हैं। इनके द्वारा मनुष्य बेकार भी नहीं रहने पाता और उनका मन शैतान का कारखाना बनने से भी बच जाता है। प्राकृतिक सौन्दर्य में आनन्द लेना भी काम-वासना का उन्नत मार्ग है। हमको वासनाओं का दमन नहीं वरन् परिष्करण और सत्संयोजन चाहिए। वासनाओं में एटम बम की शक्ति है। उसका सदुपयोग करना वांछनीय है।

4
स्वप्न संसार

साहित्य में स्वप्न

संसार को स्वप्नवत कहा गया है, किन्तु स्वप्नों का भी एक संसार है जिसके सम्पर्क में मुझ जैसे लोग तो नित्य ही आते हैं और कुछ व्यक्ति इस लोक का अनुभव कभी-कभी ही प्राप्त करते हैं। बहुत से लोग स्वप्न देखते तो हैं, किन्तु उनको इतनी जल्दी भूल जाते हैं कि वे समझते हैं कि उन्होंने स्वप्न देखे ही नहीं। बच्चे भी स्वप्न देखते हैं और कुछ विद्वानों का कथन है कि जानवर भी इस अनुभव से वंचित नहीं हैं। स्वप्नों की प्रथा प्राचीन काल से चली आयी है। वाणासुर की राजकुमारी उषा ने तो अपने भावी पति को स्वप्न में देखा था। साहित्य शास्त्र में भी स्वप्न दर्शन पूर्वानुराग का एक प्रकार माना गया है। इतिहास, पुराण, धर्मग्रन्थ तथा साहित्यिक ग्रन्थ स्वप्नों की चर्चा से भरे पड़े हैं। स्वप्न वासवदत्ता भास का एक नाटक है ही। कामायनी में श्रद्धा मनु के आहत होने का हाल स्वप्न द्वारा ही जानती है। बाइबिल में भी कई सांकेतिक स्वप्नों का उल्लेख आता है।

तीन अवस्थाएँ

वैसे तो दिवा-स्वप्न भी होते हैं, किन्तु स्वप्न हमारी निद्रित अवस्था की ही विशेष सम्पति है। हमारे यहाँ तीन अवस्थाएँ मानी गयी हैं—जाग्रति, स्वप्न और सुषुप्ति। एक चौथी अवस्था तुरीयावस्था के नाम से भी मानी गयी है जो ब्रह्मलीन पुरुषों को समाधि की अवस्था में ही प्राप्त होती है। वास्तव में स्वप्न जाग्रति और सुषुप्ति के बीच की अवस्था है उसमें जाग्रति से कम और सुषुप्ति से कुछ अधिक चेतना का प्रकाश होता है। सुषुप्ति अवस्था पूर्ण शान्ति की स्वप्न रहित अवस्था है जिसमें हमारा सम्पर्क जाग्रत संसार से छूट जाता है और हमारी इन्द्रियों तथा मन को शक्ति-संचय के लिए विश्राम मिल जाता है। हमारी आन्तरिक इन्द्रियाँ, जैसे हृदय, फेफड़े, गुर्दे, पाचन सम्बन्धी अवयव, सब अपना-अपना काम करते हैं और

चेतना भी नितान्त विलीन नहीं होती, बल्कि जागकर मनुष्य यह कहता है कि मैं खूब सोया। रात्रि को यदि हम सुबह चार बजे उठने का संकल्प करके सोते हैं तो यथासमय जाग जाते हैं। यदि हम कुम्भकरणी निद्रा के अभ्यासी न हों तो थोड़ा या बहुत खटका पाने पर जाग जाते हैं। प्रगाढ़ निद्रा से जागने के लिए अपेक्षाकृत अधिक आघात देना पड़ता है। बहुत-सी खटपट का ईषत् आभास मिलते हुए भी हम नहीं जागते हैं। जब निद्रा पूरी हो जाती है अथवा पूर्णप्राय होती है, स्वप्न प्रायः ऐसी ही अर्द्धचेतन अवस्था में देखे जाते हैं। कम-से-कम सुषुप्ति की अवस्था की अपेक्षा स्वप्नावस्था में चेतना का अधिक विकास रहता है।

स्वप्न और प्रत्यक्ष

स्वप्न का अनुभव भी प्रत्यक्ष होता है, यहाँ तक कि एक अंग्रेज लेखक ने कल्पना की थी कि अगर एक भिखारी रात भर यह स्वप्न देखे कि वह राजा है और राजा यह स्वप्न देखे कि वह भिखारी है तो दोनों के सुख-दुःख का लेखा-जोखा बराबर हो जाएगा। फिर भी स्वप्न और प्रत्यक्ष में अन्तर है। स्वप्न का अनुभव अन्य प्रकार के अनुभवों की अपेक्षा कम स्थायी और असम्बद्ध होता है। स्वप्न में गतिमय चाक्षुष प्रत्यक्ष ही अधिक होता है। एक अंग्रेज लेखक ने उसकी एक तरह के मूक चित्रपट से तुलना की है जिसमें मोटे शीर्षक भी नहीं होते, चित्र में तार्किक शृंखला का अभाव रहता है, किन्तु द्रष्टा की चेतना काम करती रहती है। साधारण प्रत्यक्ष में सब इन्द्रियाँ एक दूसरे की गवाहियाँ देती रहती हैं, किन्तु स्वप्न में कभी-कभी ही नेत्र और स्पर्श पारस्परिक सहयोग से वास्तविकता का भान कराते हुए देखे जाते हैं। उस अवस्था में प्राय चाक्षुष प्रत्यक्ष ही रहता है। उस समय हम बिना हाथ पैर चलाये ही ईश्वर की भाँति 'कर बिन कर्म करे विधि नाना' और नेत्रों के बन्द रहते हुए भी हम सब कुछ हस्तामलकवत् देखते हैं। सबसे बड़ा अन्तर यह होता है कि हमारा सम्पर्क शेष तत्कालीन बाह्य संसार से नहीं होता है। हम अपने ही संसार के कूप-मंडूक बने रहते हैं। हम ही द्रष्टा और दृश्य बनते हैं। स्वप्न में ज्ञाता ज्ञान और ज्ञेय की एकाकार त्रिपुटी नहीं बनती, ज्ञाता अपने को ज्ञात समझता रहता है। उसका अहंकार भी नष्ट नहीं होता किन्तु वह ब्रह्म या स्वर्णलूता (मकड़ी) की भाँति अपने जगत् की आप ही सृष्टि करता है और उसको बाह्य विषय के रूप में देखता है, किन्तु उसका वास्तव में बाह्य विषय से बहुत कम सम्पर्क रहता है। प्रत्यक्ष में जो तर्क और बुद्धि का नियन्त्रण रहता है, वह स्वप्न में अपेक्षाकृत शिथिल हो जाता है। कभी-कभी स्वप्न में भी हम तर्क कर लेते हैं, जैसे मरे हुए आदमी को देखकर ऐसा सोचना 'अरे यह तो मर गया था, कहाँ से आ गया?' अथवा 'जब यह जिन्दा था तब तो चल नहीं सकता था, अब कैसे चल लेता है?' स्वप्न में उड़ते समय भी कभी-कभी अपने अनुभव की वास्तविकता में सन्देह होने लगता है, किन्तु मन-ही-मन अपने को उड़ते देख 'प्रत्यक्षे कि

प्रमाणम्' से शंका का समाधान हो जाता है। स्वप्न में प्रत्यक्ष जगत् का-सा तारतम्य नहीं रहता, किन्तु बुद्धि का नितान्त अभाव भी नहीं रहता। कभी-कभी स्वप्न में पिछले स्वप्न की स्मृति भी आ जाती है। बुद्धि का अंकुश होता अवश्य है, पर चपल कल्पना बुद्धि से आगे दौड़ जाती है और उसे अपनी सत्यता का सहज सन्तोष प्राप्त हो जाता है। बाह्य जगत् हमारे सामने उपस्थित होकर तुलना में उसे मिथ्या सिद्ध करने के लिए नहीं आता है, इसीलिए हमारी भूख कम-से-कम उस समय के लिए मनमोदकों से ही बुझ जाती है, फिर चाहे हमको यह कहना पड़े कि और लोग तो सोकर खोते हैं; हमने जागकर खोया। "और तो सोय के खोवत मैं सखि प्रीतम जागि गँवाये।"

स्वप्न और कालक्रम

स्वप्न में वास्तविक समय का-सा कालक्रम भी नहीं रहता। वास्तविक समय में कालक्रम के निश्चित करने के बाहरी उपकरण, सूर्य-चन्द्र, घड़ी-घंटा आदि वर्तमान रहते हैं। स्वप्न में कालक्रम स्वप्न की सम्पन्नता के ऊपर निर्भर रहता है। स्वप्न में तार्किक क्रम न रहने के कारण बहुत से अनुभव एक ही केन्द्र में अवस्थित हो जाते हैं। उसका कालमान बहुत सूक्ष्म होता है। कुछ लोगों का कहना है, बड़े से बड़ा स्वप्न एक या दो मिनट का और कभी-कभी एक या दो मिनट से कम का ही होता है। इसके कुछ प्रमाण भी दिये गये हैं। एक बीमार मनुष्य की गर्दन पर सोते समय उसकी माता का हाथ पड़ गया था। तत्काल स्वप्न जगत् में वह एक राजनीतिक नेता बन गया। भीड़ ने उसके जय-जयकार लगाये, अदालत में पेशी हुई और उसको फाँसी का हुकुम हो गया। वह तख्ते पर चढ़ा और फाँसी उसे लगा दी गयी। फाँसी लगते ही वह जग गया। यह सब कार्य उतनी ही देर में हो गया जितनी देर में उसकी माता का हाथ उसके गले पर रहा। यह सम्भव हो सकता है कि वह कोई और स्वप्न देख रहा हो। मैंने भी एक रात करीब बारह बजे घड़ी के घंटों के आधार पर यह स्वप्न देखा कि मैं एक गृह सम्बन्धी कार्य में बहुत व्यस्त हो गया हूँ; कॉलेज का घंटा बज रहा है; मैं कॉलेज के लिए जल्दी तैयार हो रहा हूँ; कहीं जूते की तलाश है तो कहीं टोपी की; इतने में आँख खुल गयी और बारह घंटे पूरे बज नहीं पाये थे। जो कुछ भी हो स्वप्न द्रष्टा ब्रह्म की भाँति बाह्य जगत् के देशकाल के बन्धनों से मुक्त रहता है। उसकी गति भी अबाधित रहती है।

'मनोजवं मारुत तुल्य वेगम्' की बात हमारे लिए भी कम-से-कम स्वप्न जगत् में चरितार्थ हो जाती है।

प्रत्यक्ष से सादृश्य

स्वप्न का प्रत्यक्ष भी कुछ-कुछ जाग्रत के प्रत्यक्ष ही की भाँति होता है। जाग्रत के

प्रत्यक्ष में दो बातें होती हैं—एक बाह्य उत्तेजक और दूसरी उसकी व्याख्या। हम किसी वृक्ष को सामने देखते हैं। उसका रंग-रूप अपने संवेदनों द्वारा हमारे नेत्र की चित्र पट्टिका को प्रभावित करता है। फिर हमारी स्मृति आदि द्वारा उन संवेदनों का अर्थ लगाया जाता है और हम कहते हैं कि यह वृक्ष है। इसको प्रत्यभिज्ञा ज्ञान कहते हैं। जब हम किसी की प्रतीक्षा में होते हैं तब मानसिक क्रिया प्रबल होती है और हम स्थाणु (लकड़ी के ठूँठ) को ही व्यक्ति मान लेते हैं। इसी प्रकार अन्य धोखे भी हो जाते हैं। थोड़े से बाह्य उत्तेजन के आधार पर हमारी कल्पना और स्मृति भी ठूँठ को आदमी का सा आकार-प्रकार प्रदान कर देती है। भ्रम में हमारा मानसिक प्रत्यक्ष वास्तविक प्रत्यक्ष बन जाता है। स्वप्न में भी भ्रम का सा व्यापार होता है। बाह्य उत्तेजन न्यूनातिन्यून होता है और मानसिक क्रिया उसके आधार पर सिनेमा की रील तैयार कर लेती है। बाह्य उत्तेजन के लिए यह आवश्यक नहीं कि वह शरीर से बाहर का ही हो; शरीर में ही पर्याप्त उत्तेजन मिल जाते हैं। हमारी स्नायुओं में स्वयं स्पन्दन होते रहते हैं और उनका प्रभाव हमारे मस्तिष्क पर प्रायः वही होता है जो बाह्य उत्तेजनों से प्राप्त स्पन्दनों का हमारी त्वचा आदि ज्ञानेन्द्रियों पर होता है। हमारे आन्तरिक अवयव किसी न किसी प्रकार की उत्तेजना उत्पन्न करते रहते हैं। अत्यधिक भोजन या अजीर्ण भी स्वप्नों का उत्तेजन बन जाता है।

बाह्य उत्तेजक

पलकों पर दबाव पड़ने से भी आँखों पर प्रभाव पड़ता है। कमरे का प्रकाश भी कभी-कभी नेत्र सम्बन्धी स्नायुओं में स्पन्दन उत्पन्न कर देता है। कभी-कभी जागते समय भी आँख बन्द करने पर बिना किसी बाहरी उत्तेजना के भी हमारे सामने काल्पनिक चित्र उपस्थित हो जाते हैं। जागते में हमारा सम्पर्क बाहरी संसार से बना रहता है, इसलिए वे चित्र हमको काल्पनिक प्रतीत होते हैं, किन्तु स्वप्न में हमारा सम्पर्क बाह्य संसार से नहीं रहता है, इसीलिए वे चित्र निर्द्वन्द्व रूप से अपना अस्तित्व जमाये रहते हैं और सत्य और वास्तविक प्रतीत होते हैं।

स्वप्न में प्रायः बाहरी उत्तेजक भी अपना प्रभाव डालते हैं। प्यासा आदमी पानी का तालाब देखता है अथवा पानी की प्याऊ के पास पहुँच जाता है। इसी प्रकार पेशाब जिसको लगी होती है वह स्वप्न में पेशाब कर तो नहीं लेता हैं, किन्तु पेशाब करने का स्वप्न मात्र देखता है। सोते समय शरीर के अवयवों की स्थिति स्वप्नों को रूप देने के लिए उत्तरदायी होती है। पैर अगर ऊपर उठे हों तो मनुष्य उड़ने का स्वप्न देखता है। हमारे यहाँ लोगों का यह प्रचलित विश्वास है कि सोते समय छाती पर हाथ पड़ जाय तो वह व्यक्ति किसी विभीषिका से भयाक्रान्त हो जाएगा। एक मनुष्य का सोते में पैर सो गया था, उसको यह स्वप्न दिखाई दिया कि किसी अजगर ने उसका पैर पकड़ लिया है और वह उसको ऐंठ रहा है।

घंटों की आवाज अपनी नयी परिस्थिति बनाकर उसमें अपनी सार्थकता प्राप्त कर लेती है। मालूम होता है कि कॉलेज के घंटे बज रहे हैं अथवा विवाह या गिरजे या मन्दिर के घंटे बज रहे हैं।

मानसिक स्थिति

कोई बाहरी उत्तेजक स्वप्न में क्या रूप धारण करता है, यह स्वप्न द्रष्टा की मानसिक स्थिति पर निर्भर होगा। पुजारी को घंटे की आवाज मन्दिर में ले जाएगी, प्रोफेसर या विद्यार्थी को घंटे की आवाज कॉलेज या स्कूल की तैयारी करवाएगी और विवाहोत्सुक ईसाई को गिरजे में पहुँचा देगी। एक बार मेरे पास के कमरे में मेरा बीच का लड़का जो उस समय मेडिकल कॉलेज का विद्यार्थी था अपनी पुस्तक को कुछ जोर से पढ़ रहा था। मैंने स्वप्न देखा कि मैं रेडियो स्टेशन पर पहुँच गया। वहाँ कोई माइक पर अभ्यास कर रहा है और फिर मुझसे भी भाषण देने को कहा गया। उस रोज ही मुझे एक 'टाक' के लिए निमन्त्रण प्राप्त हुआ था। बिल्ली को ख्वाब में छिछड़े ही दिखाई देते हैं, यह बात बहुत अंश में ठीक है। स्वप्नों में द्रष्टा की मनोवृत्ति बहुत कुछ कार्य करती है।

कल्पना का कार्य

स्वप्नों में भौतिक अंश कितना रहता है यह कहना तो कठिन है, किन्तु थोड़ा बहुत रहता अवश्य है, चाहे वह शरीर के भीतर का हो और चाहे शरीर के बाहर का। इसके साथ यह भी न भूलना चाहिए कि मानसिक प्रभाव प्रबलतर होता है, वह चाहे चेतन मन का हो और चाहे अचेतन का। जाग्रत जीवन के प्रभावोत्पादक दृश्य प्रायः स्वप्न संसार में अपनी पुनरावृत्ति पाते हैं। स्वप्न में हमारी सोयी हुई स्मृतियाँ जाग उठती हैं, कल्पना उन स्मृतियों में संयोजन-वियोजन कर उलट-फेर करती रहती हैं। स्वप्न में कल्पना की गति स्वच्छन्द हो जाती है, बुद्धि का शासन उठ जाता है, औचित्य का भी अंकुश नहीं रहता है और सम्बन्ध शृंखला कहीं पर टूट जाती है और कहीं जुड़ती जाती है। कल्पना विश्वामित्र की-सी नयी सृष्टि कर वास्तविक कल्पवृक्ष का रूप धारण कर लेती है। हमारी इच्छाएँ, अभिलाषाएँ सहज में बिना प्रयास पूरी हो जाती हैं। धनेप्सु को धूल में पड़े रुपये मिल जाते हैं और भोजन भट्ट को नाना प्रकार के भोजन।

कौन-सी स्मृति कब जाग उठेगी इसका कारण बतलाना तो कठिन है किन्तु यह व्यापार अकारण नहीं होता है। हमारी वे स्मृतियाँ जाग्रत होती हैं जिन का सम्बन्ध हमारे स्वभाव से हो या जिनके साथ कोई प्रबल इच्छा या वासना अनस्यूत हो।

फ्रायड का मत

मनोविश्लेषण शास्त्रियों ने विशेषकर फ्रायड ने अचेतन जगत् की वासनाओं को विशेष महत्त्व दिया है। फ्रायड ने इन वासनाओं में भी काम वासना और उससे

सम्बन्धित ईर्ष्या आदि भावनाओं को मुख्यता दी है। यहाँ पर फ्रायड के स्वप्न सिद्धान्त की संक्षिप्त व्याख्या कर देना अप्रासंगिक न होगा। फ्रायड तथा उसके अनुगामियों का कथन है कि चेतन मन के अतिरिक्त एक अचेतन मन भी होता है जिसमें कि भावनाएँ जो सामाजिक बन्धनों के कारण प्रकाश में नहीं आ सकतीं, स्थान पा जाती हैं; जैसे कि पति या क्रोधी पिता की हत्या कर डालने की इच्छा को एक मानसिक औचित्य द्रष्टा (Censor) चेतनमन से बाहर निकाल देता है किन्तु वे वासनाएँ मर नहीं जातीं वरन् सन् 42 के गुप्त कार्यकर्ताओं की भाँति अचेतन के तहखाने में पहुँचकर गुप्त कार्यवाही करती रहती हैं। (इस सम्बन्ध में अँधेरी कोठरी शीर्षक पहला अध्याय पढ़िए।) जब उनका बिल्कुल निकास नहीं होता तब वे हिस्टीरिया आदि मानसिक रोगों या लकवा, गठिया आदि शारीरिक रोगों का रूप धारण कर लेती हैं। इनके निकास के कई मार्ग फ्रायड ने स्वीकार किये हैं; वे हैं हँसी-मजाक, दैनिक भूलें, साहित्य और स्वप्न। इनमें वासनाएँ ऐसा रूप बदल लेती हैं कि वे औचित्य द्रष्टा की आँख में धूल झोंक सकें। उसने इन वासनाओं के निकास का सब से अधिक प्रचलित मार्ग स्वप्न बतलाया है। इनमें हमारी वासनाएँ प्रतीकों के रूप में आती हैं। हमारी महत्त्वाकांक्षा सीढ़ी पर चढ़ने का रूप धारण कर लेती हैं। पति के मरण की गुप्त अभिलाषा तख्ते (जिनसे कफन का बक्स बनाया जाता है) या काल रेशम (जिसके कपड़े स्यापे के दिनों में पहने जाते हैं) खरीदने का रूप धारण कर लेती है। छाता खरीदना दूसरे की छत्रछाया में रहने या दूसरा विवाह करने का प्रतीक समझा जाता है। फ्रायड के अनुसार औचित्य द्रष्टा (सैंसर) को धोखा देने के लिए दो क्रियाएँ विशेष रूप से चलती रहती हैं; वे हैं–धनीकरण (Condensation) और स्थानान्तरीकरण (Displacement)। औचित्य की रक्षा के लिए हम जाग्रत जीवन में भी इन व्यापारों को प्रयोग में लाते हैं। कभी-कभी गाली को पूरे शब्दों में कहा नहीं करते हैं। धूर्त की बजाय धू कहकर ही रह जाते हैं। यह धनीकरण है। अशुभ बात को हग बचाकर कहते हैं। गरने के लिए गंगा नहाना, गुजर जाना, खेल गये, काम आ गये, वीर गति को प्राप्त हो गये आदि वाक्य कहते हैं। दीये को बुझाना नहीं कहते हैं और न दुकान को बन्द करना कहते हैं, उसको बढ़ाना कहते हैं। मूर्ख को विपरीत लक्षण से बृहस्पति का अवतार कहते हैं। कुछ लोगों का यह भी विश्वास है कि स्वप्न उल्टा होना एक प्रकार से स्थानान्तरीकरण ही है। प्रतीक भी इसी के उदाहरण हैं।

हमारी कहावतों में भी स्थानान्तरीकरण की ही क्रिया रहती है। काम करने की योग्यता न रखने वाला यदि बहाने बनावे तो हम कहते हैं 'नाच न जाने आँगन टेढ़ा'। इसी प्रकार स्वप्न में भी वह व्यक्ति जिससे विशेष द्वेष हो वह नहीं दिखाई देता, उसका प्रतिनिधित्व करने कोई और आ जाता है। यह है स्थानान्तरीकरण।

अथवा घृणित मनुष्य का कपड़ा या टोपी और कोई व्यक्ति पहन लेता है। टोपी उस घृणित व्यक्ति का पूरा प्रतिनिधित्व कर देती है। यह है धनीकरण। स्वप्न में आकृतियाँ बदल जाती हैं और विकृत रूप धारण कर लेती हैं। घोर अनुशासन में रखने वाला पिता चाबुक लिए घुड़सवार बन जाता है और बालक की उससे बदला लेने की इच्छा उस घुड़सवार के गिरने और टाँग टूटने का रूप धारण कर लेती है। बालक की इच्छा की पूर्ति हो जाती है। इस इच्छा-पूर्ति को सेंसर भी नहीं रोक सकता है। संक्षेप में फ्रायड का यही स्वप्न सिद्धान्त है।

एडलर और युंग

मनोविश्लेषण शास्त्र के आचार्यों में फ्रायड के अतिरिक्त एडलर और युंग के नाम बड़े आदर के साथ लिए जाते हैं। ये मनोविश्लेषण शास्त्र के आचार्यत्रयी कहे जा सकते हैं। एडलर का कहना है कि फ्रायड ने काम वासना को अत्यधिक महत्त्व दिया है। मनुष्य में प्रभुत्वकामना उससे कहीं अधिक प्रबल है। वह अपनी परिस्थितियों पर प्रभुत्व प्राप्त करना चाहता है। यदि वह लोगों की निगाह में नीचा हैं तो ऊँचा उठना चाहता है। हमारे स्वप्न, हमारी कठिनाइयों और परिस्थितियों पर विजय प्राप्त करने की तैयारी के रूप में आते हैं। स्वप्न में बहुत-सी बातों के सम्बन्ध में हमारी अवमानना और आत्मग्लानि कम हो जाती है। फ्रायड पीछे की ओर देखता है, एडलर आगे की ओर। एडलर भी व्यक्ति की विशेष परिस्थिति के कारण स्वप्नों में विविधता मानता है। उसने उदाहरण देते हुए कहा है कि परीक्षा के निकट विभिन्न परिस्थितियों के दो विद्यार्थी, एक जिसकी खूब तैयारी है और दूसरा जो इम्तहान से डरता है, भिन्न-भिन्न स्वप्न देखेंगे। विशेष तैयारी वाला विद्यार्थी अपने को पहाड़ की चोटी पर ले जाएगा और कम तैयारी वाला विद्यार्थी अपने को युद्ध में लड़ता पाएगा। किन्तु दोनों ही स्वप्न उस विद्यार्थी को परीक्षा का सामना करने के लिए प्रोत्साहित करते हैं। युंग इन दोनों की अपेक्षा अधिक आध्यात्मिक है। वह स्वप्नों में व्यक्ति के ही अतीत का हाथ नहीं मानता वरन् जाति के संस्कारों को भी महत्त्व देता है। वह स्वप्नों से समस्याओं के हल का संकेत और विजय लाभ के नवीन मार्गों का उद्घाटन देखता है।

समन्वयात्मक मत

जो कुछ फ्रायड, एडलर और युंग ने कहा है उसका सम्बन्ध स्वप्न के मानसिक कारणों से है किन्तु हम काम-व्यवस्था को ही (फ्रायड ने तो काम-वासना में भी मातृरति को महत्त्व दिया है) स्वप्नों की एक मात्र प्रेरक शक्ति नहीं मान सकते। महत्त्वाकांक्षा और प्रभुत्व-कामना भी बहुत-कुछ काम करती है। बीते दिवस के

दृश्यों की तीव्रता और प्रबलता, हमारी रुचि और स्वभाव, सभी स्वप्न सृष्टि में योग देते हैं। फिर हम भौतिक कारणों की भी उपेक्षा नहीं कर सकते हैं। स्वप्न में हमारी चेतना के प्रायः सभी धरातल काम करते हैं। अवचेतन की अँधेरी कोठरी का भी तिलिस्मी द्वार खुल जाता है। स्मृति और कल्पना भी अबाधित गति से काम करती रहती हैं और वे सूक्ष्म से सूक्ष्म उत्तेजकों के चारों ओर अपना ताना-बाना बुनती रहती हैं। स्वप्न एक संकुल मानसिक कामना है। उसको किसी एक वासना में बाँधना उसके साथ अन्याय होगा।

स्वप्न की सत्यता

स्वप्नों के सम्बन्ध में यह बड़ा प्रश्न है कि स्वप्न सत्य होते हैं या नहीं और यदि सत्य होते हैं तो कौन-से? लोगों का विश्वास है कि सुबह के देखे हुए स्वप्न सत्य होते हैं। बहुत से स्वप्न सत्य हो जाते हैं। कभी-कभी हम किसी विशेष व्यक्ति को स्वप्न में देखते हैं तो उसका पत्र आ जाता है, किन्तु यह नियमित रूप से नहीं होता। इसलिए इसको वैज्ञानिक तथ्य नहीं कह सकते। किन्तु यह विषय विशेष अनुसन्धान का है। हाँ! इतना अवश्य मानना पड़ेगा कि शुद्ध अन्तःकरण और शान्त चित्त वाले लोगों के स्वप्न प्रायः सत्य होते हैं। सम्भव है इसमें दूर-संवेदन (Telepathy) का भी कुछ प्रभाव हो। पुराने जमाने में स्वप्न भविष्य के द्योतक होते थे। उनकी व्याख्या करने वाले विशेष प्रकार के पुजारी-पंडित होते थे। स्वप्नों द्वारा भविष्य के लिए संकेत ग्रहण भी किया जाता था। आजकल के मनोविज्ञान में उनका इतना महत्त्व निर्विवाद है कि वे हमारे स्वभाव और हमारी इच्छाओं और अभिलाषाओं के परिचायक होते हैं। उनके दर्पण में हम अपनी असली सूरत देख लेते हैं।

मेरे एक स्वप्न की व्याख्या

वैयक्तिक अधिकार

श्रीमती महादेवी वर्मा ने एक जगह कहा है कि प्रत्येक विचारक को स्वप्न-द्रष्टा होना चाहिए। कुछ लोग मुझे विचारक कहने की कृपा करते हैं। उनके कथन की सत्यता में स्वयं मुझे सन्देह है। मैं अपने को रुपये में छः आने से ज्यादा विचारक नहीं समझता! स्वप्न-द्रष्टा मैं अवश्य हूँ किन्तु आलंकारिक अर्थ में नहीं। सिर्फ मंसूबे बाँधना, भविष्य की योजनाएँ बनाना, मेरी समझ में समय का दुरुपयोग है। मैं हूँ वास्तविक स्वप्न-द्रष्टा। मैं स्वप्नों को न्योतने नहीं जाता। वे बरबस, अपने आप, बिना बुलाये आते हैं। मैं उनसे हैरान हो जाता हूँ। सोकर जागना मेरे लिए वास्तव में जागरण होता है। मैं समझ सकता हूँ कि यदि संसार वास्तव में स्वप्न है तो उससे जाग्रति में कितना अधिक सुख होगा। मैं नहीं जानता कि स्वप्नों की इस

अनन्त सृष्टि का क्या उपयोग किया जाय। आज-कल महँगाई के दिनों में कूड़े के भी दाम उठते हैं। सीरे की मोटर-गैस बनने लगी है। मैंने सोचा कि मैं स्वप्नों की एक डायरी रखना शुरू कर दूँ, किन्तु आलस्यवश वह भी न रख सका। किन्तु दो-चार स्वप्न स्मृति-पटल पर अंकित बने हुए हैं।

स्वप्न विज्ञान की व्याख्या पहले कर चूका हूँ, किन्तु अपने एक स्वप्न की व्याख्या समझाने के अर्थ स्वप्न सम्बन्धी सिद्धान्त को मोटे रूप से फिर बतला देना चाहता हूँ।

स्वप्न सम्बन्धी सिद्धान्त

1. स्वप्न प्रायः दमित वासनाओं की पूर्ति-स्वरूप आते हैं। फ्रायड की भाँति मैं केवल सेक्स (काम) वासना को ही महत्त्व नहीं देता, वरन् भोजन सम्बन्धी, लोकयश सम्बन्धी, धन सम्बन्धी सभी एषणाओं को यथोचित महत्ता प्रदान करता हूँ।
2. हमारी वासनाओं की पूर्ति स्वप्न का कोई विशेष रूप ही क्यों धारण करती है, इसकी व्याख्या प्रायः उस रात्रि के पूर्व दिन तथा अन्य दिनों की हृदय पर प्रभाव डालने वाली घटनाओं द्वारा हो सकती है। कभी-कभी वे घटनाएँ वासना-प्रेरित न होकर स्वयं अपनी प्रबलता, सुस्पष्टता और चित्रता के कारण मानस-पटल पर आकर स्वप्न रूप में दिखाई देती हैं।
3. चारपाई की दशा, अर्थात् उसकी कड़ाई-ढिलाई, चद्दर की शिकनें, उस पर पड़ा हुआ फाउंटेन पेन या चश्मा जो शरीर का स्पर्श कर रहा हो, कपड़ा का ढीला या कसा होना, बाहर से आने वाली ध्वनियाँ या प्रकाश सम्बन्धी संवेदनाएँ आदि स्वप्न की रूपरेखा निश्चित करने में सहायक होती हैं।
4. शरीर की आन्तरिक संवेदनाएँ, जैसे पेट का गड़गड़ाना, हाथ या पैर में दर्द, पेशियों का स्पन्दन, स्नायुओं का खिंचाव, भूख-प्यास, मलवेग, सोने में शारीरिक स्थिति आदि बातें स्वप्न को प्रभावित करती हैं।
5. हमारी स्मृतियों का अमित भंडार और कल्पनाओं का इन्द्रजाल स्वप्नों की सम्पन्नता में सहायक होता है।

संक्षेप में, मेरे कहने का तात्पर्य यह है कि हमारी दमित वासनाएँ कल्पना एवं सम्बन्ध-ज्ञान द्वारा स्मृतियों के भंडार से अपने अनुकूल चुनी हुई सामग्री से सुसज्जित हो जाती हैं और स्वप्न रूप में हमारे मस्तिष्क के चित्रपट पर आती हैं, किन्तु स्वप्न में भी जाग्रत जगत् की भाँति बाह्य संवेदनाओं के केन्द्र-बिन्दु के

चारों ओर कल्पना अपना दृश्य जाल बुन लेती है। इसी आलोक में मैं अपने स्वप्न की व्याख्या कर सकूँगा।

एक स्वप्न

23-24 मार्च, सन् 45 की रात को कुछ भूखा–धनाभाव से नहीं वरन् स्वास्थ्य-हिताय–करीब 11 बजे सो गया। एक दिन पहले ही चार दिन के ज्वर से मुक्त हुआ था। धूमिल छायावादी वातावरण में आगरा कॉलेज की विशाल इमारत मालूम नहीं किस जादू से एक साथ छतरपुर के राजभवन के रूप में परिवर्तित हो जाती है। मेरे ठहरने का प्रश्न आता है। मैं जब वहाँ नौकर था उस समय के मेरे क्लर्क, जो अब स्वर्गीय हैं, मेरे सामने प्रश्न मुद्रा से आते हैं। मुझे भी प्रसन्नता होती है। मेरे ठहरने के लिए कठमहला यानी राजकीय पुस्तकालय (जहाँ प्रायः मेहमान नहीं ठहरते) बतलाया गया। आश्चर्यमिश्रित प्रसन्नता। महल ओझल-से होते जाते हैं। किंचित् विषाद की रेखा।

दृश्य-परिवर्तन–एक चौकोर, कुछ उठा हुआ स्थान। उस पर ईंट, रोड़े पड़े हुए हैं। एक स्थान पर एक ऊँचे बोर्ड पर लिखा हुआ–यहाँ पुस्तकें मिला करेंगी। सामने आगरा विश्वविद्यालय की इमारत-सी दिखाई देती है।

एक गाँव का-सा आदमी आता है और पूछता है–यहाँ संवत् 2003 का कैलेंडर मिल जाएगा? मैंने कहा–तालाब खुदने नहीं पाया, मगर आन कूदे! पास ही राम सुमिरनी में हाथ डाले साफे वाले एक सज्जन दिखाई दिये। उन्होंने कहा–गीता की कथा सुनने आइएगा?

दृश्य-परिवर्तन–छतरपुर का दीवान साहब का बगीचा–घनी वृक्षावली में से रास्ता–एक ऊँचे से स्तूप के आगे आ खड़ा होता हूँ। मुझे बताया गया, यह आचार्य शुक्लजी का स्मारक बना है। मैं उसकी परिक्रमा करता हूँ। पीछे की ओर लाउड-स्पीकर का-सा भोंपू लगा हुआ है। भोंपू पीछे कैसे? परिक्रमा पूरी करने पर रावराजा डॉक्टर श्याम बिहारी मिश्र के आकार के-से एक सज्जन मुझे दिखाई दिये। उनसे मैंने अपने आश्चर्य की बात कही कि यह भोंपू पीछे क्यों? वे अपनी पूर्वी घरेलू भाषा में कहने लगे–'स्मारक बनिगा उहै बहुत है। रियायत का उनसे कौन हित भया? भोंपू ऐसो भा या वैसो भा, इहिते का, आवत-जात सुनाई तो परत है।'

मैंने सोचा ही था कि इस स्मारक को अपनी पूजा-सेवा के रूप में कुछ अर्पण तो करता चलूँ, इतने में एक आदमी नंगे बदन एक थाली में खीर का कटोरा और पास ही मक्खन का एक गोला लिए हुआ चला आ रहा था। उसने वह थाली मेरे हाथ में दे दी–एक बार फिर स्मारक की ओर देखा, उस पर सीढ़ी दिखाई दी। उसके पास श्री चिरंजीलाल एकाकी के-से आकार-प्रकार का एक विद्यार्थी खड़ा था। उसने कहा–क्या आप इस पर चढ़ नहीं सकते? मैंने कहा–चढ़ तो सकता हूँ किन्तु जरा मुश्किल से। ज्वर से उठा हूँ, पैर लड़खड़ाते हैं, कमजोर हूँ।

एक ओर से डॉक्टर नगेन्द्र की-सी आवाज़ आयी—मक्खन कहीं पिघल न जाए। मैं यह देखने को कि कौन महाशय हैं, दूसरी ओर बढ़ा। इतने में ही नारियल की जटाओं की डोर की बनी हुई मकबरे की चारों ओर की रोक में मेरा पैर उलझ गया। मैंने पैरों को स्वतन्त्र करने के लिए एक झटका दिया। घड़ी ने टन-टन दो बजाये, निद्रा की एक किश्त पूरी हो गयी। फिर स्वप्न पर विचार करने लगा।

स्वप्न-धारा की व्याख्या

अब इस स्वप्न-धारा की व्याख्या लीजिए। आगरा कॉलेज ही क्यों दिखाई दिया?—उसका सम्बन्ध मेरे बाल्यकाल से है। बी.ए. तक वहीं पढ़ा हूँ। मैंने वहाँ फोटोग्राफी क्लास 'ज्वाइन' कर लिया था—विज्ञान के कुछ सम्पर्क में आने के लिए। नौसिखे के लिए मनुष्यों की अपेक्षा स्थावर वस्तुओं की तसवीर लेना अधिक श्रेयस्कर होता है। मैं आगरा कालेज की ही तसवीर खींचा करता था, कैमरा के फोकसिंगग्राउंड पर वह अधिक सुन्दर लगा करना था और फोटो भी अच्छा आता था। महराबों का सुन्दर कटाव काल-रंजित वास्तविकता की अपेक्षा कुछ स्पष्ट और सुन्दर रूप में झलकने लगता था। सहज में ही फोटोग्राफर होने का आत्मसन्तोष मिल जाता था। उस समय की फोटो तो मेरे पास नहीं है, किन्तु मेरे स्मृति-पटल पर अब भी अंकित है। छतरपुर के राजभवन उसके बाद के प्रभाव की वस्तुएँ हैं। वहाँ से चले आने का दुःख और एक बार फिर पहुँचने की क्षीण लालसा दमित वासना या कुंठा के रूप में बनी ही रहती है। वही स्वप्न में राजमहल खड़ा कर देती है। मेरे क्लर्क ही मेरे वहाँ के अधिकार के प्रतीक थे।

पुस्तकालय मैं ठहराये जाने की बात की भी व्याख्या है। एक तो वह मेरा बहुत प्रिय विश्राम-स्थल था; दूसरे, एक बार स्वर्गीय महाराज ने, जब मैं वहाँ मेहमान के तौर पर गया था, कहा भी था कि चाहो तो वहीं यानी पुस्तकालय में ठहर जाना। किन्तु दृश्य-परिवर्तन ने तुरन्त मुझे बतला दिया कि वह अब मेरा स्थान नहीं। नया चौकोर स्थान और उसके पास विश्वविद्यालय की इमारत इस बात की द्योतक थी कि अब मेरा स्थान शिक्षा-संसार में है, राजशासन में नहीं। एक आदमी द्वारा कैलेंडर की माँग मेरी एक उलझन से सम्बन्ध रखती है। एक सप्ताह पूर्व मेरे सामने यह समस्या थी कि वर्षारम्भ कौन-से चैत से होता है और वह मास के बीच में ही क्यों आरम्भ होता है? काशी विश्वविद्यालय या ज्ञान-मंडल पंचांग कभी-कभी आ जाता था, पर बहुत दिन से उसके दर्शन नहीं हुए थे। पंचांग का कैलेंडर क्यों बन गया? वह शब्द यूनिवर्सिटी के संसर्ग से बदल गया। स्वप्न में यूनिवर्सिटी भी इसलिए तैयार हो गयी थी कि कुछ दिन पूर्व वहाँ की पुस्तकें

देखना चाहता था। कल्पवृक्ष के नीचे तो बैठा ही था। गीता की कथा तथा सुमिरनी की बात विश्वविद्यालय के भूतपूर्व धार्मिक रजिस्ट्रार से सम्बन्ध रखती है।

स्वप्न का प्रधान अंग

अब आइए स्वप्न के प्रधान अंग पर। हृदय की दमित वासना दृश्य को एक बार फिर छतरपुर ले गयी। बाहर से आती हुई फूलों की गन्ध ने दृश्य को बगीचे का रूप दे दिया। शुक्लजी के स्मारक तथा रावराजा श्यामबिहारी मिश्र साहब की उपस्थिति ने रियासत में कुछ आराम से रहने की वासना को साहित्यिक रूप दे दिया था। आचार्य शुक्लज़ी के सम्बन्ध में श्रद्धेय मिश्रबन्धुओं के अवमाननापूर्ण विचार (मिश्रबन्धु विनोद के चतुर्थ भाग में प्रकाशित) मेरे मस्तिष्क पर अंकित थे। उन्होंने रावराजा साहब द्वारा कहे गये उपेक्षापूर्ण वाक्यों को जन्म दिया। वैसे भी रावराजा साहब की व्यवहार कुशल बुद्धि इस बात को स्वीकार नहीं कर सकती थी कि किसी आजकल के साहित्यिक का स्मारक वहाँ बने। स्मारक की इमारत राजसी वैभव का प्रतीक थी।

भोंपू के पीछे होने की बात भी कुछ मजेदार-सी जँचती है। जब साहित्य-सन्देश का शुक्लांक निकाला था तब विचार की एक क्षीण धारा उत्पन्न हुई थी कि आचार्य शुक्लजी का कार्य पुरातन को प्रकाश में लाने की ओर अधिक रहा। वर्तमान और भविष्य के लिए उन्होंने कम कार्य किया। ऐसी बात मन में श्रद्धा से दब गयी। वह भोंपू के पीछे होने के प्रतीक के रूप में आयी। भोंपू ही क्यों प्रतीक बना, इसका सम्बन्ध प्रचार के वर्तमान साधनों से है।

खीर और मक्खन का सम्बन्ध कुछ तो मेरे भूखे पेट और पिछले दिनों के ज्वर की परवशता से धारण किए हुए उपवास से है और कुछ थोड़े ही दिन पूर्व अछनेरे में एक श्रद्धालु रेलवे के बाबू की खिलाई हुई खीर से। शुक्लजी का सम्बन्ध बुद्ध-चरित से है और बुद्ध का सम्बन्ध सुजाता की खीर से। मक्खन मालूम नहीं क्यों आया। किन्तु 'मक्खन पिघल न जाय' की आवाज कुछ सार्थक थी। मैं इस बात को जानता हूँ कि मेरी आलोचना खीर की तरह मीठी और मक्खन की भाँति साररूप होती है। इस आत्म-प्रशंसा को पाठक क्षमा करेंगे। इस बात की भी अनुभूति है कि उसमें आजकल के-से बर्फ में रखे हुए मक्खन की-सी कड़ाई नहीं है। वह आवाज उसी अनुभूति की प्रतिध्वनि मालूम पड़ती है।

सीढ़ी स्वप्न-शास्त्र में महत्त्वाकांक्षा का प्रतीक मालूम पड़ती है। मेरे निकट सम्बन्धी मेरी योग्यता का उचित से अधिक मूल्यांकन करते हैं। पास का खड़ा हुआ विद्यार्थी उनका ही प्रतीक है। चिरंजीलाल एकाकी मुझ पर विशेष श्रद्धा रखते हैं, इसलिए विद्यार्थी ने उनका रूप धारण कर लिया। मैं अपनी साहित्यिक न्यूनताओं को भली-भाँति जानता हूँ। मेरा यह कहना कि बुखार से उठा हूँ,

कमजोर हूँ, पैर लड़खड़ाते हैं, उन न्यूनताओं की आत्म-स्वीकृति है। बुखार मानसिक कमजोरी का भौतिक आवरण है, बहाना है।

अब रह गयी नारियल की जटाओं की बनी हुई स्मारक के चारों ओर की रोक। पाठकगण मुझे एक साथ नीचे गिरने का दोषी न ठहराएँ। मेरे घर की चारपाइयों में प्रायः अदवाइन का अपेक्षाकृत अभाव-सा रहता है। वह मेरी आँखों में खटकता भी है। वही उस स्मारक की रोक के रूप में मेरे स्वप्न जगत् में मेरे सामने आया। मेरा उसमें पैर उलझना इस बात का प्रतीक है कि गार्हस्थिक झंझट कुछ अंश में मेरी साहित्यिक प्रगति में बाधक होते हैं। उठने पर मैंने पाया कि मेरा पैर धोती की लपेट में उलझा हुआ था। घड़ी के घंटे की टन-टन ने निद्रा के क्षीण सूत्र को तोड़कर वास्तविकता से सम्बन्ध स्थापित कर दिया।

5
प्रभुत्व-कामना

प्रभु की सन्तान होने के कारण प्रभुत्व-कामना हमें पैतृक दाय के रूप में प्राप्त हुई है। यह हमारी एक सहज वृत्तियों में से है। जिस प्रकार फ्रायड ने काम-वासना को सब समस्याओं का हल बतलाया है उसी प्रकार एडलर ने प्रभुत्व-कामना को मूल प्रेरक शक्ति माना है। हमारी हीनताएँ जब इससे टकराती हैं तभी हीनता-ग्रन्थि की उत्पत्ति होती है और मनुष्य अपने को किसी दूसरे क्षेत्र में ऊँचा दिखाने का प्रयत्न करता है। इसका सीधा सम्बन्ध हमारे अहंभाव से है। यह उच्चता की भावना स्वतन्त्र रूप से भी काम करती है। भगवान् की तरह से इसके भी अनेक रूप हैं। 'अनेक रूप रूपाय विष्णवे प्रभविष्णवे।' प्रभुत्व-कामना की मूर्ति सिकन्दर, सीजर, नेपोलियन, गजनी, गोरी, बाबर, हिटलर और प्रतीकरूप जौनबुल की भाँति देशों और राज्यों में डंके की चोट विजय कर रणक्षेत्र में रथ हाँकने में ही नहीं होती वरन् इसके और भी अनेक मार्ग हैं।

हम सभी किसी न किसी रूप में बेमुल्क के नवाब हैं। सभी अपने-अपने घर के राजा हैं। पिता पुत्र से उसकी वृद्धि और समृद्धि के लिए आज्ञा-पालन का उपदेश देता है। चिलम भरवाने में भी वह बालक की हितकामना समझता है। गृह-स्वामिनी गृह-प्रबन्धक के नाम पर अपने स्वामिनीपन को सार्थक करते हुए सारे घर को सर उठाये रखती है। नौकर-चाकरों और बाल-बच्चों को चैन से नहीं बैठने देती। पतिदेव को तार-सप्तक के सभी स्वरों में कर्त्तव्य का पाठ पढ़ाती रहती है और यदि फिर भी पतिदेव के कान पर जूँ नहीं रेंगती तो बीमारी का सत्याग्रह कर बैठती है। फिर तो पतिदेव की सामाजिकता, लीडरी और पदाधिकार और मताधिकार सब पर ब्रेक लग जाता है और वे भीगी बिल्ली बनकर अपनी सारी शक्तियाँ देवीजी पर केन्द्रित कर देते हैं।

बड़े और छोटे भाई सैनिक स्वर में बहनों को हुक्म देते हैं, क्षणमात्र के विलम्ब को सहन नहीं कर सकते और बहनें भी छोटे बच्चों को सुधार और शिक्षा-दीक्षा के नाम पर अपनी राह नहीं चलने देतीं। उनकी भेदक दृष्टि उनका दुखान्त कर देती है।

नौकर तो मानो प्रभुत्व-कामना-प्रदर्शन के प्रमाणित साधन हैं। बेचारा मौन रहे तो उत्तर नहीं देता की शिकायत होती है और जवाब देता है तो वाचाल, बदतमीज और अशिष्ट कहा जाता है। कविता और वनिता की भाँति वह गृह-स्वामिनी की तीव्र आलोचना से नहीं बचता है। दफ्तर के क्लर्क बेचारे नौकरों के सफेदपोश भाई-बन्धु हैं। साहब चाहे कुछ जाने या न जाने किन्तु बात-बात में रोब जताते हैं, यदि साहब का दुर्भाग्यवश किसी बात में श्रीमती जी से झगड़ा हो जाय और प्रत्यनीक अलंकार को सार्थक करने के लिए बाल-बच्चों को डाँटने का कोई अवसर न मिले तो बेचारे क्लर्क की ग्रहदशा आ जाती है। घर का कुत्ता अफसर दफ्तर का शेर बन जाता है, और फिर बदले में दफ्तर का त्रसित क्लर्क छुट्टी पा जाने पर दिनभर के उपवासित नेत्रों को पारण देने की इच्छुक, पलक-पाँवड़े बिछाये हुए स्वागत-प्रतीक्षा में लीन बेचारी गृह-पत्नी के द्वार खोलते ही उस पर बरस पड़ता है। शाम को दफ्तर का कुत्ता घर का शेर बन जाता है।

सार्वजनिक क्षेत्र में

लोकानुकम्पया सार्वजनिक संस्थाओं में काम करने वाले अध्यक्ष लोग अपने अधिकार के लोगों को नाच नचाते हैं। अधिकारियों की प्रभुत्व-कामना सेवाभाव का भव्य रूप धारण कर लेती है। अधिकार प्रदर्शन अवैतनिक कार्यकर्त्ता का वेतन बन जाता है। इसी पदलोलुपता के लिए दर-दर वोट-भिक्षा माँगी जाती है।

प्रभुत्व-कामना के अनेक प्रशस्त रूप हैं। मास्टरी और प्रोफेसरी उदर पूर्ति के साथ प्रभुत्व कामना की भी पूर्ति करती है। एक बार औरंगजेब ने किले में बन्द शाहजहाँ से पूछा था कि 'अब्बाजान आप कुछ काम करना चाहेंगे?' शाहजहाँ ने उत्तर दिया, 'बच्चों को पढ़ाना।' उसके सआदतमन्द लड़के ने जवाब दिया, 'अब्बाजान, अभी बादशाहत की बू आपके मिजाज से नहीं गयी है। सेनानायक, दारोगा, थानेदार, चौकीदार, इंजिन ड्राइवर, इंजीनियर, डॉक्टर, सभी उदरपूर्ति के साथ प्रभुत्व-कामना की भी पूर्ति करते रहते हैं।

आत्मश्लाघा

आत्मश्लाघा भी प्रभुत्व-कामना का ही रूप है। आत्मश्लाघा का एक सकारात्मक और दूसरा नकारात्मक रूप है। सकारात्मक रूप में मनुष्य अपने ही गीत गाता है, नकारात्मक रूप में वह दूसरे की हीनताओं को बखानता रहता है। अपनी श्रेष्ठता दिखाने का सहज तरीका दूसरों की हीनता दिखाना है। कभी-कभी दोनों रूप साथ-साथ चलते हैं। हम उस काम को कर गये, दूसरे लोग टाँग अड़ाते ही रह गये। आत्मश्लाघा ही मनुष्य को बातूनी बना देती है। ऐसे लोग अबाधित गति से अपनी बात कहते चले जाते हैं और साथ-साथ अपने श्रोताओं के मुख पर स्वीकृति

और प्रसन्नता के भाव भी देखना चाहते हैं। आत्मश्लाघा के सूक्ष्म और स्थूल रूप होते हैं। लोग अपने को महत्ता देने के लिए दूसरों की तारीफ करते हैं। 'हम शुक्लजी के पास गये, वे क्लास पढ़ा रहे थें, उन्होंने क्लास पढ़ाना बन्द कर दिया।' 'हम अमुक सभा में गये, स्वयंसेवक ने आगे बढ़ने से रोक दिया। सभापति महोदय स्वयं मंच से उतर आये और हाथ पकड़कर लिवा ले गये। सब लोग देखते रह गये।' 'महात्मा गाँधी से मेरा व्यक्तिगत परिचय है।' 'जवाहरलाल के साथ मैं इलेक्शन में घूमा हूँ।'

मनुष्य अपने अहं को आगे करने के लिए कोई-न-कोई मार्ग निकाल लेता है। कोई विद्या के मद में चूर है तो कोई धन के मद में मस्त; कोई कुल और जाति के गर्व से लबालब रहता है और दूसरे जाति के लोगों की बुराई करने में ब्रह्मानन्द का अनुभव करता है। ऐसे लोग दूसरों को अपनी महत्ता और गरिमा से प्रभावित करने के लिए बातों की झड़ी बाँध देते हैं और श्रोताओं को आक्रान्त कर लेते हैं। यदि किसी को और किसी बात की महत्ता दिखाने का साधन नहीं मिला तो वह अपनी बीमारियों की ही एक कहानी सुनाने बैठता है। उसमें कुछ सम्पन्नता का-सा प्रभाव होने लगता है। कोई कहता है कि हम अपना इलाज कराने मद्रास गये और कोई कहता है, दिल्ली गये। कोई कहता है, मुझे तो डॉक्टर जवाब दे चुके हैं, तो दूसरा दुग्गी के बजाय चौआ डालता हुआ कहता है कि मुझे चार डॉक्टर जवाब दे चुके हैं। बहुत-सी स्त्रियाँ आकर्षण-केन्द्र बनने और दूसरों पर अधिकार प्राप्त करने के लिए चिर-रोगिणी बनी रहने में ही अपने जीवन की सार्थकता समझती हैं। उन्हें समाज-सेवा द्वारा इस भूख की तृप्ति कर लेनी चाहिए। एक लड़का जो स्कूल के किसी खेल में बाजी नहीं ले जा सकता था, इस बात का गर्व करता था कि वह सबसे दूर थूक सकता है।

सामाजिक लाभ

यह प्रभुत्व कामना अहंभाव का ही रूप है। यह हमेशा बुरी नहीं होती। इसके कारण संसार का बड़ा उपकार हुआ है। सैकड़ों अस्पताल, यूनिवर्सिटी हॉल दाताओं में अग्रगण्य समझे जाने के लिए बने हैं। लोग भाग-दौड़ और साहसिक प्रतिद्वन्द्विताओं में इसी से प्रेरित होकर भाग लेते हैं। प्रभुत्व-कामना की भावना जब तक दूसरों को आक्रान्त न करे और क्रियाशील बनाये रखे तब तक वह दमन करने योग्य नहीं कही जा सकती है। उसका अतिवाद ही बुरा है। स्वस्थ मात्रा में वह मनुष्य को गति प्रदान करती है। सब लोगों में प्रभुत्व-कामना चेतन मन में नहीं होती है। कोई-कोई अवश्य बड़े विनम्र और सेवा-परायण होते हैं, किन्तु अधिकांश में यह भाव काम करता है और बहुत विनम्र लोगों के भी अवचेतन मन में इसका निवास रहता है। यह मनुष्य के अहंकार का एक आवश्यक उपकरण है। इसके कारण मनुष्य बहुत-सी बुराइयों से बचा रहता है। स्वाभिमानी बुराई के काम में नहीं पड़ता।

6
भावना-ग्रन्थियाँ

व्याख्या

ग्रन्थि या गाँठ ऐसी उलझन को कहते हैं जो सहज में सुलझाई न जा सके, और जो अपेक्षाकृत स्थायी भी हो। गाँठ वैसे तो प्रायः सूत या उससे बनी हुई वस्तुओं में ही पड़ती है किन्तु, अन्तर्लोक के व्यापारों में भी इसका लाक्षणिक प्रयोग होता है, जैसा कि मुंडकोपनिषद् में हुआ है।–'भिद्यते हृदयग्रन्थिश्छिद्युन्ते सर्व संशयाः' 2/8।

बिहारी ने भी ऐसा ही प्रयोग किया है (परत गाँठ दुर्जन हिय–) भावना-ग्रन्थियाँ दुर्जन और सज्जन दोनों के हृदय में पड़ती हैं। इनको अंग्रेजी में Complexes कहते हैं।

हमारे भाव-जगत् में दो तरह के व्यापार होते हैं, कुछ क्षणिक और कुछ स्थायी। क्षणिक को हम आवेग, या मनोवेग कहते हैं। ये उग्र होते हैं और इनमें वेग या गति की मात्रा अधिक होती है। तभी इनको अंग्रेजी में इमोशन (Emotion) कहते हैं। इमोशन शब्द मोशन या गति से बना है। स्थायी-व्यापार भाव-वृत्तियाँ या Sentiments कहलाते हैं। इनका अन्तर क्रोध और वैर से स्पष्ट हो जाएगा। क्रोध क्षणिक और वेगमय होता है, वैर स्थायी होता है। तभी आचार्य शुक्लजी ने वैर को क्रोध का अचार या मुरब्बा कहा है।

जैसा कि ऊपर निवेदन किया गया है कि ग्रन्थियाँ अपेक्षाकृत स्थायी वस्तुओं में ही पड़ती हैं; भावना-ग्रन्थियाँ भी प्रायः भाव-वृत्तियों का-सा स्थायित्व ग्रहण कर लेती हैं। उनमें आन्तरिक संघर्ष के कारण जब कुछ पेचेदिगी और उलझन आ जाती है तब प्रायः संघर्ष के शमन और सुलझाने के लिए दो परस्पर विरोधिनी वृत्तियों में से एक का दमन-सा हो जाता है और जो वृत्ति समाज में प्रतिष्ठित होती है अथवा हमारे व्यापक स्वभाव से सम्बन्ध रखती है उसकी ही प्रायः विजय होती है।

दमित भावनाएँ अवचेतन मन में निष्क्रिय नहीं रहती हैं। वे दमन-चक्र से प्रताड़ित भूमिगत क्रान्तिकारियों की भाँति पराजय की कसक और विजयिनी शक्तियों के प्रति विद्रोह की दमित भावना उनमें वर्तमान रहती है। वे रूप बदलकर बाहर जाने की चेष्टा करती रहती हैं, और गुप्त रूप से हमारे कार्यों को प्रभावित कर अपने अस्तित्व का परिचय देती हैं, किन्तु उनके प्रभाव में चलते हुए भी हम उनको अपनाने में वैसे ही लज्जित होते हैं जैसे कोई कोठी में रहने वाला सम्पन्न मनुष्य गन्दी गलियों में अपनै पैतृक-गृह को अपना कहने में आनाकानी करता है। हमारी भावना-ग्रन्थियों का भी कुछ-कुछ ऐसा ही रूप होता है।

उपकरण

संक्षेप में भावना-ग्रन्थियों में निम्नलिखित बातें होती हैं—

1. वे किसी दुखद अनुभव से सम्बन्धित होती हैं जिसकी हम पुनरावृत्ति नहीं चाहते हैं और जिसको हम अपनाने में भी आनाकानी करते हैं। 2. इनका सम्बन्ध प्रायः अवचेतन मन से होता है। 3. उनमें कई भाव-वृत्तियों और मनोदशाओं का संघर्ष-सा रहता है जो उनको बाहरी जगत् को प्रभावित करने की शक्ति प्रदान करता रहता है। 4. इनके अस्तित्व के कारण उनसे प्रभावित कार्य अकारण उच्छृंखल और बुद्धि के प्रतिकूल प्रतीत होते हैं। 5. ग्रन्थियों के गुप्त प्रभाव से मनुष्य कुछ ऐसी सांकेतिक क्रियाएँ जैसे बार-बार हाथ धोना, कन्धे हिलाना, किसी वस्तु को बार-बार पोंछकर साफ करना, होठ काटना आदि क्रियाएँ करने लग जाता है।

ग्रन्थि तभी कहलाती है जब व्यवहार में कुछ स्नायुविकता और विकृति आ जाती है।

हीनता-ग्रन्थि

उदाहरण के लिए हीनता-ग्रन्थि को ही लीजिए। मनुष्य को कई कारणों से, जैसे किसी प्रकार की भौतिक कमी या विकृति, जैसे नाटापन, लँगड़ापन, कुरूपता, कानापन, सामाजिक छुटाई, जैसे जाति की हीनता, माता-पिता का किसी प्रकार का नैतिक पतन, जारज होना, आर्थिक विपन्नता या हीन व्यवसाय के कारण मानसिक आघात सहना पड़ता है। यह हीनता का भाव मनुष्य के आत्म-भाव से टकराता है। मनुष्य स्वभाव से आत्म-भाव की वृद्धि चाहता है। हीनता-भाव उसमें बाधक होता है। इसलिए वह दब जाता है और दबकर वह हीनता ग्रन्थि का रूप धारण कर लेता है, किन्तु वह उस रूप में भी अपनी क्षति-पूर्ति चाहता रहता है। दबी हुई हीनता और आत्म-श्रेष्ठता की स्वाभाविक चाह का एक संकुल-सा बन जाता है। मनुष्य उनके वशीभूत हो बहुत से ऐसे काम कर बैठता है जिनसे वह अपने को श्रेष्ठ प्रमाणित कर सके। बहुत से मनुष्य जिनका प्रारम्भिक जीवन कठिनाई से

बीता है जब कमाने-खाने लगते हैं तो हैसियत से अधिक खर्च करते हैं जिससे कि कोई उनकी गरीबी की ओर इशारा भी न कर सके। बहुत से कम पढ़े लोग बात-बात में अंग्रेजी बघारते रहते हैं और बहुत से कुरूप पुरुष अपने शारीरिक पौरुष अथवा पद व आर्थिक वैभव के सहारे सुन्दरी स्त्रियों से शादी कर अपनी कुरूपता की क्षति-पूर्ति कर लेते हैं। बहुत से राजा-रईस अपनी नैतिक हीनता छिपाने के अर्थ साहित्य अथवा विज्ञान की संसदों को प्रचुर दान देते हैं और उनके सभापति या संरक्षक बन जाने को तैयार हो जाते हैं। जैसे कभी-कभी दाँतों की उज्ज्वलता उनके कृत्रिम होने का अनुमान कराने लगती है। वैसे ही किसी-किसी मनुष्य की आवश्यकता से अधिक धार्मिकता या उदारता उसके भीतर छिपी हुई हीनता-ग्रन्थि का परिचय देती है। नया मुसलमान अल्लाह ही अल्लाह पुकारता है और तथाकथित हीन वर्ण का-सा नवदीक्षित आर्यसमाजी 'ओ३म्, शन्नो देवी' के मन्त्र को कुछ अधिक मुखरित स्वर में कहता है। जिन मनुष्यों में कोई नैतिक हीनता होती है वे ही प्रायः अधिक उपदेश देते हैं अथवा औरों को बेईमान कहते हैं। अन्तर का कायर तीसमारखाँ होने की डींग मारता है और वह अपनी बहादुरी का अपने घर वालों या नौकरों पर ही प्रदर्शन करता है।

अपनी श्रेष्ठता स्थापित करने के कुछ उचित मार्ग होते हैं और कुछ सस्ते और अनुचित। उचित मार्ग मनुष्य को कल्याण की ओर ले जाते हैं और अनुचित मार्ग पतन के गर्त में डाल देते हैं। सस्ते मार्ग गधे के ऊपर शेर की खाल की-सी तड़क-भड़क चाहे उत्पन्न कर दें, किन्तु उसकी रंहक उसे असली रूप में शीघ्र ही प्रकट कर देती है।

मातृरति ग्रन्थि

भावना-ग्रन्थियाँ दो प्रकार की होती हैं, कुछ सामान्य जो सब लोगों में होती हैं और कुछ विशेष-विशेष लोगों में परिस्थिति के अनुकूल विकसित होती हैं। फ्राइड ने ईडीपस कम्लेक्स (Edipus Complex)* अर्थात् मातृ रति अथवा पितृ-भावना को और एडलर ने हीनता ग्रन्थि को सामान्य माना है।

---

* ईडीपस एक यूनानी वीर पुरुष था जो शैशवावस्था में ही घर से बाहर डाल दिया गया था। उसको किसी दूसरे राजा ने पाला-पोसा था। बड़े होने पर उसने अपने पिता को अज्ञान से युद्ध में मार डाला और अपनी माता से विवाह कर लिया। फ्रायड ने मातृरति की भावना को प्रायः सब बालकों में माना है। इसका अवरोध होने से पितृ-द्वेष की भावना जाग्रत हो जाती है। बालक में माता के प्रति भी प्रेम और घृणा का द्वन्द्व उपस्थित हो जाता है। इस प्रकार भावनाओं का एक संकुल बन जाता है। लड़कियों में ईडीपस कम्प्लेक्स का प्रतिरूप इलेक्ट्रा कम्प्लेक्स (Electra Complex) माना गया है किन्तु अब ईडीपस कम्प्लेक्स व्यापक रूप से दोनों के लिए आता है।

भय-ग्रन्थि

इनके अतिरिक्त भय की भावना ग्रन्थि, अहंकार-ग्रन्थि, वैर-ग्रन्थि आदि अनेकों प्रकार की विशेष ग्रन्थियाँ हो सकती हैं। भय की ग्रन्थि वश मनुष्य कल्पित भय का शिकार बन जाता है। उस ग्रन्थि का उदय तो किसी वास्तविक दुर्घटना या भय के कारण होता है, फिर उस प्रकार की अन्य वस्तुओं को भी देखकर भयभीत हो जाता है। यहाँ पर अवचेतन मन में स्थित भय के कारण का स्थानापन्न दूसरा कोई कारण होता है। कोई आदमी कभी वास्तव में साँप से डर गया हो तो उसे प्रत्येक रेंगने वाली वस्तु का भय हो जाता है। बहुत से बच्चे उड़ते हुए बालों से डरने लगते हैं। किसी मनुष्य के मन में ऐसे भय की ग्रन्थि बन जाती है कि लोग उसे पकड़ ले जाना चाहते हैं तो वहाँ किसी भी लम्बे-तडँगे मनुष्य को देखकर भयभीत हो जाता है। वह सदा इधर-उधर देखा करता है। भय की ग्रन्थि का अच्छा उदाहरण Spell Bound नाम के अंग्रेजी उपन्यास और उसके आधार पर बने हुए चित्रपट में मिलता है। उसकी भय की ग्रन्थि बरफ पर पड़ी हुई दो दरारों यां लकीरों पर अवलम्बित थी जो कि उसके बचपन की अवस्था के साथ स्केटिंग करते हुए उसके भाई की मृत्यु का कारण बन गयी थी।

कुछ लोगों को शून्य मकानों से भय होता है। उनको भय का भूत होता है। कुछ लोगों को चोरों का भय होता है। वे चूहे की आहट को भी चोर का आक्रमण मान लेते हैं और यदि वे एक-आध बार के भुक्त-भोगी हों तो दूध का जला छाछ फूँक-फूँककर पीने की बात चरितार्थ हो जाती है।

कुछ लोगों को संक्रामक रोगों का अकारण भय हो जाता है तो वे आवश्यकता से अधिक सावधान रहने लगते हैं। वे लोगों से हाथ मिलाने में भी आशंकित रहते हैं और किसी दूसरे के घर खाना खाने का निमन्त्रण पाने पर धर्म-संकट में पड़ जाते हैं, चाहे उस घर में कितनी ही शुद्धता से रसोई क्यों न बनायी जाती हो, यहाँ तक कि ऐसे लोग बाजार जाने और गंगा नहाने से भी डरते हैं। जिन लोगों के मन में जहर पिलाये जाने की आशंका घर कर लेती है उनका व्यवहार भी कुछ ऐसा हो जाता है। उनके लिए जीवन भार-स्वरूप हो जाता है और वे असामाजिक बन जाते हैं।

आत्मग्लानि और घृणा

जिनके मन में हत्या, दुष्कर्म की आत्मग्लानि की ग्रन्थि पड़ जाती है वे समाज में आने से भयभीत होते हैं। वे बार-बार हाथ धोने की सांकेतिक चेष्टाएँ करते हैं। हाथ धोना अपराध से मुक्त होने की इच्छा का प्रतीक है। कुछ लोग प्रत्येक वस्तु को पोंछते ही रहते हैं। यह भी आत्मग्लानि का द्योतक है। उनका हृदय साफ नहीं होता है, वह उसकी सफाई की सांकेतिक क्रिया करते रहते हैं।

घृणा की ग्रन्थि का अच्छा उदाहरण शगूफा नाम के चित्रपट में है। उसमें एक

बालिका की यह मिथ्या धारणा हो गयी थी कि उसका साथी प्रेमनाथ आग में जल गया है और वह आग उसके जमीदार पिता ने लगवायी है। इस कारण उसको अपने पिता के प्रति घृणा की ग्रन्थि उत्पन्न हो गयी थी और वह आग के देखने पर उत्तेजित हो जाती थी। पीछे से प्रेमनाथ ने अपना अस्तित्व डॉक्टर के रूप में प्रकट कर उसकी घृणा दूर की थी।

प्रेम सम्बन्ध में निराश हो जाने पर कुछ लोग स्त्री मात्र से घृणा करने लग जाते हैं। एक आदमी को तो विवाह से बचने की इच्छा से उपदंशोन्माद (Syphlophobia) उत्पन्न हो गया था। उसको यह भ्रम हो गया था कि उसके सिफलिश हो गयी है। वह इधर से उधर डॉक्टरों की सलाह लेता फिरता था। जब कोई डॉक्टर उसे वह रोग नहीं बतलाता था तब वह निराश हो जाता था। अन्त में एक डॉक्टर ने उससे कह दिया कि आप में उक्त रोग के लक्षण तो मालूम पड़ते हैं। उसने उस डॉक्टर को झूठा कहा और अन्त में उसका यह पागलपन भी दूर हो गया।

फ्रायड ने भय-ग्रन्थि का एक विशेषरूप से जननेन्द्रिय भंग-ग्रन्थि का (Castration Complex) जिसमें कि बालक को प्रजननेन्द्रिय के काटे जाने का भय रहता है, उल्लेख किया है। लड़कियाँ तो यह समझती हैं कि वे किसी अपराध में पुरुष की जननेन्द्रिय से वंचित कर दी गयी हैं। यही उनकी योनि सम्बन्धी जिज्ञासा और यौन जीवन का मूल बन जाती है। ऐसी ग्रन्थि इस देश में तो कम देखी जाती है।

धर्म खतरे में

कुछ लोगों में धर्म खतरे में है की ग्रन्थि-सी पड़ जाती है। उन्हें बात-बात में धर्म पर कुठाराघात होता दिखाई देता है। सारा संसार उनको धर्म के विरुद्ध मोर्चा लगाये हुए प्रतीत होता है। ऐसे लोगों में धार्मिक भावुकता कुछ अधिक होती है। इन लोगों के मन में प्रायः संघर्ष बहुत कम हुआ करता है; यदि होता है तो सामाजिकता के विभिन्न स्तरों का। उनमें संकुचित सामाजिकता व्यापक सामाजिकता का स्थान ले लेती है। उस व्यापक सामाजिकता को दबाये रखने के लिए उनमें धर्म पर आघातों का भय स्थान पा जाता है। इसके विपरीत कुछ लोग राष्ट्रीयता को आघात पहुँचाने के भय से धर्म के नाम से भी बिजुकते हैं। ऐसे अकारण भयों के कारण उनका जीवन दुखमय हो जाता है। वे शहर के अन्देशे से लटने लगते हैं।

अहंभाव-ग्रन्थि

कुछ लोगों में अहंभाव की एक ग्रन्थि-सी बन जाती है। यह अहंभाव वैयक्तिक भी होता है और जातीय भी। हीनता-भाव की प्रतिक्रिया में जो आत्म-श्रेष्ठता स्थापना

करने की भावना रहती है वह इससे कुछ भिन्न होती है। उसमें श्रेष्ठता की स्थापना करने की चेष्टा रहती है। इसमें उसकी स्वीकृति और रक्षा करने का प्रयत्न होता है। इसकी तह में भी किसी प्रकार की नैतिक हीनता की भावना छिपी हो सकती है, किन्तु यह 'धर्म खतरे में है' की ग्रन्थि से कुछ मिलती-जुलती है। कुछ लोगों के स्वभाव से अहंभाव का आधिक्य होता है। कुछ जातियों में उनकी राजनीतिक सफलताओं के कारण जातीय श्रेष्ठता की भावना जाग्रत हो जाती है। साहित्य और लोक-वार्ता उसको पुष्ट करती रही है। (जैसे अंग्रेजी साहित्य में गोरों के नैतिक भाव की भावना) उसके वश हो, अपनी जाति के युवक-युवतियों को हिन्दुस्तानियों के साथ बैठते-उठते और बराबरी के स्तर पर मिलते देखकर आत्माभिमानी अंग्रेजों की बड़ी उद्विग्नता होती थी। हमारे यहाँ के लोगों में व्यापक जातीय श्रेष्ठता का भाव तो कम है (अब स्वतन्त्रता के साथ बढ़ जाएगा) साम्प्रदायिक श्रेष्ठता या वर्ण की श्रेष्ठता का भाव अधिक है। इसमें भी प्रायः हीनता-भावना की प्रतिक्रिया रहती है।

वैयक्तिक अहं की भावना में नैतिक हीनता की प्रतिक्रिया हो सकती है। ऐसे लोग अपने को सर्वगुण सम्पन्न समझते हैं। उनमें 'हम चुना दीगरे नेस्त' की भावना आ जाती है। कुछ लोगों को छोड़कर जिनकी प्रतिष्ठा सर्व स्वीकृत है और सब लोग उनसे नीचे हैं ऐसे लोगों में एक अव्यक्त तिरस्कार और घृणा की भावना भी आ जाती है। वे हर बात में नाक-भौं सिकोड़ा करते हैं। वे आलंकारिक रूप में ही नहीं वास्तविक रूप में भी थूकने या दुर्गन्ध के कारण दम घुटे जाने की-सी मुद्रा बनाये रहते हैं। यह मुद्रा उनकी आन्तरिक घृणा का सांकेतिक निरूपण है। वे लोग प्रायः अन्तर्मुखी वर्ग (Introvert) के होते हैं। उनके अवचेतन में स्वाभाविक उदार भावना आती है। उसे वे दबा देते हैं। फिर प्रतिक्रिया में घृणा की भावना आती है उसे भी वे दबाये रहते हैं, किन्तु वह कुछ बदले हुए रूप में अपना निकास पा जाती है। कुछ पर वर्ण का भूत सवार रहता है तो कुछ को वर्ग का प्रेत सताता रहता है। औरों के सारे दोषों को वे वर्ण या वर्ग के ही कारण मानते हैं और इस कारण उनकी तिरस्कार भावना और भी बढ़ जाती है। वे इस प्रकार की बातें कहते हैं कि वह बड़ा स्वार्थी है, दुष्ट है आखिर है तो नीच जाति का। जाति का असर कहाँ तक न होगा? लेकिन वे लोग यह भूल जाते हैं कि उच्च जाति के लोगों में भी वैसे ही दोष कुछ अधिक मात्रा में होते हैं।

कुछ लोग कम्यूनिस्टों में कोई गुण नहीं देख सकते तो कम्यूनिस्ट लोग पूँजीपतियों में या उनसे समझौता करने वालों में किसी प्रकार की उदारता या उदात्तता स्वीकार करने में असमर्थ रहते हैं। इस प्रकार की वर्ग चेतना का विश्लेषण चाहे करना कठिन हो, किन्तु यह वर्ग चेतना बहुत से लोगों में ग्रन्थि

का ही रूप धारण कर लेती है और उनके सारे दृष्टिकोण को प्रभावित करती रहती है। वे व्यक्ति को नहीं देखते वरन् उनके वर्ग के गुणदोष उस पर मढ़ देते हैं। यद्यपि मैं यह मानता हूँ कि वर्ग चेतनावश बहुत से अच्छे कार्य भी होते हैं तथापि यह मनोवृत्ति स्वस्थ नहीं है।

सुलझाने के उपाय

यह ग्रन्थियाँ प्रायः सभी लोगों में होती हैं। किन्तु इनका दूषित प्रभाव कम किया जा सकता है। ग्रन्थि-ग्रस्त लोग या उनके मित्र उस ग्रन्थि के बन्धनों के कारणों तक यदि पहुँच सकें तो अच्छा है। बहुत सम्भव है कि उनमें वे प्रतिक्रियाएँ बनी हों, किन्तु उनके चेतन मन के आदर्श जिन्होंने इस इच्छा को दबाया था, बदल गये हों। बहुत से लोग जिन बातों को अपनी युवावस्था में स्वीकार करने को तैयार नहीं होते और फिर जब काफी मान-प्रतिष्ठा पा जाते हैं तो अपनी गरीबी की बात कहने में गर्व का अनुभव करते हैं। तुलसीदास जी ने अपने बचपन की हीनावस्था का हाल तभी लिखा था जब वे काफी मान-प्रतिष्ठा पा चुके थे। वे लोग अपनी पिछली ग्लानि दूर करने में अपने वर्तमान विचारों और चिन्तनों का प्रयोग कर सकते हैं। समाज-सेवा का भाव या सम्मिलित भय पिछले वैर को भुला देता है। मनुष्य की सफलता उसमें उदारता ले आती है।

परिस्थितियाँ बदल जाने पर जो बातें पहले भयानक लगती थीं वे भयजनक नहीं रहतीं। जो लोग सन् 1942 में पुलिस के भय से मुँह छिपाये, भेष बदले फिरा करते थे वे अब अपनी तोड़-फोड़ की करतूतों का अखबारों तक में डंके की चोट सगर्व वर्णन करते हैं और कांग्रेस की नीति को भी लांछित करने में नहीं झिझकते। ऐसी बदली हुई परिस्थिति में अवचेतन के भय का चेतन की निर्भयता से सामंजस्य कर दिया जाय तो भय की ग्रन्थि का निराकरण असम्भव नहीं कहा जाता है। पुराने जमाने में किसी जुलाहे के रुई के भरे हुए कुछ जहाज देखने पर उसके अवचेतन मन में भय बैठ गया कि इतनी रुई कौन धुनेगा, वह यही कहता फिरता था कि इतनी रुई कौन धुनेगा? फिर किसी कुशल वैद्य ने उससे कह दिया कि वे जहाज तो डूब गये, यह सुनकर उसकी राम धुन छूट गयी। ईर्ष्या की भावना-ग्रन्थि विश्व मैत्री और उदारता के भावों से दूर हो सकती हैं। वर्ग चेतना या साम्प्रदायिकता दूसरे वर्ग के अच्छे व्यक्तियों के गुणों पर विचार करने से जा सकती है। हमको दूसरे वर्ग या सम्प्रदाय का साहित्य उदारतापूर्वक पढ़ना चाहिए। मनुष्य को चाहिए कि वह अपने दृष्टिकोण को उदार रखे, सबके साथ मैत्री-भाव रखे और भावना का उदार विचारों से सन्तुलन करता रहे तो उसको इन ग्रन्थियों के दुष्परिणाम न हो सकेंगे।

7
हीनता-ग्रन्थि

स्वरूप-विवेचन

यह शब्द नवीन मनोविज्ञान की देन है। आजकल साहित्य और वार्तालाप दोनों में ही इसका प्रयोग प्रचुर मात्रा में होने लगा है। इस सिद्धान्त का नाम डॉक्टर एडलर से सम्बद्ध है। उन्होंने करीब-करीब सबसे पहिले इसका सविस्तार शास्त्रीय विवेचन कर मनुष्य के व्यक्तित्व की मनोवैज्ञानिक व्याख्या की थी। उनका मूल सिद्धान्त यह है कि मनुष्य बालकपन से ही अपने में कुछ न्यूनताओं, हीनताओं व कमजोरियों, जैसे—शारीरिक दुर्बलता, दृष्टिदोष, विकलांगता, पंगुता, कुरूपता, अकुलीनता, सामाजिक एवं पारिवारिक स्थिति, अभीष्ट लाड़-प्यार के न मिलने आदि का अनुभव करता है और वह उनकी कमी को पूरा करने तथा दूसरों की ओर अपनी निगाह में अपने को श्रेष्ठ प्रमाणित करने के अर्थ सचेतन व अवचेतन रूप से प्रयास करता रहता है। उसी प्रयास की प्रवृत्ति उसके जीवन का लक्ष्य बनकर उसकी सारी क्रियाओं और भावनाओं को नियन्त्रित करती रहती है। वह अपने को श्रेष्ठ प्रमाणित करने के उद्योग में नाना प्रकार की कल्पनाएँ जो कभी-कभी बहुत उच्छृंखल भी होती हैं, करने लगता है। वह अपने को देवोपम नहीं तो कम-से-कम ऐसा असाधारण वीर और उत्साही पुरुष समझने लगता है जिसकी महत्त्वाकांक्षाएँ और अभिलाषाएँ समाज की असहृदयता के कारण पूर्णतया फलीभूत नहीं हो पातीं। इस सम्बन्ध में उसकी कल्पना बड़ी उर्वरा हो जाती है। ऐसे लोगों की स्वाभिमान की भावना छुई-मुई से भी अधिक संवेदनशील और सुकुमार होती है। जरा-सी बात में वे अपने को अपमानित समझने लगते हैं।

क्षति-पूर्ति

ये न्यूनताएँ कई प्रकार की होती हैं और उनकी क्षति-पूर्ति के भी अनेक साधन होते हैं। मनुष्य एक प्रकार की न्यूनता का दूसरी प्रकार की श्रेष्ठता से पल्ला

बराबर कर लेता है, जैसे अन्धों में कल्पना-शक्ति बढ़ जाती है, वे प्रायः संगीतज्ञ हो जाते हैं और उनकी स्मरण-शक्ति भी असाधारणता प्राप्त कर लेती है। मुसलमानों में प्रायः नेत्रहीन लोग ही हाफिज जी होते हैं। होमर, सूर, मिल्टन आदि इसी के उदाहरण हैं। संगीतज्ञ विथोवियन भी अन्धा था। इंग्लिस्तान का कवि बाइरन लँगड़ा था, वह अपने लँगड़ेपन की हीनता को कुशल तैराक के रूप में पूरा कर लेता था। उसके लिए नाविकों का कहना था कि यह कवि होकर बिगड़ गया, नहीं तो बड़ा सुन्दर नाविक बनता। जायसी काना और कुरूप था। उसने अपनी कुरूपता का कविता में सगर्व उल्लेख किया है।

एक नयन कवि मुहम्मद गुनी। सोई विमोहा जेहि कवि सुनि।।
जग सूझा एकै नयनाहाँ। उआ सूक जस नखतन माहाँ।।
कीन्ह समुद्र पानि जो खारा। तो प्रति भयउ असूझ अपारा।।

इसमें प्राकृतिक क्षति-पूर्ति का सिद्धान्त निहित है। कबीर जुलाहे थे। उन्हें भी अपने जुलाहेपन की गर्वपूर्ण चेतना थी। 'तू काशी का ब्राह्मण, मैं काशी का जुलाहा' उन्होंने इस कमी की पूर्ति हिन्दू मुसलमान दोनों को फटकार कर की है 'इन दोउन राह न पायी।' उन्होंने तो अपने को सुर-मुनि सबसे बड़ा कहा है। भूषण को अपनी भाभी के उपालम्भ से कि 'नहीं तुमने गाड़ी भर नमक लाकर रख दिया है' हीनताभाव की जाग्रति होकर अपनी प्रतिभा को प्रकाश में लाने की उत्तेजना मिली थी। उन्होंने शिवाजी के दरबार से पहली चीज जो भिजवायी थी कई (शायद अठारह) गाड़ी नमक था। गोस्वामी जी की भक्ति-भावना के मूल में भी उनकी पत्नी का उपालम्भ काम करता हुआ दिखाई पड़ता है। यदि जनश्रुति ठीक है तो कालिदास की असाधारण प्रतिभा का कारण उनका हीनता-भाव ही है। विज्ञान के क्षेत्र में भी ऐसे उदाहरणों की कमी नहीं है। ग्रामोफोन, टेलीफोन आदि का आविष्कर्त्ता एडीसन बचपन में बहुत कमजोर था। लड़के उसको बहुत तंग किया करते थे। उसने अपनी भौतिक दुर्बलता की कमी को मस्तिष्क की सफलता से पूरा कर लिया। पौराणिक साहित्य में बालक ध्रुव का उपाख्यान इस हीनता-भाव का ज्वलन्त उदाहरण है। विमाता के उपालम्भ से वे भगवान् की भक्ति द्वारा इन्द्र-पद के अधिकारी बन गये और ध्रुव तारे के रूप में दृढ़ता के प्रतीक कहलाने लगे।

विभिन्न मार्ग

नित्य के पारिवारिक जीवन में हम देखते हैं कि जिन लड़कों को छोटा होने के कारण हुकूमत का अधिकार कम रहता है या किसी प्रकार से माता-पिता का लाड़-प्यार कम मिलता है, वे पढ़ने में तेज निकल जाते हैं। जब यह क्षति-पूर्ति का भाव समाज के साथ समझौता करते हुए उचित साधनों का अवलम्बन करता है

तब तो वह व्यक्ति को निर्दोष रूप से उच्च पद पर प्रतिष्ठित कर देता है। इस प्रकार का हीनता-भाव स्वस्थ कहा जा सकता है। किन्तु मनुष्य जब सस्ते साधनों को काम में लाता है अथवा जल्दबाजी करता है तब वह भावना अस्वस्थ रूप धारण कर मनुष्य में शारीरिक और मानसिक विकार उत्पन्न कर देती है।

सस्ते साधनों में जो अधिक प्रचलित है वह यह है कि अपनी कमजोरी को लोगों के सामने न आने दिया जाय अथवा उसको येन-केन-प्रकारेण छिपाया जाय, जैसे काने आदमी अथवा विकृत नेत्र वाले रंगीन चश्मा लगाये रहते हैं।

झिझक

यह प्रवृत्ति झिझक का रूप धारण कर लेती है और साधारण लोग झिझक को ही हीनता की ग्रन्थि कहने लगते हैं। यह भी हीनता-भाव का एक रूप है क्योंकि इसमें मनुष्य अपना ऐब छिपाकर ही बड़ा बना रहना चाहता है, किन्तु यह ग्रन्थि का रूप तभी धारण कर लेता है जब व्यवहार कुछ असाधारण हो जाता है, नहीं तो भावनामात्र (Sense) ही रहता है। ऐसे लोग सभा-सोसाइटियों में नहीं आना चाहते हैं, बीमारी का सहज-सुलभ बहाना बना लेते हैं। अयोग्यता के उद्‌घाटन होने के भय से व्याख्यान देने के लिए अवकाश का अभाव या गला खराब होना बता देते हैं। कभी-कभी अपना ऐब छिपाने की अत्यधिक उत्सुकता चोर की दाढ़ी में तिनके की भाँति उनका भेद खोलने में सहायक होती है। 'नाच न जाने आँगन टेढ़ा' की बात भी हीनता-मनोवृत्ति की परिचायक होती है। किसी को अपनी गरीबी की झिझक होती है तो किसी को अपनी हीन सामाजिक स्थिति की और किसी को अपनी कुरूपता की। जायसी, कबीर आदि ऐसे पुरुष कम होते हैं जो अपनी झिझक पर विजय पाकर समाज को खुली चुनौती देने को तैयार हो जाते हैं।

सस्ते साधन

लोग अपनी विद्वत्ता और बुद्धि की कमी को सुन्दर अप-टू-डेट फैशन के कपड़ों से पूरा कर लेते हैं। एक अंग्रेजी लेखक ने लिखा है कि बहुत से लोग यदि अपने मस्तिष्क से एक नया विचार नहीं निकाल सकते हैं तो अवसर पर अपने ट्रंक से एक नया सूट तो निकाल ही सकते हैं और उस पासपोर्ट के आधार पर ऊँची-से-ऊँची सोसाइटी में प्रवेश पा जाते हैं। कम प्रतिभाशील व्यक्ति प्रायः सुलेखक होते हैं। वे लोग बढ़िया ग्लेज़्ड कागज, सुव्यक्त हाशिए, लाल स्याही के शीर्षकों और स्वच्छ लेखन-प्रणाली के बल पर साहित्यिकों की श्रेणी में पहुँच जाते हैं। उनके पास चश्मा, रेशमी कुर्त्ता, दुहरे-तिहरे फाउंटेनपेन आदि साहित्यिकता के बाहरी उपकरण सर्वांगपूर्णता के साथ वर्तमान रहते हैं। सुन्दर वेश-भूषा और बाह्य-स्वच्छता कुरूपता को भी किसी अंश में ग्राह्य बना देती है और साथ ही गरीबी पर भी अभेद्यप्राय

आवरण डाल देती है। ऐसे लोगों को यह लाभ अवश्य होता है कि वे अपने कपड़ों को स्वच्छ और सुव्यवस्थित रखने की कम खर्च बालानशीनी कला सीख जाते हैं। अकुलीनता को छिपाने के लिए असाधारण धार्मिकता का आश्रय लेकर बहुत से लोग चन्दन-वन्दन, कंठी-माला, पीताम्बर या सनिया का परिधान, खड़ाऊँओं की खट-खट और कान की खूँटी पर अवलम्बमान अथवा कुर्त्ते के गल-वातायन से झाँकी देते हुए परम् पवित्र यज्ञोपवीत आदि उच्चता के प्रमाणपत्रों का समय-कुसमय अयाचित एवं अवांछित प्रदर्शन करते रहते हैं। नैतिक हीनता को छिपाने के लिए कुलीन लोग भी अपनी धार्मिक चादर को कुछ गहरा रंग लेते हैं। धन और विद्या के अभाव की पूर्ति भी कभी-कभी कुलीनताजन्य छूआ-छूत के प्रदर्शन से की जाती है।

शान का प्रदर्शन

शान जतलाने के मूल में भी प्रायः हीनता-भाव रहता है। वे लोग अपनी कमजोरी के चारों और शेखी और डींग का एक ईषत् पारदर्शक परकोटा खड़ा कर लेते हैं किन्तु बहुत से लोग उसमें आतंक की बिजली लगाकर उसको दूसरों की आलोचना-दृष्टि के स्पर्श से सुरक्षित कर लेते हैं। आतंकवान व्यक्ति दूसरे को भयाक्रान्त अवश्य करता है, किन्तु वह स्वयं भय का शिकार बना रहता है। उनके आलोचक गूँगे के गुड़ के आस्वाद की भाँति नहीं वरन् कुनीन के आस्वाद की भाँति कटुता का अभिव्यक्ति शून्य अनुभव किया करते हैं।

खुशामद

हीनता-भाव वाले व्यक्ति प्रायः खुशामद-पसन्द भी होते हैं क्योंकि खुशामदी लोग उनको आत्मश्लाघा के दोष से बचा देते हैं और उनकी महत्ता की स्थापना और आत्मभाव की वृद्धि में सहायक होते हैं। आत्मभाव को आघात पहुँचाने के कारण आलोचक असह्य हो जाते हैं। जिनके पास धन-वैभव नहीं होता और फलतः जो लोग चाटुकार भृंगों के कलगुंजन से वंचित रहते हैं उन बेचारों को अपने ढोल आप ही पीटने पड़ते हैं। जो लोग कुछ करके दिखा देते हैं उनकी शेखी भी दुधारू गाय की लात की भाँति सह्य हो जाती है किन्तु ढपोरशंखों की बड़ी मट्टीपलीत होती है।

खट्टे अंगूर

हीनता को छिपाने के लिए कुछ लोग अपनी हीनता को नगण्य समझते हैं। वह साधन बहुत बुरा नहीं है। किन्तु वह उन्नति की एक दिशा की ओर अवसर कराने वाले मार्ग को अवरुद्ध कर देता है। खट्टे अंगूर की कहानी की निराश लोमड़ी की भाँति वे कहते हैं, 'फर्स्ट डिवीजन में पास कर लेने से क्या होता है भाई, नौकरी के लिए व्यावहारिक ज्ञान चाहिए। सलीका और हाकिमों से रसूक (पहुँच) चाहिए।

पढ़ने में शरीर घुला देने से क्या लाभ यदि विद्या हुई किन्तु वेश-भूषा और कपड़े-लत्ते में सिलबिल्लापन रहा तो वे कहने लगते हैं, 'भाई! ऊपरी टीम-टाम से क्या? गूदड़ी में भी लाल नहीं छिपते हैं'। जिनके पास भौतिक बल का अभाव होता है वे शारीरिक बल को पशुबल कहकर उसका तिरस्कार करते हुए कहते हैं, 'भाई आध्यात्मिक बल के आगे भौतिक बल पानी भरता है। महात्मा गाँधी को ही देख लो, डेढ़ पसली के आदमी थे मगर सारी दुनिया को अँगुली पर नचाये फिरते थे।' यदि कोई काले अक्षर को भैंस समझने वाले सिंह जी हुए तो गर्व से कहते हैं कि पढ़े-लिखे हुए तो क्या लाभ? क्या तमाचा मार दो तो आँखों के सामने अँधेरा छा जाय। ग्लूकोज, फ्रूट साल्ट और इंजेक्शन के बल पर जिन्दा रहना, जीते जी मौत है?' यदि आलसी हुए तो कहने लगे कि 'भाई मैं ऐसा बेवकूफ नहीं हूँ जो बेकार अपने खून को सुखा डालूँ। 'भूखे भजन न होइ गुपाला'। ऐसे लोग तुरन्त ही साम्यवाद की दुहाई देने लग जाते हैं और अपने को सामाजिक विषमताओं का शिकार बतलाने में जरा-सा भी संकोच नहीं करते, अपने दोष को छिपाने के लिए दूसरों पर दोषारोपण करना उनके बाएँ हाथ का खेल है। वे सहृदयता के बीज बोये बिना ही सहानुभूति की फसल लहलहाती देखना चाहते हैं। यदि उसके दर्शन नहीं होते तो झल्ला उठते हैं। दूसरों को नीचा दिखाने और बेईमान कहने में वे अपनी बहादुरी और ईमानदारी की चरम इतिकर्तव्यता समझते हैं। यदि कोई देशसेवक हुए तो लेखकों की हँसी उड़ाने लगते हैं—'बड़े-बड़े पोथे लिखने से क्या लाभ? अभिव्यंजनावाद और साधारणीकरण से देश का कल्याण नहीं होता है।' मुझ जैसे लोग जो जीवन में व्यवस्था नहीं ला सकते वे उपदेश देने लगते हैं, कि 'भाई नियम मनुष्य के लिए हैं, मनुष्य नियमों के लिए नहीं है'। जिसका जीवन नियमों की लोहशृंखला में बँधा रहता है उसके लिए कहा जा सकता है 'वृथा गतं तस्य नरस्य जीवितम्' वह मनुष्य नहीं है, मशीन है।

नकटा समुदाय

हीनता की क्षति-पूर्ति का एक सस्ता साधन यह भी है कि हीनता को ही महत्ता समझी जाय। बहुत से लोग नकटा सम्प्रदाय के नायक की भाँति, जिसकी नाक कट जाने पर उसने लोगों में यह प्रचार किया था कि नाक काटने से ईश्वर दिखाई पड़ता है, अपने दोषों का गुणों के रूप में प्रचार करते हैं। शुद्ध न लिखने वाले लोग प्रायः व्याकरण की अवहेलना को ही हिन्दी की उन्नति के लिए आवश्यक बतलाते हैं। 'भाषा को व्याकरण की बेड़ियों से जकड़ देने में उसकी गतिशीलता मारी जाती है।' गोश्त, अंडे खाने वाले मांसाहारी होने में ही भारत के प्राण को एकमात्र उपाय बतलाते हैं, और साहित्य में भी उसका प्रचार करते हैं। कोई सादा जीवन व्यतीत करने की आड़ में सिल्लबिल्लेपन का पोषण करते हैं तो कोई अपनी

आवारगी के समर्थन में स्वातन्त्र्य भाव की दुहाई देते हैं। वे रुढ़िवाद के गढ़ तोड़ने के लिए मध्यकालीन योद्धाओं की भाँति सदा उद्योगशील रहते हैं।

रोग और विकृतियाँ

अपने को उपेक्षित समझने वाले लोग (विशेषकर देवियाँ) दूसरों की सहानुभूति के केन्द्र बनने के लिए बीमारी का बहाना ही नहीं करते वरन् वास्तव में बीमार पड़ जाते हैं। उनकी इच्छा वास्तविकता में परिणत हो जाती है। एक साहब अपनी पत्नी के साथ कलह से बचने के लिए बीमार पड़ गये थे। उन्नति के अभिलाषी लोगों को उन्नति-मार्ग में बाधा पड़ने पर भी कभी-कभी बड़ी मानसिक विकृतियाँ हो जाती हैं। अमीर लोग प्रायः मन्दाग्नि के शिकार रहते हैं, असली बात यह है कि ये मन्दाग्नि के ही कारण अमीर बन जाते हैं। मन्दाग्नि के कारण उनका स्नेह भोजन से हटकर उसके प्राप्त करने वाले साधन में केन्द्रित हो जाता है। एडलर ने तो बहुत से लोगों में दमे की बीमारी को भी हीनता-भाव के कारण कहा है। उन्नतिपथ में मानसिक दौड़ की शारीरिक प्रतिक्रिया हाँफने या दमे का रूप ले लेती है। यह सिद्धान्त का अतिशयतापूर्ण समर्थन प्रतीत होता है, किन्तु बहुत-सी मानसिक विकृतियों के मूल में हीनता-भाव अवश्य रहता है।

हीनता-भाव वाला दूसरों के प्रति सदा शंकित रहता है। उसके कल्पित दुःख बढ़ जाते हैं और वह कभी भी समाज के साथ समझौता नहीं कर सकता है। जो लोग उसकी महत्ता और आत्म-भाव के पोषण में सहायक नहीं हो सकते उनके प्रति असहिष्णु बन जाता है। जब दो हीनता-भाव के शिकार तेजस्वी लोग एक दूसरे से टकरा जाते हैं तब संघर्ष उत्तरोत्तर बढ़ता जाता है, वे एक दूसरे के तेज को सहन नहीं कर सकते हैं, 'अधिक अँधेरो जग करें मिल मावस रविचन्द।'

निदान और चिकित्सा

किसी रोग को दूर करने का सबसे अच्छा उपाय उसका निदान है। प्रायः लोग अपने हीनता-भाव को पहचान नहीं पाते, इतना ही नहीं, बतलाने पर भी स्वीकार नहीं करते। अधिकांश लोग अपने को पूर्ण समझा करते हैं। हीनता-भाव सहज में समझ में भी नहीं आ सकता। इसके लिए आत्मविश्लेषण की जरूरत है। समाज का दोष तो होता ही है, किन्तु जो लोग उसके साथ समझौता नहीं कर सकते हैं उनको उसका कारण अपने में भी खोजना चाहिए। कहीं हीनता-भाव तो काम नहीं कर रहा है। कारण का जान लेना भी एक प्रकार का इलाज है। रोग के कारण की तुच्छता का ज्ञान उस पर विजय लाभ करने का स्वाभाविक साधन है। यदि हीनता-भाव को मनुष्य समझने का साहस न कर सके तो उसकी क्षति-पूर्ति का वैध साधनों द्वारा समाज के साथ समझौता करता हुआ उद्योग करे। महत्त्वाकांक्षा

अवश्य रखे किन्तु उसे उचित सीमा से बाहर न होने दे और साथ ही अपनी महत्ता के ढोल बजाकर दूसरों पर आक्रमण न करे, रघुवंशियों की भाँति फलोदय तक पूर्ण प्रयत्नशील रहे और दूसरों की आलोचना से दुखी न हो। प्रभुत्व-कामना और महत्त्वाकांक्षा उन्नति का मूल है, किन्तु उस पर नियन्त्रण रखने की आवश्यकता है। समाज-सेवक को प्रभुत्व-कामना के कीटाणु से हमेशा सचेत रहना चाहिए। जो लोग सेवा-भाव में प्रभुत्व-कामना को आश्रय देते हैं वे लोग सेवा के महत्त्व को घटाते हैं; फिर भी वे अकर्मण्य लोगों से अच्छे हैं।

मानवतापूर्ण कर्तव्य

समाज में दूसरों के हीनता-भाव को दूर करना एक महत्त्वपूर्ण पुण्य का काम है और विशाल हृदयता और मानवता का परिचायक है। हीनता-भाव से प्रेरित उन्नतिपथगामी को सहयोग प्रदान करना प्रत्येक सहृदय का कर्त्तव्य है। दुधारू गाय की भाँति उसकी दो लात भी सह ली जाएं तो बुराई नहीं, लेकिन उसको मरखनी भी न बनने देने के लिए उस पर प्रेम का शासन वांछनीय है। झिझक वालों की हँसी उड़ाकर नहीं वरन् उनको प्रोत्साहन देकर, उनकी बड़ाई करके हीनता दूर करना एक प्रकार की समाज-सेवा है।

प्रभुत्व-कामना एक स्वाभाविक प्रवृत्ति है। किन्तु वह प्रभुत्ता सहृदयता, गुण, शील-शालीनता और योग्यता की होनी चाहिए; भय और आतंक की नहीं। प्रभुत्व-कामना की स्वाभाविकता स्वीकार करते हुए भी उसका नियन्त्रण आवश्यक है। इसका अन्तर्राष्ट्रीय रूप महाभयंकर हो जाता है इसलिए श्रीमद्‌भागवत का यह वाक्य सदा स्मरण रखना चाहिए—

'प्रवृत्तिरेषा भूतानां निवृत्तिस्तु महाफलः'।

8
प्रदर्शन

स्वाभाविक प्रवत्ति

वस्तु की सार्थकता उसके देखे जाने में है। 'जंगल में मोर नाचा किसने जाना?' हमारी यह कहावत भी इस तथ्य की परिपुष्टि करती है। मनुष्य में प्रदर्शन का रोग पैतृक है। स्वयं परमात्मा को अपना अस्तित्व प्रमाणित करने के लिए सृष्टि में व्यक्त होना पड़ता है। इस प्रदर्शन में कमी रह जाने के कारण ही तो बेचारे परमात्मा को नास्तिकों के अविश्वास का पात्र बनना पड़ता है।

एक स्त्री ने अपनी नयी अँगूठी के प्रदर्शन के लिए घर में आग लगा ली थी। जब वह जले हुए सामान की ओर अँगुलि-निर्देश कर रही थी तब किसी ने कहा कि 'माई! यह अँगूठी कब बनवायी?' उस गृहलक्ष्मी ने उत्तर दिया कि 'बेटा अगर पहले ही यह पूछ लेते तो मुझे घर में काहे को आग लगानी पड़ती?' यह तो इस प्रवृत्ति का काल्पनिक उदाहरण है और इसमें चाहे अत्युक्ति भी हो, किन्तु बिना अत्युक्ति के सच्ची बात भी हृदयंगम नहीं होती। प्रदर्शन के मूल में स्वसत्व संस्थापना (Self assertion) और ख्याति की अदम्य लालसा रहती है। इसके द्वारा मनुष्य अपने बड़प्पन का अनुभव करने लगता है। यह भी प्रभुत्व-कामना का एक सूक्ष्म रूप है। प्रदर्शन द्वारा मनुष्य के आत्म की भी प्राप्ति होती है और इसके द्वारा हीनता-भाव की भी किसी अंश में क्षति-पूर्ति होती है। शृंगार सम्बन्धी शारीरिक प्रदर्शन के मूल में कामवासना रहती है। इन्हीं कारणों से प्रदर्शन का मनोवैज्ञानिक महत्त्व है। कहीं-कहीं इसके मूल में हीनता-ग्रन्थि भी होती है। मनुष्य अपनी हीनता की क्षति-पूर्ति वैभव-प्रदर्शन आदि से कर लेता है।

फ्रायड और प्रदर्शनवाद

फ्रायड ने इस प्रवृत्ति को Exhibitionism कहा है। इसका मूल बालकों की जननेन्द्रिय प्रदर्शन की प्रवृत्ति में बतलाया है। यह एक प्रकार से दमन की

प्रतिक्रिया है। अश्लील मजाक, गाली आदि देना भी इसके रूपान्तर है। इसके नीच रूप भी हैं और उन्नत रूप भी हैं। कभी-कभी यह इच्छा व्यवसाय के चुनाव में भी सहायक होती है। ऐसे लोग जिनमें प्रदर्शनेच्छा प्रबल होती है नाटक, सिनेमा आदि व्यवसायों में जाते हैं अथवा सार्वजनिक जीवन में प्रवेश करते हैं। कागज पर पीडनेच्छा प्रदर्शन की प्रवृत्ति वाले मनुष्य शल्य-क्रिया अथवा सैनिकवृत्ति में रुचि लेने लगते हैं। पांडित्य प्रदर्शन आदि इसके उन्नत रूप हैं।

आभूषण-प्रदर्शन

दूसरों का उपकार करने की सूझ-बूझ तो माई के लालों में ही होती है, किन्तु दूसरों से अपनी सत्ता का प्रमाण-पत्र प्राप्त करने की इच्छा से बिरले ही मुक्त रहते हैं, असूर्य स्पर्श्या सती साध्वी स्त्री भी अपने शारीरिक सौन्दर्य की चर्चा सुनाने की इच्छा नहीं रखती तो कम-से-कम अपने वस्त्राभूषणों के सम्बन्ध के लिए प्रशंसा के दो शब्द सुनने के लिए उत्कर्ण रहती है। मानिक-मोती से सुसज्जित कड़े और चूड़ियाँ बेचारे हाथों को पर्दे की सीमाओं का उल्लंघन कराने को बाध्य कर देती हैं। आभूषणों की प्रदर्शन-लालसा तो चोर और डाकुओं के भय पर भी पराजय प्राप्त कर लेती है और यही प्रवृत्ति विवाह-शादियों में मक्खीचूसों को भी मुक्तहस्त बना देती है। 'घर फूँक तमाशा देखने' की प्रवृत्ति बनियों में ही सीमित नहीं, किन्तु सभी लोग इस प्रवृत्ति का शिकार बनते हैं।

सस्ता प्रदर्शन

कुछ लोग घर फूँके बिना ही एक दियासलाई जलाकर ही तमाशा देखने की कला जानते हैं। वे थोड़े से ही खर्च में अपनी रईसी की धाक जमा लेते हैं। मेरे एक मास्टर साहब सुनाया करते थे कि लखनऊ में कुछ लोग अपनी शान जताने के लिए ऐसा करते हैं कि धेले का घी लिया, और घर से निकलने से पहले अपनी मूँछों से लगा लिया; और दोस्तों में जाकर बातचीत के दौरान में मूँछों पर हाथ फेरते हुए कहने लगते हैं कि वाल्दा साहिबा ने आज ऐसा मुरग्गन पुलाउ बनाया था कि बार-बार साबुन से मूँछें धो लेने पर भी मूँछों से चिकनाहट नहीं छूटी। लेकिन इस प्रदर्शन के लिए या तो रोज नयी सोसायटी खोजनी पड़ती थी या और कोई नयी तरकीब सोचनी पड़ती थी। कारण कि काठ की हाँड़ी बार-बार नहीं चढ़ती।

शोक-प्रदर्शन

ब्याह-शादी तो प्रदर्शन का उचित क्षेत्र है ही, कुछ लोग तो कफन का भी दिखावा करने को मुर्दे को चक्करदार रास्ते से ले जाते हैं। शोक को दिखाने के लिए किराए के रोने वाले बुला लिए जाते हैं। सिर मुँड़ाना, मूँछें मुँड़ाना, काले कपड़े

पहिनना, काले बॉर्डर के लेटर पेपर और लिफाफे सब शोक के प्रदर्शन ही तो हैं। असली शोक में तो आँसू भी नहीं आते।

झूठी कलई

हमारे नित्य के जीवन में दिखावे की वास्तविकता को लोग दबाये रखते हैं। हम कलई करना खूब जानते हैं। कभी-कभी कलई खुल भी जाती है। एक डॉक्टर के यहाँ टेलीफोन लगा हुआ था उसका कनेक्शन खराब हो रहा था। डॉक्टर साहब अपने रोगियों पर रौब जमाने के लिए किसी कल्पित मरीज से बात कर रहे थे–'मुझे एक मिनट की भी फुर्सत नहीं, मैं दिन के दो बजे आ सकूँगा।' इतने में टेलीफोन के मिस्त्री ने आकर कहा, 'हुजूर! कनेक्शन ठीक करना है, उसका तार टूटा हुआ है'।

वैभव-प्रदर्शन

हमारे समाज में गोमुखव्याग्रहों की कमी नहीं है। आत्मीयता के अवतार बने रहते हैं और समय पड़ने पर बगुले की भाँति घात कर बैठते हैं। कुछ लोग प्रदर्शन के लिए बहाना खोज निकालने में बड़े कुशल होते हैं। एक बार जबकि मैं छतरपुर राज्य में नौकर था और महाराज वृन्दावन में ठहरे हुए थे तो मैं एक पंडित जी को मथुरा जी से लिवाने गया। उनके पास दो-चार चाँदी के बर्तन भी थे। उनके अस्तित्वमात्र का वे प्रदर्शन करना चाहते थे, उन्होंने मुझे एकान्त में ले जाकर कहा, 'बाबूजी! मेरे पास कुछ चाँदी के बर्तन हैं, आप क्या सलाह देते हैं, इनको यहाँ छोड़ चलूँ या साथ लेता चलूँ?' मैंने उत्तर दिया, 'यहाँ की परिस्थिति आप मुझ से ज्यादा जानते हैं, लेकिन जोखिम की चीज है, तब उसकी सुरक्षा का ध्यान क्यों न रखा जाय?' पंडित जी प्रसन्न हो गये।

दिखाने के लिए लोग दावतें करते हैं। कभी तो घर के फर्नीचर व सुप्रबन्ध की प्रशंसा करने वालों को थोड़ी देर के लिए दावत के मोल पर खरीद लेना या किराये पर ले लेना कुछ बुरा सौदा नहीं। जिनकी प्रशंसा की हमें परवाह होती है वे सहज में आते नहीं और जो सहज में अपने स्वार्थ के कारण हमारे पास नित्य आते रहते हैं उनकी प्रशंसा की हमको इतनी परवाह नहीं रहती। इसलिए बड़े आदमियों को घर पर बुलाने का सुअवसर खोज निकाला जाता है। इसमें कोरी शान जताने की प्रवृत्ति ही नहीं होती वरन् खिलाने का उत्साह अथवा बिरादरी या किसी आफीसर के अहसान चुकाने की भी इच्छा रहती है, छठी, दशठोन, कन्छेदन, मुंडन, यज्ञोपवीत, विवाह, गौना, तीर्थयात्रा, कथा-भागवत, पाठ, हवन, होली, दिवाली,

तेरहवीं और श्राद्ध ऐसे अनेकों अवसर मिलते हैं, जब लोग अपनी अमीरी, धार्मिकता या सामाजिकता का प्रदर्शन करते हैं।

धार्मिक क्षेत्र में

सामाजिक जीवन तो बाहरी होता ही है उसमें प्रदर्शन क्षम्य हो सकता है, किन्तु धार्मिक क्षेत्र में भी प्रदर्शन का रोग अपना सिक्का जमाये ही है। धर्म में तो छिपाने का भी प्रदर्शन हो जाता है। गोमुखी माला तो छिपाने के लिए होती है, किन्तु एक बार चाहे काठ की माला पर लोगों की निगाह न जाय, किन्तु बनात या मखमली गोमुखी हमारी दृष्टि की सूची को चुम्बक की भाँति एकदम आकर्षित कर लेती है। कुछ लोग अपना धन्धा करते हुए भी माला को मशीन की भाँति घुमाते जाते हैं। कबीर ने ऐसे ही लोगों के लिए कहा होगा कि माला जपने से मुक्ति मिलती है तो रहँट क्यों नहीं मुक्त हो जाता? लोग स्नान की इतनी परवाह नहीं करते जितनी कि चन्दन-वन्दन की। विज्ञापन के बिना धार्मिकता भी नहीं पनपती। छुआछूत, पीताम्बर सब प्रदर्शन के ही साधन हैं। कीर्तन में हृदय के उत्साह के साथ थोड़ी प्रदर्शन की मात्रा भी रहती है। जब तक भक्ति का एक कण भी हृदय में हो, प्रदर्शन बुरा नहीं, किन्तु मुँह में राम और बगल में छुरी की नीति निन्दनीय है।

पांडित्य-प्रदर्शन

पांडित्य-प्रदर्शन के लिए ही संस्कृत के उद्धरणों की झड़ी बाँधी जाती है। समय-कुसमय नये-नये सिद्धान्तों का उद्‍घाटन किया जाता है। ईसामसीह ने कहा है कि तुम अपनी बुद्धि को बरतन के नीचे मत छिपाओ। वास्तव में वर्तमान युग में इस उपदेश की आवश्यकता नहीं। मुझ जैसे बहुत से लोग अपने ज्ञान के आधार पर ही अपनी पंडिताई की धाक जमा लेते हैं। बहुत से लोगों का पांडित्य चार आना सीरीज और किताबों के विज्ञापन तक ही सीमित होता है।

ख्याति-लिप्सा

सार्वजनिक और राजनीतिक क्षेत्रों में तो दिखावे की प्रवृत्ति पराकाष्ठा को पहुँच जाती है। अखबारों का जीवन ही लोगों के दिखावे की प्रवृत्ति पर निर्भर रहता है। कोई घटना हुई, विवाह हुआ और चाहे यज्ञोपवीत, बस फोटो सहित विवरण अखबारों में पहुँच गया। आजकल तो श्रम-दान की कुदाली भी तभी-चलती है जब फोटोग्राफर और प्रेस-रिपोर्टर दोनों ही पहुँच जाएँ। लोगों का जेल जाना भी तभी सार्थक होता है जबकि अखबारों में उनकी तस्वीर छप जाय और दूसरे-तीसरे महीने उनके घटते हुए वजन की विज्ञप्ति हो।

एक फ्रांसीसी महिला के लिए कहा जाता है कि उसने ताजमहल को देखकर अपने पति से कहा था कि वह अगर उसकी मृत्यु होने पर वैसा मकबरा बनवाने का वादा करे तो वह तुरन्त मरने को तैयार हो जाय। किन्तु बहुत से लोग अखबार में नाम छपने के लिए ही स्वर्गलोक की यात्रा करना पसन्द करेंगे। आप दान दीजिए, किन्तु जब तक दान की विज्ञप्ति अखबारों में न आ जाय तब तक दान नहीं है वरन् नदी में पानी उलीचना है। काम हो या न हो मीटिंग में भी 'बापपूत बराती' की भाँति चाहे सेक्रेटरी और प्रेसीडेंट ही आये हों, अखबार में छप जाने से ही कार्य की सिद्धि होती है।

आजकल का युग खानापूरी का है। पुस्तक चाहे पूर्ण हो या अपूर्ण पर गम्भीर और भव्य दिखाई दे। देश में चाहे विद्रोह की ज्वाला धधकती हो, किन्तु ऊपर से शान्ति होनी चाहिए। दफ़्तर में बैठकर चाहे अखबार पढ़ा जाय और चाहे दौरे के नाम घर से बाहर पैर न दिया जाय, किन्तु रजिस्टर और डायरी पूरी होनी आवश्यक है। फर्जी रिपोर्ट लिखने वाले अफसर ही सफल कहलाते हैं। कागज के घोड़े दौड़ते रहें तो आप आनन्द से घर बैठे चैन की वंशी बजाइए। आजकल कर्मचारी ग्रामोफोन के रिकार्ड नहीं वरन् लाल फीतों की फाइलों के रेकार्ड देखना चाहता है। जिस प्रकार राम से बढ़कर राम का नाम है उसी प्रकार काम से बढ़कर काम का नाम या उसका ढिंढोरा पीटना है।

राजनीति में भी शक्ति और वैभव का प्रदर्शन साथ-साथ चलता है। विजय की परेड जितनी खुशी का प्रदर्शन है उतनी शक्ति का प्रदर्शन, इसी प्रकार भूख और गरीबी का भी प्रदर्शन होता है। राजनीतिक आन्दोलन प्रदर्शनों के ही तो रूप हैं। सच है रोये बिना माँ भी दूध नहीं पिलाती।

उपयोगिता

प्रदर्शन कभी-कभी हास्यप्रद अवश्य हो जाता है, किन्तु बिना प्रदर्शन के काम भी नहीं चलता। व्यक्ति तो स्वसत्व संस्थापन के लिए प्रदर्शन चाहता ही है, किन्तु समाज के पास भी कोई ऐसी बेधक प्रकाश किरण नहीं जिसके द्वारा वह संसार की सब बातों को हस्तामूलक रूप में देख ले।

प्रदर्शन बहुत बुरा नहीं जब तक कि उसके पीछे कुछ सार हो, उससे दूसरे को भी प्रोत्साहन मिलता है और वह अपने अनुरूप हृदय की भी वास्तविकता उत्पन्न कर लेता है। कुछ लोग तो इतने अहंमन्य होते हैं कि वे प्रेम का प्रदर्शन भी नहीं करना चाहते। प्रेम के प्रदर्शन में भी कुछ झुकना पड़ता है। प्रदर्शन तब तक तो सार्थक है जब तक उसमें इतना सोना हो जितना कि कलई करने के लिए आवश्यक है, किन्तु कलई भी अगर खोटे सोने की या केवल मसाले की की जाय तो उसके खुल जाने में देर न लगेगी। इसके साथ यह भी मानना पड़ेगा कि बगल की ईंटों के छिपे रहने की अपेक्षा उनका गिर जाना ही अच्छा है।

9
आन्तरिक संघर्ष वा अन्तर्द्वन्द्व

"धरम सनेह उभय मति घेरी। भई गति साँप छछूँदर केरी॥"

यशेप्सा

मानव-जीवन संघर्षमय है। बिना रगड़ खाये जीवन-चक्र आगे नहीं बढ़ता है। नवजात शिशु का जीवन-प्रवेश संघर्ष में ही होता है। उसका रुदन, क्रन्दन नये वातावरण के साथ टकराहट का द्योतक है। यह संघर्ष बाहरी भी होता है और आन्तरिक भी।

मनुष्य इस संसार में अपना अस्तित्व बनाये रखने के लिए अनेकों प्रकार की भूख या चाह लेकर आता है। वह चाहता है कि स्वजनों के साथ रहे। उनके अभाव में वह अपने को खोया-खोया-सा पाता है, वह एक रूप-रेखाहीन सूनेपन का अनुभव करता है। यश-प्राप्ति के अर्थ वह क्या नहीं करता? यश-लिप्सा ही मनुष्य की साहसिकता को बल प्रदान करती है। भगवान् कृष्ण भी अर्जुन पर तर्क-वितर्क का प्रभाव न पड़ते देखकर 'यशो लभस्व' की अन्तिम अपील करते हैं। प्रसिद्धि के लिए ही लोग उत्तुंग शैल-शिखरों पर चढ़ते हैं और समुद्र की उत्ताल तरंगों से खेलते हैं। दूसरों को आकर्षित करने के लिए सफाई के बहाने हम अपने चेहरों पर रात भर की उपज को सहन नहीं कर सकते और प्रातःस्मरणीय सेफ्टीरेजर के सहारे चाणक्य की तत्परता को भी लज्जित करते हुए मुख-मंडल को खुरच-खुरचकर बालों को आमूल नष्ट करने का यत्न करते हैं। किन्तु दुर्भाग्यवश चिर विद्रोही की भाँति बाल-जाल हमारी कपोल-भूमि पर अपना अधिकार स्थापित करने के लिए फिर प्रकट हो जाता है। बहुत से लोग तेल, साबुन, स्नो, क्रीम, पाउडर, सेंट और रसायन शास्त्र के सारे साधनों और प्रयोगों को खत्म कर कौआ से हंस बनने का दुस्साहस करते हैं। पेट में चाहे चूहे एकादशी करें किन्तु बाहरी ठाठ-बाट में कमी नहीं आती। ये लोग आराम और सुविधा की अपेक्षा कपड़े के काट की अधिक

परवाह करते हैं और पैंट की क्रीच को राज्यों की सीमा-रेखा से भी अधिक महत्त्व देते हैं।

प्रभुत्व-कामना

प्रभुत्व-कामना या दूसरों पर अधिकार जमाने की इच्छा अनेकों भव्य एवं आकर्षक रूप धारण कर हमारे सामने आती है। दूसरों को सभ्य और संस्कृत बनाने के लिए हम शस्त्रायुध से सुसज्जित हो रणक्षेत्र में आते हैं और शान्ति और सुरक्षा की दुहाई देते हुए एटम बम का प्रयोग करते हैं। मानव-सेवा का दिखावा कर दूसरों पर सत्त्व जमाने के अर्थ हम चुनाव लड़ते हैं। अज्ञात का अवगुंठन उठाकर झाँकने के निमित्त हम दर्शन शास्त्र के तर्कजाल में फँसकर कुरंग गति को प्राप्त होते हैं—'ज्यों-ज्यों सुरझि भज्यौ चहत, त्यों त्यों उरझत जात।' वैज्ञानिक खोज में हम दीन-दुनिया से बेखबर हो जाते हैं और भूख-प्यास की सुध-बुध नहीं रखते। भय और आशंकाओं से उद्वेलित हो हम कभी किंकर्त्तव्य-विमूढ़ हो स्तब्ध रह जाते हैं, कभी 'आसूर्या नाम ते लोकाः अन्धेन तमसावृताः' जैसे तहखानों में अज्ञातवास करते हैं और कभी ताल ठोककर सामने आ जाते हैं।

प्रेम-व्यापार

प्रेमपयोधि में अवगाहन कर हम विदेह बन जाते हैं, और निन्दा के अभाव में झिल-मिल होने वाले निशा-नेत्र तारकों की प्रतिस्पर्द्धा करते हैं। रो-रोकर नेत्र कंजारुण कर लेते हैं और विरहिणी ब्रजांगनाओं की भांति 'विरहबाय-बौराये' रहने में ही अक्षय आनन्द का अनुभव करते हैं। कभी हम यशोदा मैया की भाँति वात्सल्य-भाव से प्रेरित हो अपने बच्चों के सुख-दुःख में अपने सुख-दुःख को भुला देते हैं, उनकी शिक्षा-दीक्षा के लिए कठिन परिश्रम करते हैं और पैसा-पैसा बचाकर उनके लिए सुख-साधन उपस्थित करते हैं।

उदर-पोषण

हम पेट की जठराग्नि शान्त करने के निमित्त द्वार-द्वार भटकते हैं, सत्ताधारियों की अनुनय-विनय करते हैं और उनकी झिड़कियाँ सहते हैं। उच्च पद प्राप्ति के अर्थ हम कम्पिटीशन के नरमेध में अपने सुख-स्वास्थ्य की बलि चढ़ाते हैं और 'या निशा सर्वभूतानां तस्यां जागर्ति संयमी' की उक्ति को शाब्दिक अर्थ में सार्थक करते हैं। सुखमय जीवन व्यतीत करने के लिए गाँधी जी के परम भक्त होते हुए भी 'ब्लैक-मार्केट' की अमा निशा में शुभ्रहासिनी कमला कमलवासिनी का शुभ स्वागत करते हैं। धर्म-ध्वजी होते हुए भी चन्दन की आड़ में चार सौ बीस का जाल रचते हैं। कभी जटाएँ रखाते हैं, कभी मूड़ मुड़ाते हैं औ कभी काषाय वस्त्र

धारण करते हैं। पेट के लिए क्या-क्या कष्ट नहीं उठाते हैं, परम गुरु श्री शंकराचार्य ने ठीक ही कहा है–

> जटली मुण्डी लुंचित केशः
> काषायम्बर बहुकृतवेषः।
> पश्यन्नपि न पश्यति लोको
> ह्युदर निमितं बहुकृतशोकः।

बाह्य संघर्ष

हमारा सारा क्रिया कलाप, आत्मरक्षा की सहायिका और सहचरी काम-वासना, क्षुधा, यश-लालसा, प्रदर्शनेच्छा, प्रभुत्व-कामना आदि-आदि प्रारम्भिक आवश्यकताओं की पूर्ति के उद्योग से प्रेरित होता है। हमारी ये इच्छाएँ, अभिलाषाएँ और आवश्यकताएँ मनोरथ मात्र से ही नहीं पूरी हो जातीं। 'नहिं सुप्तस्य सिंहस्य प्रविशन्ति मुखे मृगाः' कल्पवृक्ष इस पृथ्वी पर नहीं है, उसका अस्तित्व स्वर्ग में है और बिना आप मरे स्वर्ग नहीं दिखाई देता। हमारा यह संसार इतना सम्पन्न नहीं कि सब की सब आवश्यकताओं की पूर्ति हो जाय। इसी कारण हितों की टकराहट होती है। हमारे सामने विघ्न-बाधाएँ आती हैं और मार्ग में रोड़े यदि आ खड़े नहीं होते तो अटकाये जाते हैं। संसार सुमन-शय्या नहीं है, कोई मार्ग ऐसा नहीं, चाहे प्रेम का हो और चाहे राजनीति का जो कंटकाकीर्ण न हो। मनुष्य विघ्न-बाधाओं को सहन नहीं कर सकता। उनके शमन के लिए साम, दाम, दंड, भेद सभी उपायों को वह काम में लाता है। कंटकों का चाणक्य की भाँति मूलोच्छेदन करना चाहता है। धार्मिक भी अपनी साधना में बाधा उपस्थित होते देख गाली-गलौज पर उतर आता है। सूई के अग्रभाग पर आने वाले पृथ्वी के एक-एक कण के लिए युद्ध की तैयारियाँ हो जाती हैं, अस्त्र-शस्त्रों का प्रयोग होता है और हजारों जानें बलिदान होती हैं। प्रेमी अपनी अभीष्ट सिद्धि के अर्थ सामाजिक बन्धनों को तोड़ डालने के अनेकों प्रयत्न करता है, गुरुजनों का विरोध करता है, और वीर योद्धा की भाँति व्यंग्य वाणों का सामना करता है। हर एक व्यक्ति और जाति जीवन की घुड़-दौड़ में अपना घोड़ा आगे बढ़ा ले जाना चाहती है। यही पारस्परिक हितों की टकराहट, दुनिया के सुख-साधनों की खींचतान और विभिन्न आदर्शों की प्रतिद्वन्द्विता बाहरी संघर्ष है। यह संघर्ष व्यक्ति-व्यक्ति का, जाति-जाति का और समाज और व्यक्ति का भी हो सकता है। यदि वह दुख-दैन्य, कलह और अशान्ति के लिए उत्तरदायी है तो बहुत-सी उन्नति का भी इसको श्रेय है। संघर्ष को हम बिल्कुल मिटा नहीं सकते किन्तु उसको अधिक-से-अधिक स्निग्ध बनाकर अपनी गति को बढ़ा सकते हैं।

आन्तरिक संघर्ष

इस प्रकार के बाहरी संघर्ष के अतिरिक्त व्यक्ति के भीतर ही उसकी आकांक्षाओं, अभिलाषाओं और मनोवृत्तियों में संघर्ष चलता रहता है। हमारे विभिन्न अंग और व्यक्तित्व एक-दूसरे का सामना करने को प्रस्तुत हो जाते हैं। मानसिक गृह-युद्ध छिड़ जाता है और हमारा मन आन्दोलित होने लगता है। प्रतिकूलगामिनी मनोवृत्तियों का झंझावात हमको झकझोर डालता है और एक मानसिक तूफान उठ खड़ा होता है। इन अन्तर्द्वन्द्वों के वशीभूत हो हमको घोर अशान्ति का सामना करना पड़ता है, रातों जागते हैं, खाना-पीना अरुचिकर हो जाता है, और लोहे की चद्दर की भाँति हाल ही गरम होते हैं और हाल ही में ठंडे पड़ जाते हैं, कभी मौन, तो कभी वाचाल, कभी सर खुजाते हैं तो कभी जोर-जोर से टहलने लगते हैं। 'क्षणे रुष्टा, क्षणे तुष्टा, रुष्टा तुष्टा क्षणे क्षणे' हमको अव्यवस्थित चित्त समझकर लोग हमसे किनारा काटने लगते हैं।

अन्तर्द्वन्द्वों के प्रकार

ये द्वन्द्व कई प्रकार के होते हैं, कभी हृदय और बुद्धि का संघर्ष होता है, जैसे हृदय कहता है अब घर रहे और बुद्धि कहती है बिना विदेश गये शिक्षा पूरी नहीं होगी और अपने व्यवसाय में कौशल न प्राप्त कर सकेंगे। किसी की रूपमाधुरी पर मुग्ध हो मनचला व्यक्ति अपना सर्वस्व न्यौछावर कर देना चाहता है, किन्तु बुद्धिमानी कष्ट और दैन्य का चित्र सामने रख देती है। कभी एक भाववृत्ति दूसरी भाववृत्ति से टकराती है। देश-प्रेम चाहता है कि घरबार का मोह छोड़कर रणक्षेत्र में जाएँ और पितृ-भक्ति चाहती है कि घर रहकर रोगी पिता की सेवा-सुश्रूषा करें अथवा नवोढ़ा पत्नी का प्रेम चुम्बक-सा आकर्षण उपस्थित कर देता है। कभी-कभी बुद्धि से ही सम्बल पाने वाले दो पक्षों में प्रतिद्वन्द्विता उपस्थित हो जाती है। डॉक्टरी पढ़े या प्रोफेसर बनें, एम.ए. पास करें या कम्पटीशन में बैठें, अपराधी को दंड देकर सीधा करें या दया और प्रेम से उसको वश में लायें, नारी-स्वातन्त्र्य की कहाँ तक सीमा बाँधी जाय? युद्ध के समय सेना में भर्ती होने की राजकीय आज्ञा को मानें या निजी विश्वासों के अनुकूल शान्ति-सिद्धान्त का प्रतिपालन करें। ऐसी समस्याएँ मनुष्य को किंकर्त्तव्यविमूढ़ बना देती हैं और फिर दोनों पक्षों की भलाई-बुराई तर्क की तुला पर तौली जाती है और कभी-कभी भावना अपना चुम्बकीय आकर्षण उपस्थित कर किसी एक पलड़े को नीचा कर देती है। कभी-कभी अवचेतन और ऊपर की वृत्तियों में संघर्ष होने लगता है। कभी अवचेतन की घृणा सामाजिक न्याय में बाधक होती है और कभी दमित काम-वासना आर्थिक स्वार्थों के साधन में बाधक होती है। हमारे पूर्वाग्रहों और बुद्धि की माँगों में भी संघर्ष रहता है।

ऐतिहासिक उदाहरण

मर्यादा पुरुषोत्तम श्रीरामचन्द्र जी को भी सीता जी को वनवास भेजते समय ऐसे ही द्वन्द्व का सामना करना पड़ा होगा। रत्नसेन भी पदमावती की शीशे में परछाईं दिखाने के लिए छाती पर पत्थर रखकर ही राजी हुआ होगा। शेक्सपीयर की ट्रेजिडियों में अन्तर्द्वन्द्व के स्थल भरे पड़े हैं। ओथेलो के मन में ईर्ष्या और प्रेम का संघर्ष रहा होगा, किन्तु ईर्ष्या ने विजय पायी। मैकबेथ में डनकन को मारने से पूर्व मैकबेथ के मन में राज्य प्राप्त करने की महत्त्वाकांक्षा और अपने ही घर में ठहरे हुए निर्दोष चचा की हत्या जनित पाप के भय के साथ द्वन्द्व था। अन्त में महत्त्वाकांक्षा ने हृदय की कोमलता को दबा लिया।

प्रसाद के नाटक

आधुनिक हिन्दी साहित्य में प्रसाद के नाटकों में और कहानियों में सुन्दर अन्तर्द्वन्द्वों के उदाहरण मिलते हैं। चन्द्रगुप्त को ही लीजिए, उसके नारी पात्रों में बड़ा मानसिक संघर्ष रहा है। कल्याणी चन्द्रगुप्त से प्रेम करती थी, किन्तु इस बात को भी नहीं भूल सकती थी कि यह उसके पिता का हत्यारा है। इस द्वन्द्व का शमन वह आत्म-बलिदान द्वारा ही कर सकी। नीचे के वार्तालाप में कितनी मर्मवेदना है, देखिए।

कल्याणी–किन्तु मौर्य! कल्याणी ने वरण किया था केवल एक पुरुष को–यह था चन्द्रगुप्त।

चन्द्रगुप्त–क्या सच है कल्याणी?

कल्याणी–हाँ सच है। परन्तु तुम मेरे पिता के विरोधी हुए, इसलिए इस प्रणय को, प्रेम-पीड़ा को, मैं पैरों से कुचलकर–दबाकर खड़ी रही। अब मेरे लिए कुछ भी अवशिष्ट नहीं रहा, पिता! लो मैं आती हूँ। (आत्म-हत्या कर लेती है)

इसी प्रकार कार्नेलिया के मन में पितृ-भक्ति एवं देश-गौरव के साथ चन्द्रगुप्त के प्रति प्रेम का संघर्ष था। इसी संघर्ष के कारण वह पागल हो जाना चाहती है। देखिए–

सिल्यूकस (बनावटी क्रोध से)–देखता हूँ कि पिता को पराजित करने वाले पर तुम्हारी असीम अनुकम्पा है।

कार्नेलिया (रोती हुई)–मैं स्वयं पराजित हूँ! मैंने अपराध किया है पिता जी! चलिए, इस भारत की सीमा से दूर ले चलिए, नहीं तो मैं पागल हो जाऊँगी।

सेल्यूकस के मन में भी अन्तर्द्वन्द्व चल रहा था, पराजय द्वारा आहत अभिमान की कसक और पुत्री को प्रसन्न रखने और सुखी बनाने की अभिलाषा–अन्त में अपत्य-प्रेम की विजय हुई; वह कहता है–

सिल्यूकस—(उसे गले लगाकर) तब मैं जान गया कि कार्नी! तू सुखी हो बेटी! तुझे भारत की सीमा से दूर न जाना होगा—जाना तू भारत की साम्राज्ञी होगी।

इसी प्रकार 'पुरस्कार' नाम की कहानी में देश-प्रेम और वैयक्तिक प्रेम में संघर्ष होता है, किन्तु उसमें दोनों का सुन्दर रूप से निर्वाह हो जाता है। मधूलिका राजकुमार के आक्रमण का रहस्य खोलकर देशप्रेम की रक्षा करती है और उसके साथ ही प्राणदंड का पुरस्कार माँगकर अपने वैयक्तिक प्रेम को निभाती है।

चुनाव की आवश्यकता

अन्तर्द्वन्द्व प्रायः सज्जन लोगों के मन में होते हैं क्योंकि मनुष्य जब दोनों पक्षों को तुला में तोलता है और जब दोनों का पलड़ा करीब-करीब बराबर होता है तभी मानसिक संघर्ष उपस्थित होता है, तभी उसकी खींच-तान होती है। दुर्जन लोग जो एक ही पक्ष को देखते हैं प्रायः अन्तर्द्वन्द्वों से बचे रहते हैं। अन्तर्द्वन्द्व हमारे चरित्र के परिचायक होते हैं। उनके द्वारा हमें अपनी मनोवृत्तियों का अध्ययन करने को मिलता है। अन्तर्द्वन्द्व में जिस पक्ष की विजय होती है वही हमारे चरित्र का प्रबलतर पक्ष ठहरता है। अन्तर्द्वन्द्व जहाँ सज्जनता का परिचायक है। (क्योंकि जिसके मन में अन्तर्द्वन्द्व होता है वह अपनी अन्तरात्मा की पुकार के लिए वधिर नहीं कहा जा सकता) वहाँ वह निश्चय में शैथिल्य और दीर्घसूत्रता का भी द्योतक है। अन्तर्द्वन्द्व उपस्थित होने पर हमको यह देखना चाहिए कि कौन-सा पक्ष हमारी उच्चतर आत्मा के अनुकूल है, किससे हमारा और हमारी जाति का अधिक-से-अधिक कल्याण हो, उसी पक्ष की ओर दृढ़ संकल्प हो, झुक जाना चाहिए। अन्तर्द्वन्द्वों के समय हमको यह समझ लेना आवश्यक है कि संसार इतना सम्पन्न नहीं है कि हमारी सब अभिलाषाएँ पूरी हो सकें। हमको अपनी अभिलाषाओं में चुनाव करना पड़ेगा जिसका श्रेय इससे अधिक-से-अधिक सम्बन्ध उसी को अपनाना होगा।

मन का समझौता

अन्तर्द्वन्द्वों के शमन के लिए एक अभिलाषा को दबा देना नितान्त आवश्यक नहीं। दोनों अभिलाषाओं की पूर्ति का मार्ग भी निकल सकता है, किन्तु यह प्रायः सहज नहीं होता है और जिस पक्ष को दबाया जाता है उसके सम्बन्ध में कसक बनी ही रहती है। हम धार्मिक हैं, स्वास्थ्य की भी दृष्टि से स्टेशन के प्यालों या काँच के गिलासों में चाय या लस्सी पीना रुचिकर नहीं होता है, किन्तु जब ओठ सूख रहे हों, गर्मी से परेशान हों तब दुकानदार से यह कहकर कि भाई प्याले या गिलास को अच्छी तरह धो लेना हम अपने मन को समझा लेते हैं और अपनी प्यास बुझा लेते हैं, फिर भी थोड़ी ग्लानि बनी ही रहती है। 'आपत्ति काले मर्यादा

नास्ति' की उक्ति न जाने कितनी बार हमारे अन्तर्द्वन्द्वों के शमन में सहायक होती है, किन्तु वह आपत्तिकाल का मर्यादा का अभाव अभ्यास का रूप धारण कर लेता है। बहुत से लोग गोश्त खाना, शराब पीना, आपत्तिकाल में ही शुरू करते हैं और फिर उसका अभ्यास छुटाये नहीं छूटता।

पलायन

अन्तर्द्वन्द्वों के शमन का एक चौथा मार्ग भी है वह पलायन का। लोग जिस प्रकार बाहरी संघर्ष से भागकर कहीं सुरक्षित स्थान में शरण ले लेते हैं, उसी प्रकार के आन्तरिक संघर्ष को मिटाने के लिए कभी-कभी तो अपने को ही मिटा देते हैं, और मर्ज और मरीज दोनों को एक साथ खत्म कर देते हैं अथवा संन्यास धारण कर लेते हैं। यह कायरता है। समझौते का मार्ग इससे अधिक श्रेयस्कर है, किन्तु समझौता करने में हमें हमेशा सचेत रहना चाहिए कि कहीं समझौते में हमारे पतन का श्रीगणेश तो नहीं हो रहा है। केवल शमन के लिए अपने वृहत्तर हितों की हानि कर लेना मूर्खता है। उसके लिए यही कहना पड़ेगा कि श्रेय और प्रेय में जहाँ अन्तर्द्वन्द्व हो, वहाँ श्रेय को ही अपनाना चाहिए, किन्तु श्रेय को ही प्रेय बनाकर प्रसन्नतापूर्वक श्रेय के मार्ग में अग्रसर होना सच्चे कर्मवीर का लक्षण है।

नित्य के द्वन्द्व

हमें प्रायः नित्य ही किसी-न-किसी अन्तर्द्वन्द्व का सामना करना पड़ता है, कभी घोर और कभी मामूली। शीत-काल में एक ओर शैया की कोमल स्निग्ध एवं उष्णतामयी कोड का तन्द्रिल आलस्यपूर्ण सुखानुभव तथा किसी मनोरम स्वप्न के तारतम्य को जारी रखने की उत्कट अभिलाषा और दूसरी ओर वित्तोपार्जन की अदम्य आवश्यकतावश घर से स्टेशन जाने में रिम-झिम बूँदों और बाण-सी तीक्ष्ण वायु का सामना करने का कम्पन उत्पन्न करने वाला भय मन को घड़ी के पेंडुलम की भाँति आन्दोलित करता है। ररागुल्लों का सरस, सुरभित सौन्दर्य मुँह में पानी भर लाता है, किन्तु मधुमेही को उसी के साथ अपनी प्रिय पत्नी के भावी वैधव्य का करुणापूर्ण चित्र सामने आकर तश्तरी तक हाथ बढ़ाने में संकोच और बाधा उपस्थित कर देता है। साइत सेवी के लिए दिकशूल अपने दफ़्तर या कॉलेज से एक दिन पहले छुट्‌टी लेने के लिए मजबूर कर देती है और यदि वह कर्त्तव्यपरायण भी हुआ तो एक दिन की कार्य-क्षति उसके मन में गहरी कसक उत्पन्न कर देती है। यदि वह दिशाशूल की परवाह नहीं करता है तो शंकित मन से प्रवास में जाता है और इस कारण कभी-कभी अनिष्ट का भी सामना करना पड़ता है। इधर कुआँ उधर खाई। और छुआछूत के धार्मिक बन्धन और दूसरी ओर सभा-सोसाइटियों में भाग लेकर लोकप्रिय बनने की उत्कट अभिलाषा अथवा उच्च पदाधिकारियों के

साथ बैठकर चाय की ही चुस्की में नहीं वरन् कभी-कभी वोतलवासिनी वारुणी देवी की भी आराधना करके अपने मतलब गाँठने का मोह मन में एक विचित्र खींचतान उत्पन्न कर देता है, विशेषकर ऐसे लोगों के मन में जो न तो कट्टर धर्म-भीरु होते हैं और न उग्र रूप से प्राचीन संस्कारों से च्युत कहे जा सकते हैं। कभी धर्म का पल्ला भारी होता है तो कभी स्वार्थ का।

सत्य और शिष्टाचार

हम चाहते हैं कि बक-बक, झक-झक करने वाले को अपनी महत्ता के आतंक से आक्रान्त करने वाले आगन्तुक महाशय को हाथ जोड़कर कह दें कि भगवन्! किसी भोले-भाले आदमी के सामने अपना आत्मविज्ञापन कीजिए और उसकी वाह-वाह लीजिए, हम आपके मायाजाल में फँसने वाले नहीं, किन्तु शिष्टाचार इसमें बाधक होता है। अप्रिय सत्य कहने से हम डरते हैं और साथ ही बात सुनते रहने की क्षमता नहीं रखते, एक विचित्र धुमड़न उत्पन्न हो जाती है। मन-ही-मन प्रार्थना करते हैं, हे ईश्वर! इससे कब पीछा छूटे। हम अपने प्रियजन को पतन के गर्त में गिरते हुए नहीं देखना चाहते, किन्तु उससे स्पष्ट बात कहने का साहस नहीं रखते। मन मसोसकर रह जाते हैं।

यश-लिप्सा और वैयक्तिक हित

बाहर जाने में खर्च ही नहीं वरन् असह्य कष्ट उठाना पड़ता है। एक ओर रेल की यम-यातना का ध्यान आता है तो दूसरी ओर सज्जनता की माँग मुझ जैसे नकार-शिथिल और आत्माभिव्यक्ति के इच्छुक पुरुष को भी असमंजस में डाल देती है। धर्म और स्नेह, कर्त्तव्य और बिरादरी या जान-पहचान के सम्बन्धों का निर्वाह न जाने कितने धर्मभीरु लोगों की सुख-निद्रा में बाधा डालता होगा। सामाजिक और पारिवारिक जीवन का द्वन्द्व हमारी मानसिक शान्ति भंग कर देता है। एक ओर पेट की जठराग्नि तथा धुएँ और क्रोध से आरक्त श्रीमती जी के नेत्रों की ज्वाला का शमन करने के लिए ईंधन-लकड़ी की फिक्र तथा रोग-शैय्या पर पड़े हुए बालक की औषधि और चिकित्सा की चिन्ता और दूसरी ओर पार्टी द्वारा नामांकित व्यक्ति के लिए मित्रों के आग्रह से पुष्ट दिन भर की वोट-भिक्षा का प्रोग्राम बेचारे कर्त्तव्यपरायण गृहस्थ के सामने विषम समस्या उपस्थित कर देता है। प्रायः सुशिक्षित महिलाओं में, सामाजिक कार्यों में भाग लेकर अथवा उच्च परीक्षाएँ पास करके आकर्षण-केन्द्र बनने की दुर्जेय अभिलाषा और मातृत्व-भावना में तनातनी मची रहती है। उनके हृदय की उमड़ती हुई वात्सल्य-धारा सामाजिकता की सिक्ता में विलीन हो जाती है।

मुझ जैसे क्षीण स्वास्थ्य लेखकों को इस बात का मानसिक सन्ताप रहता है कि वे निजी अध्ययन और यश से एवं अर्थकृते साहित्य-सेवा के वात्याचक्र में पड़कर अपने बच्चों को अपने अध्यापन के लाभ से वंचित रखना ही चिराग तले अँधेरे की उक्ति सार्थक हो जाती है।

साहित्य के अनुशीलन से उत्पन्न हुई हृदय की कोमलता और व्यवसाय की प्रतिद्वन्द्विताओं से जाग्रत व्यावहारिक कठोरता, अरसिकता और हृदय-हीनता मनुष्य के मन में एक दुविधा उत्पन्न कर देती है। या तो हम अपनी कोमल भावनाओं को कुचलने को बाधित होते हैं, या व्यापार में असफलता की विभीषिका का सामना करना पड़ता है।

धीर का लक्षण

साहित्य और धार्मिक इतिहासों में ऐसे द्वन्द्वों की कमी नहीं। सत्य हरिशचन्द्र को अपने प्रिय पुत्र रोहिताश्व के शव-दाह की भीषण परिस्थिति में भी कर के लिए आग्रह करते समय, जबकि उसकी पत्नी कर चुकाने में असमर्थ थी, अवश्य ही मानसिक उथल-पुथल का सामना करना पड़ा होगा। चक्रवर्ती महाराज दशरथ का राम-वनवास के समय का असमंजस इतिहास प्रसिद्ध है। 'सुत सनेह इत वचन उत संकट परेउ नरेश' माता कौसल्या ने तो अपने हृदय के द्वन्द्व को स्पष्ट शब्दों में व्यक्त कर दिया है–

राखउँ सुतहि करउँ अनुरोधू,
धरम जाइ अरु बन्धु विरोधू॥
कहउँ जान बन तो बड़ि हानी,
संकट सोच विवस भई रानी॥

धीर वही है जो अन्तर्द्वन्द्व उपस्थित होने पर भी धर्म के मार्ग पर डटा रहे।

'प्रान जाहिं पर वचनु न जायी।' इस बात को महाराज दशरथ ने अन्त तक निभाया और सारे राम-परिवार ने उसके निर्वाह में सहायता दी।

10
नित्य की भूलें

विस्मृति–एक वरदान

भूल करना मनुष्य के लिए उतना ही स्वाभाविक है जितना चिन्तन और मनन करना जो उसकी मनुष्यता के परिचायक गुण हैं। चिन्तन और मनन जिस प्रकार मनुष्य को जानवरों से पृथक् करता है वैसे ही भूल करना उसे ईश्वर से पृथक् करता है क्योंकि वह सर्वज्ञ नहीं है। बेचारा छोटा-सा मनुष्य सर्वज्ञता का भार वहन भी नहीं कर सकता। कभी-कभी हमारी स्मृतियों का ही भार इतना बढ़ जाता है कि विस्मृति एक वरदान के रूप में आती है। वही वरदान कभी अभिशाप बन ज़ाता है। हानि-लाभ का लेखा बराबर हो जाता है।

भूल की व्यापकता

भूल सभी करते हैं, क्या दार्शनिक और क्या व्यवहार-कुशल व्यापारी–तभी तो व्यापारी लोग अपने बिल के नीचे Errors and omissions excepted का संक्षिप्त E, O, E और हिन्दी वाले भूल-चूक लेनी-देनी लिख देते हैं, किन्तु बेचारे दार्शनिक और वैज्ञानिक नित्य की भूलों के लिए बदनाम हैं। यहाँ बद अच्छा बदनाम बुरा की बात नहीं है वे दूसरे ही लोक में विचरने वाले जीव होते हैं–'तीन लोक से मथुरा न्यारी।'

पुकार

भूलें कई प्रकार की होती हैं–दृष्टि की भूलें, सुनने की भूलें, लेखन की भूलें, जिह्वा की भूलें, स्मृति की भूलें, विचार की भूलें, व्यवहार की भूलें आदि-आदि, किन्तु सबमें एक मानसिक पक्ष की प्रधानता रहती है, कहीं ठीक वस्तु की विस्मृति और अन्य वस्तुओं की अत्यधिक स्मृति, असावधानता, अतिव्यस्तता, अरुचि आदि आदि। विचारकों में अन्य विषयों में अधिक व्यस्तता के कारण सांसारिक विषयों

के प्रति असावधानता अथवा विस्मृति-भाव आ जाता है। यही कारण है कि दार्शनिक और वैज्ञानिक लोग दैनिक भूलों के लिए कुख्याति प्राप्त कर चुके हैं।

बड़े-बड़ों की भूलें

एक दार्शनिक महोदय ट्राम में कहीं जा रहे थे। उनसे ट्राम का टिकट कहीं खो गया। कंडक्टर ने बीच में कहीं टिकट देखने को माँगा तो वे जेबें टटोलने लगे। कभी इस जेब के कागज-पत्र निकालें, तो कभी उस जेब को खखोलें और कभी मुँह नीचा करके सर खुजलावें। पास में बैठा हुआ कंडक्टर का एक दोस्त उनको जानता था। उसने कहा, 'महोदय इतना परेशान होने की आवश्यकता नहीं। यदि टिकट खो गया तो कोई बात नहीं। हम आपको जानते हैं, आप भद्र पुरुष हैं, आप बेईमानी नहीं कर सकते।' दार्शनिक महोदय ने लज्जित होते हुए उत्तर दिया, 'यह तो आपकी मेहरबानी है, किन्तु मेरी असली परेशानी इस बात की है कि मुझे उतरना कहाँ है! यदि टिकट होती तो इतनी कठिनाई न होती।' कंडक्टर ने कहा, 'चिन्ता न कीजिए मुझे याद आ गया कि आपको कहाँ उतरना है।' यह तो स्थान के भूल जाने की बात थी, एक दार्शनिक महाशय तो स्वयं अपना ही नाम भूल गये थे। वे कहीं जा रहे थे। नाम पूछे जाने पर वे असमंजस में पड़ गये। इतने में एक दूसरे यात्री ने उनका नाम लेकर उनका अभिवादन किया। दार्शनिक महोदय ने उनको कोटिशः धन्यवाद दिया कि उन्होंने उनका नाम बताकर एक कठिनाई से बचाया, नहीं तो उनको अपना कार्ड लेने घर जाना पड़ता।

न्यूटन के सम्बन्ध में यह प्रसिद्ध है कि वह इतना कार्य-व्यस्त रहता था कि उसको यह ध्यान ही नहीं रहता था कि कौन आया और कौन गया। एक बार वह किसी समस्या को सुलझाने में उलझा हुआ था। उसका नौकर नित्य की भाँति साहब की मेज पर खाना रखकर चला गया। इतने ही में उसके एक मित्र आये, वे भी उसका ध्यान आकर्षित न कर सके, एक घंटा प्रतीक्षा के पश्चात् भी जब न्यूटन की समाधि न भंग हुई तब उन्होंने झुंझलाकर उसे अतिव्यस्तता के विरुद्ध शिक्षा देने की सोची। वे मेज पर रखा हुआ खाना खाकर और खाली तश्तरियों को पूर्ववत तौलिये से ढककर अपने घर को चले गये। न्यूटन जब अपनी वैज्ञानिक समस्या हल कर चुका और खाने की मेज पर पहुँचा तो कपड़ा उठाने पर उसने पाया कि सब तश्तरियाँ खाली हैं। उसने अपने ऊपर ही असन्तोष प्रकट करते हुए कहा, 'मैं कैसा बेवकूफ हूँ। तश्तरियाँ साफ कर चुका हूँ दुबारा मेज पर आन बैठा!'

हमारे यहाँ के नैयायिक भी ऐसी भूलें करते थे, एक नैयायिक महोदय रसोई के लिए घी लिए जाते थे। उनके मन में समस्या उठी कि 'पात्राधारं धृतं वा घृताधारं पात्रं' अर्थात् पात्र घी का आधार है या घी पात्र का आधार है, इस समस्या को हल करने के लिए उन्होंने कटोरे को उलट दिया और घी से हाथ धो बैठे।

पानी से तो सभी हाथ धोते हैं।

न्यायशास्त्र के कर्त्ता भगवान् अक्षपाद गौतम चिन्तन करने में ऐसे व्यस्त हो गये थे कि चलते हुए सामने का गड़ढा नहीं देख सके और उसमें गिर गये। फिर भगवान् ने दया कर उनके पैरों में आँखें दे दी थीं जिससे ऐसी दुर्घटना फिर न हो। भूल करने वालों को निराश होने की बात नहीं, उनके समानधर्मी लोगों में बड़े-बड़ों की गिनती है।

भूलों के कारण

ये सब भूलें किसलिए हुईं? प्रस्तुत विषय पर पर्याप्त ध्यान को केन्द्रस्थ न कर सकने के कारण। इसलिए बड़ी बातों में छोटी बातों को भूल जाना घातक होता है। छोटी बातें भी प्रत्येक स्थान में अपना महत्त्व रखती हैं। प्रकृति के नियम छोटे-बड़े का अन्तर नहीं करते। प्रकृति जहाँ अत्यन्त उदार है वहाँ वह अत्यन्त क्रूर शासक भी है। उसमें दया के लिए स्थान नहीं।

अनवधानता

अनवधानता ही बहुत-सी दृष्टि की भूलों का कारण होती है। इसी के कारण कभी तो हम वस्तु को देख ही नहीं पाते, आँख होते हुए हम नहीं देखते और कान होते हुए हम नहीं सुनते। यह बात कभी-कभी तो इन्द्रिय-दोष से होती है, किन्तु प्रायः सांख्य-कारिका के शब्दों में 'मनोऽनवधानात्' अर्थात् ध्यान बँटे हुए होने के कारण होती हैं। मेरे एक दार्शनिक मित्र प्रो. पी.एम. भम्भाभी को एक रेल के फाटक बन्द होने के कारण कुछ काल तक वहाँ ठहरना पड़ा। वे इतने विचार-मग्न हो गये कि रेल निकल गयी और उनको मालूम नहीं हुआ। फाटक खुला तो वे अपने साथी प्रो. अंटानी से आश्चर्य-मुद्रा में पूछने लगे, 'बिना रेल निकले फाटक कैसे खुल गया।' मित्र द्वारा इस घटना की आत्म-स्वीकृति के पश्चात् मैंने जो दार्शनिकों की कथाएँ ऊपर लिखी हैं, सम्भावना की कोटि से बाहर की नहीं प्रतीत होंगी।

ध्यान का आधिक्य

ध्यान के अभाव में तो चीज दिखाई ही नहीं देती, किन्तु ध्यान के आधिक्य के कारण हमें और का और दिखाई देता है। जब हम किसी की प्रतीक्षा में होते हैं तब कोई भी आहट ताँगे या मोटर की आहट में परिणत हो जाती है और ठूँठ भी सुन्दर पुरुष या स्त्री का रूप धारण कर लेता है। 'जाकी रही भावना जैसी, प्रभु मूरति देखी तिन तैसी।' में बहुत कुछ मनोवैज्ञानिक सत्य है, किन्तु बहुत से लोगों और पदार्थों में भगवान् की भाँति सब रूपों में देखे जाने की क्षमता नहीं होती, तभी हमको धोखा होता है।

तार्किक भूलें

विचार की भी बहुत-सी भूलें विपक्ष के उदाहरणों को न देखने के कारण होती हैं। कभी-कभी हम ऊपरी समानताओं को देखकर ही निर्णय कर लेते हैं। किसी का मलेरिया बुखार कुनीन खाकर चला गया तो यह जरूरी नहीं कि मोतीझला के बुखार को भी कुनीन से लाभ हो जाय। किसी गाँव का एक लड़का बड़ा कुशाग्र-बुद्धि हो तो यह अनुमान कर लेना कि दूसरा लड़का भी जो उस गाँव से आया हो कुशाग्र-बुद्धि होगा अथवा छोटे कद के एक या दो व्यक्ति देखकर यह अनुमान करना कि सभी छोटे कद के लोग स्वार्थी होते हैं, ठीक न होगा। काबुल में क्या गधे नहीं होते? इसी प्रवृत्ति की रोक के लिए यह कहावत बनी है। बहुत से अन्ध-विश्वास भी पर्याप्त निरीक्षण के अभाव के कारण अस्तित्व में आते हैं। बिल्ली के रास्ता काट जाने अथवा छींक होने के पश्चात् चलने में दो-चार, दस-बीस लोगों का कुछ अनिष्ट हुआ हो, लेकिन लोग यह नहीं देखते कि कितनी ही बार ऐसे अपशकुनों के होने पर कुछ अनिष्ट नहीं हुआ वरन् कभी उल्टा लाभ हुआ।

सामान्यीकरण (Genralisation) हमारे मन की स्वाभाविक प्रवृत्ति है। हमारा मन कभी-कभी इस क्रिया में गलती कर जाता है तभी हम भूल कर बैठते हैं। हमारा मन समानताओं को जल्दी पकड़ता है। भेद के लिए कुछ विवेक अपेक्षित होता है। कभी-कभी तो हम नाम के ही सादृश्य के आधार पर बड़े महल खड़े कर लेते हैं। आँखों के रोहू अच्छे करने के लिए बच्चों के गले में रोहू मछली के दाँत बाँध दिये जाते हैं। गले में बँधी हुई चीजों का आँखों के पलकों से क्या सम्बन्ध? मोतीझले में प्रायः नाम के ही आधार पर अनबिधे मोती खिलायें जाते हैं। सम्भव है कि वे कुछ लाभकारी हो सकते हैं। मोती गुणकारी होता है, लेकिन रोहू से कोई सम्बन्ध नहीं।

अवचेतन की भूलें

वैसे तो सभी भूलें मनोवैज्ञानिक होती हैं, किन्तु कुछ का सम्बन्ध चेतन मन से होता है और कुछ का अवचेतन (Sub conscious) मन से। मनोविश्लेषण शास्त्र के मुख्य आचार्य फ्रायड महोदय ने अवचेतन मन पर विशेष बल दिया है। उन्होंने अधिकांश भूलों का अवचेतन मन से सम्बन्ध बतलाकर प्रायः सभी भूलों को समझाया है और सोद्देश्य माना है। उनका कहना है कि भूल के मूल में कोई दमित वासना या इच्छा छिपी रहती है। हम उसी नाम को भूल जाते हैं जिसका याद रखना हमें अच्छा नहीं लगता। यह अच्छा न लगना इस बात पर निर्भर रहता है कि वह बात या तो हमारे अहंभाव के विरुद्ध होती है अथवा वह किसी अभिलषित

बात के प्रतिकूल पड़ती हो। फ्रायड ने अपना उदाहरण देते हुए लिखा है कि वह एक रोगी को अच्छा नहीं कर सका था, उसका नाम याद करने पर भी बारबार भूलता था, क्योंकि उसका नाम याद रखने से उसको अपनी असफलता का एक दुखद रूप से भान हो उठता था।

बहुत से विद्यार्थी उन पुस्तकों का नाम ही भूल जाते हैं जिनमें उनकी रुचि नहीं होती है अथवा जिनके अध्ययन में उनको कठिनाई पड़ती है। नौकरों से प्रायः वे ही तश्तरियाँ टूट जाती हैं जिनकी साज-सम्हाल के लिए कड़ी ताक़ीद होती है अथवा जिनकी सफाई में कठिनाई होती है। बहुत-सी भूलों में हमारा छिपा हुआ अहंभाव गुप्त रूप से काम करता रहता है। फ्रायड ने अपना एक उदाहरण दिया है जिसमें कि वह अपने दो रोगियों के नामों में भूल कर जाता था। क को ख कह जाता था और ख को क। इसका कारण यह बतलाता है कि उस भूल के पीछे दोनों रोगियों पर रौब जमाने की भावना निहित थी। जिससे एक को ज्ञान हो जाय कि उसके पास दूसरा रोगी भी आता है। यह अहंभाव की ही गुप्त प्रेरणा थी।

रुचि

भूल में रुचि का बहुत हाथ रहता है। अरुचि की वस्तुएँ अवसर पर भी नहीं याद आतीं और रुचि की वस्तु बिना अवसर पर भी चेतना के अग्रतम भाग में अपना अधिकार जमा लेती हैं। लोग उन निमन्त्रणों की तिथि ही भूल जाते हैं जिनमें जाना उनको रुचिकर नहीं होता है और यदि तिथि को याद भी रखते हैं तो गलत दिन पर और बहुत करके एक दिन पश्चात् उस तिथि को समझते हैं। आजकल का मनोविज्ञान इस बात को क्षम्य नहीं समझता है कि 'क्या करें साहब मुझे बिल्कुल खयाल ही नहीं रहा।' खयाल न रहना मानसिक उपेक्षा का द्योतक होता है।

वस्तुओं का खो देना

बहुत-सी चीजों को खोजने का भी मानसिक कारण होता है। हम उसी वस्तु को खो देते हैं जिसके सम्बन्ध में हममें किसी कटु भाव की जागृति हो गयी हो। फ्रायड ने एक उदाहरण दिया है कि एक लड़का अपने बहनोई की दी हुई पेंसिल बड़ी सावधानी से रखता था, किन्तु एक बार उसके बहनोई ने उसके निकम्मेपन तथा आलस्य से झूँझल में आकर लिख दिया था कि तुम जैसे आलसियों के लिए मैं समय नष्ट करना नहीं चाहता। इस बात से लड़के को मानसिक आघात पहुँचा और कुछ ही दिनों पश्चात् वह पेंसिल उससे खो गयी क्योंकि वह उस लड़के को अपने बहनोई के कटु विचारों की द्योतक बन गयी थी और उसके पास रहने में उसमें हीनता का भाव उत्पन्न होता था।

कभी-कभी पत्र जेब में रखे रह जाते हैं और कभी उन पर पहुँचने का स्थान लिखना भूल जाते हैं या गलत लिख जाते हैं। इसमें भी प्रायः मानसिक कारण होता है। हम उस पत्र को डालना नहीं चाहते यदि जिस व्यक्ति ने हम को वह पत्र डालने को दिया होता है उसके प्रति हममें दमित घृणा या उपेक्षा का भाव रहता है। कभी-कभी तो पता भी ठीक लिख देते हैं, किन्तु टिकट लगाना भूल जाता है। यह भी मानसिक उपेक्षा का द्योतक है।

यह अरुचि या उपेक्षा की बात बहुत अंश में ठीक होती है, किन्तु इसका व्यापक नियम बना लेना एक दूषित सामान्यीकरण होगा। कभी-कभी हम गलत पता इसलिए लिख जाते हैं कि दूसरी जगह के प्रति हमको अधिक स्नेह होता है अथवा दूसरे स्थान को लिखने के हम अधिक अभ्यस्त हो गये हैं। अभ्यास जहाँ हमको भूल से बचाता है वहाँ भूल में डाल भी देता है।

रुचि का आधिक्य

जैसा कि ऊपर लिखा गया है। रुचि का आधिक्य भी हम से भारी भूल कर बैठता है। मीरा के अपने अमर गीतों में एक गोपी का उल्लेख है जो प्रेमाधिक्य के कारण दधि के स्थान में श्याम सलोना कह गयी थी।

दधि को नाँव बिसरि गयो प्यारी
कोई ले लेहु स्याम सलौना री।

इंग्लैंड के प्रधानमन्त्री चर्चिल महोदय प्रधान मन्त्री हो जाने के पश्चात् एक बार जल्दी के कारण अपने पुराने स्थान पर अर्थात् विरोधी दल के नेता के स्थान पर बैठ गये थे।

उत्साहाधिक्य तथा स्नेहाधिक्य में व्यावहारिक जीवन में बड़ी अव्यावहारिक भूलें हो जाती हैं। इन्हीं चुनाव के दिनों में मैं स्वयं कांग्रेस का समर्थक होते हुए भी एक स्वतन्त्र उम्मीदवार की विजयाकांक्षा कर रहा था क्योंकि मैं जानता था कि वह चुने जाने पर कांग्रेस का साथ देगा। जब हिन्दुस्तान टाइम्स में सफल उम्मीदवार के नाम पर दृष्टि न जाकर उसके दूसरे नम्बर के उम्मीदवार पर निगाह गयी तो उसको ही सफल समझकर मैंने उसको बधाई भेजने की भी मूर्खता कर दी।

सांकेतिक भूलें

फ्रायड ने व्यावहारिक भूलों में कुछ सांकेतिक भूलों का भी उल्लेख किया है, वह स्वयं किसी भवन के निर्धारित खंड या मंजिल तक पहुँचने में भूल कर जाया करता था। वह दो एक खंड ऊँचे पहुँच जाता था। यह प्रवृत्ति उसकी महत्त्वाकांक्षा की द्योतक थी। इसी प्रकार एक प्रीतिभोज में एक व्यक्ति ने, जिसने एक प्राप्त

की हुई नौकरी थोड़े मिथ्या स्वाभिमान के कारण खो दी थी, आकस्मिक रूप से अपना हाथ का ग्रास गिरा दिया था। यह भूल आयी हुई लक्ष्मी के ठुकरा देने की सांकेतिक क्रिया थी।

घृणाजन्य भूलें

बहुत-सी भूलें आन्तरिक घृणा के कारण भी हो जाती हैं। इसके उदाहरण में फ्रायड ने जर्मनी के एक कम्पोजीटर का उल्लेख किया है। उसके हृदय में वहाँ के युवराज (Crown Prince) के प्रति गम्भीर घृणा के भाव थे। उसके मैनेजर ने यह संवाद The crown prince will dine at स्थान का नाम मुझे याद नहीं रहा तो वह n का अक्षर कम्पोज करना भूल गया Crown prince का Crow prince हो गया। मैनेजर बहुत गुस्सा हुआ और फिर बड़े टाइप में उसको ठीक-ठीक कम्पोज करने को कहा। दूसरी बार n तो उसने कम्पोज कर दिया किन्तु r के स्थान में l कम्पोज कर गया (वैसे भी रलयोरभेदः अर्थात् र और ल का अभेद होता है) Crown का Clown छप गया। क्लाउन गँवार और विदूषक को कहते हैं। तीसरी बार जब उससे कम्पोज करने को कहा गया तब अकस्मात् फिर उसके हाथ से n निकल गया और dine का die हो गया। मैनेजर ने उसके हाथ जोड़ दिये और कहा कि भाई तुमसे यह काम न हो सकेगा।

पढ़ने की भूल

पढ़ने की भूल का मैं अपना स्वयं उदाहरण दे चुका हूँ। अभी हाल में चुनाव के दिनों में एक पदाकांक्षी मेरे पास आये। मेरी मेज पर एक बटा दो नाम की एक छोटी पुस्तिका रखी हुई थी। तत्कालीन चुनाव-प्रधान मनोवृत्ति के अनुकूल वे एक बटे दो को एक वोट दो पढ़ गये और मुझसे पूछने लगे कि यह किस पार्टी की ओर से छपा है। जब उनका ध्यान वास्तविकता की ओर दिलाया गया तब उन्होंने मुस्कराकर अपनी लज्जा छिपायी। इसी प्रकार प्रूफ देखने में हम प्रायः गलत का ठीक पढ़ जाते हैं।

स्पूनरवाद

कभी-कभी लोग बोलने में शब्दों का उलट-फेर कर जाते हैं। इसको अंग्रेजी में Spoonerism कहते हैं। Spooner साहब के सम्बन्ध में यह मशहूर है कि एक बार वे एक अपने कुली से Take Care of my two bags and one rug के स्थान में Take Care of my two rags (रेग्स चीथड़ों को कहते हैं) and one bug कह गये (बग खटमल को कहते हैं r और b का बदला हो गया)। एक और ऐसा ही उदाहरण है। एक प्रोफेसर महोदय you have wasted one term. के

स्थान में कह दिया you have tasted one worm. हिन्दी में पंडा जी डंडोत के स्थान में डंडा जी पंडोत कहना इसी Spoonerism का उदाहरण है। फ्रायड इसकी व्याख्या इस प्रकार करेंगे कि कहने वाले के मन में पंडा जी के डंडे का अधिक भय था। स्पूनरिज्म से मिलती-जुलती एक और प्रवृत्ति है जिसे अंग्रेजी में Malapropism कहते हैं। यह शब्द भी एक नाटकीय स्त्री पात्र के नाम पर पड़ा है। मेला प्रॉपिज्म हास्यास्पद दुष्प्रयोग को कहते हैं। जैसे कोई Ode to immorality को कहे अथवा A fine epithert (विशेषण) को A fine epitaph (समाधि लेख) कहे। कुपढ़ प्रायः ऐसी गलती कर देते हैं। एक ग्रामीण ने शनासाई (जान-पहचान) को आशनाई (अवैध प्रेम) कह दिया था। यह प्रवृत्ति अज्ञान के साथ पांडित्य-प्रदर्शन की इच्छा से आती है। बहुत से आदमी संस्कृतपन दिखाने के लिए ऑव को आमाशय कह देते हैं। इसी प्रकार ज्ञान को अभिज्ञान (पहचान) अभिभूत को आविर्भूत कह देते हैं। Immorality में अचेतन की वासना भी काम करती है।

व्याख्या की अपूर्णता

कुछ बातों की तो अचेतन के आधार पर व्याख्या हो जाती है, किन्तु सबकी व्याख्या अचेतन के आधार पर नहीं होती। भूलों में अचेतन का महत्त्वपूर्ण स्थान अवश्य है किन्तु भूलों के अन्य कारण भी, (जैसे अति व्यस्तता अनवधानता, उत्साहाधिक्य, अज्ञान आदि) स्वीकार करने पड़ेंगे। जिन दिनों में लौटावार के टिकटों का चलन था मैं कई बार लौटने का अद्धा वापस लेना भूल गया था; फ्रायड इसकी व्याख्या में कहेंगे कि घर से न लौटने की अचेतनगत इच्छा इस भूल का कारण थी। मैं कहूँगा घर शीघ्र पहुँचने की अत्यधिक आतुरता कारण थी। कई बार मैं टिकट खरीदते समय रेजगारी लेना भूल गया हूँ। रेजगारी नहीं एक पाँच रुपये का नोट भी भूल गया था। भले बुकिंग क्लर्क ने मुझे बुलाकर दे दिया। रुपये से मेरे अन्तर्मन में भी कोई विद्रोह नहीं हो सकता, किन्तु रेलगाड़ी पकड़ने की अति आतुरता ने मुझसे ऐसी भूल करायी।

आकस्मिकता

मनोविश्लेषण शास्त्र सच्चे वैज्ञानिक की भाँति आकस्मिकता में नहीं विश्वास करता। वह सबको कार्य-कारण की लोह शृंखला में बाँधना चाहता है। आकस्मिकता की व्याख्या मनोविश्लेषण अचेतन मन से करता है। हमारे यहाँ के लोग पूर्व जन्म से इसकी व्याख्या करते हैं। दोनों ही व्याख्याएँ अपने-अपने ढंग में वैज्ञानिक हैं।

11
कानों-सुनी

आँखों-देखी

कानों और आँखों में, वैसे तो, केवल चार ही अंगुल का अन्तर है, किन्तु प्रायः कानों-सुनी और आँखों-देखी बात में जमीन-आसमान का भेद हो जाता है। कभी-कभी अपने शरीर-संस्थान की इन्हीं दो प्रमुख ज्ञानेन्द्रियों की प्रतिस्पर्द्धा मिटाने के अर्थ लोग अनेकानेक कष्ट सहकर हजारों मील धरती नाप डालते हैं। प्राचीन काल में शब्द-प्रमाण को प्रत्यक्ष से भी अधिक महत्त्व दिया जाता था, किन्तु इस घोर कलि-काल में धर्म के साथ 'श्रुति' का भी मान घट गया है। आधुनिक न्याय-विधान तो सुनी-सुनाई गवाही का एकदम बहिष्कार कर देता है। आजकल 'चश्मदीद' अर्थात्, आँखों-देखी गवाही की माँग होती है। चाहे कोई घटना दुर्गम एवं निर्जन वन में अमानिशा के पिछले पहरों में ही क्यों न घटी हो और सत्य-मूर्ति, सत्यावतार गवाह दृष्टिमान्ध का रोगी ही क्यों न हो, उसे शपथपूर्वक कहना पड़ेगा कि वह घटनास्थल पर इतने फुट और इंच की दूरी पर उपस्थित था।

बेपर की खबरें

यद्यपि इस युग में कानों-सुनी खबर की स्वतः प्रमाणता में सन्देह किया जाने लगा है और शीशे की टाइप में छपी हुई पंक्तियों को ब्रह्मवाक्य और वेद वाक्य से भी अधिक महत्त्व मिलता है तथापि बहुत से लोगों के, जिनमें मुझ जैसे अपनी शिक्षा-दीक्षा पर गर्व करने वाले सज्जन या दुर्जन भी शामिल हैं, जीवन का एक महत्त्वपूर्ण अंश वैयक्तिक अपवादों, किंवदन्तियों, जनश्रुतियों और बेपर की खबरों को महाराज पृथु की भाँति सहस्र-कर्ण होकर बड़े चाव के साथ सुनने और भगवान् शेषनाग में सदृश सहस्र-जिह्वा होकर प्रचारित करने में व्यतीत होता है।

सतयुग में तो नारद मुनि कभी-कभी ही दर्शन दिया करते थे, किन्तु आजकल आपको बरसाती मेंढकों की भाँति गली-गली बिना वीणा और माला के उनके

अवतार मिल जाएँगे। वे लोग बड़ी रहस्य मुद्रा धारण कर आपको सड़क के एक कोने में घसीट ले जाएँगे और गुरु-मन्त्र की भाँति आपके कान में गुपचुप संवाद सुनाएँगे। कहेंगे, 'आपने सुना नहीं जनाब जिन्ना साहब तीन हजार चार सौ छः वोटों से हार गये हैं। उन्हें खूब ही छकाया। अभी-अभी सराफे बाजार में चाँदी वालों के यहाँ टेलीफोन पर खबर आयी है।' किसी दूसरे दिन कोई और महाशय आपके पास आकर बड़े गम्भीर भाव से कहेंगे, 'हमारी सरकार बड़ी बेखबर है, निजाम हैदराबाद ने विलायत से दो हजार टैंक मँगा लिऐ हैं, दो ही तीन दिन हुए हवाई जहाज से उतरे हैं।'

लड़ाई के दिनों में जर्मन लोगों के बुद्धि-कौशल की कहानियाँ समय-समय पर प्रचारित होती थीं। उदाहरणस्वरूप एक किंवदन्ती लीजिए—"एक होटल में एक जर्मन अफसर आया। संयोगवश वहीं एक अंग्रेज कर्नल शराब पी रहा था। उसने जर्मन अफसर से कहा, 'तुम यहाँ कैसे आ गये हो? तुम्हारे मुल्क से तो लड़ाई है! तुम अपने को गिरफ्तार समझो।' जर्मन अफसर ने बड़ी शिष्टता और सावधानी से कहा, 'कर्नल, इसमें आपका क्या दोष है? यह तो राजनीतिक विधान ही है, चलो कहाँ चलना है, मेरी मोटर में ही बैठ चलो।' अंग्रेज अफसर इस प्रस्ताव पर सहमत हो गया और दोनों उस मोटर में चल पड़े। मोटर मुश्किल से सौ गज गयी होगी उसमें से दो लोहे के पर निकले और सब के देखते-देखते यह आसमान में उड़ गयी। फिर उस अंग्रेज का पता नहीं चला।"

हिटलर और नेता जी के सम्बन्ध में भी अनेक प्रकार की खबरें उड़ती रही हैं। सम्भव है कि वे लोग कहीं जीवित हों, किन्तु उनके सम्बन्ध में जो खबरें उड़ायी जाती हैं उनमें सत्य का इतना भी लेश नहीं होता जितना कि रोल्डगोल्ड की घड़ी में सोने का। एक बार खबर उड़ी कि नेताजी उस रात को नौ बजे से गाँव रेडियो से साठ मीटर पर भाषण देंगे। उससे दो रोज पहले भी वे बोले थे, किन्तु किसी ने सुना नहीं, अबकी बार लोग ज़रूर सुनें। दो-चार गैर जिम्मेदार स्थानीय अखबारों ने भी यह खबर छाप दी। अखबार की बात तो पत्थर की लकीर समझी जाती है। लोगों ने बड़ी उत्सुकतापूर्वक अपने-अपने रेडियो की सुइयों को इधर से उधर दौड़ाया, किन्तु कुछ भी न सुनाई पड़ा। न बाबा आये और न घंटा बजा। उस रोज की खबरें सुनने से भी वंचित रहना पड़ा। माया मिली न राम।

एक पुराना उदाहरण

हमारे पूर्वज मनोविज्ञान के पंडित तो न थे, किन्तु कुछ लोककथाएँ ऐसी अवश्य हैं जिनसे पता चलता है कि उन्होंने लोकापवादों की पृष्ठभूमि में काम करने वाली मनोवृत्ति का भली प्रकार अध्ययन किया था। 'गफूरबख्श मर गये' की कहानी आपने सुनी होगी। एक बार एक धोबिन जो राजमहल के कपड़े धोती थी, बेगम

साहिबा के पास गयी। उसे उदास देखकर बेगम साहिबा ने साहनुभूतिपूर्ण स्वर में पूछा, 'बरेठिन! आज तुम इतनी उदास क्यों हो?'

उसने विनय की, 'क्या करें मालकिन! मेरा गफूर मर गया, रोटी का सहारा जाता रहा।' यह कहकर वह सुबकने लगी।

बेगम साहिबा ने शिष्टतावश गफूर को गफूरबख्श कहकर उनकी तारीफ कर दी और वे भी रोने लगीं। उनको रोते देख उनकी बाँदीलौंडी और मामाएँ बड़ी जोर से हाय-हाय करने लगीं और उन्होंने छाती पीटकर सिर धुनना आरम्भ कर दिया। महलों के आने-जाने वाले नौकर-चाकरों ने भीतर के मातम की बात बाहर तक पहुँचा दी। सबके चेहरों पर उदासी छा गयी, सबकी जान पर एक बात थी, 'गफूरबख्श साहब इस आलमेफानी से इन्तकाल फरमा गये, बेचारे बड़े नेक थे।' बादशाह सलामत तक खबर पहुँची, उनकी भी आँखे तर हो गयीं। अमीर-उमरा ने समझाया, 'जहाँपनाह! आप अपना दिल क्यों छोटा करते हैं? हुजूर की खुशी के लिए तो सारी कायनात की दौलत सदके में दी जा सकती है, आप क्यों आँसू बहायें? आप के दुश्मन रोयें।' बादशाह सलामत ने फर्माया, 'बेगम साहिबा कह रही हैं—बड़ा बुरा हुआ मियाँ गफूरबख्श आलमे जाविदानी को सिधार गये।'

एक बूढे मुसाहिब ने अर्ज की, 'जहाँपनाह! खता मुआफ हो, यह तो पता लगाया जाय कि ये मियाँ गफूरबख्श कौन साहब थे?'

बादशाह सलामत ने हुक्म दिया कि बेगम साहिबा से दरयाफ़्त किया जाय, उनके ही कोई अजीज अकारिबों में से होंगे।

बेगम साहिबा से अर्ज की गयी तो उन्होंने फर्माया कि भाई बरेठिन से पूछो, उसी ने कहा था। बरेठिन से जब पूछ-ताछ हुई तब उसने कहा, 'गफूरा मेरे गधे का प्यार का नाम था, वह मेरी रोटी का सहारा था, अब मैं लादी किस पर लादूँगी।' जब यह खबर बादशाह सलामत तक पहुँची तो वे और उनके साथ के रोने वाले सभी बड़े शर्मिन्दा हुए।

मनोवृत्ति का आधार

लोकापवादों और जनश्रुतियों के पीछे ठीक ऐसी ही मनोवृत्ति काम करती है। सुनी-सुनाई के न तो वक्ता ही दुर्लभ होते हैं और न श्रोता। वक्ता महोदय तो एक नयी खबर सुनाकर ज्ञात-प्रज्ञात रूप से अपनी आत्मा-महत्ता की भावना को पुष्ट कर लेते हैं और उधर श्रोता जी की सहज कौतूहल-वृत्ति की तृप्ति के लिए कुछ मसाला प्राप्त हो जाता है। उपन्यास और कहानी तो कल्पना की वस्तुएँ समझी जाती हैं। उनकी कथा-वस्तु अतीत की होती है और इन खबरों का विषय जीता-जागता वर्तमान होता है, फिर उनमें श्रोता का भी उतना ही हिताहित सन्निविष्ट होता है जितना कि वक्ता का, बहुत-सी खबरों का सम्बन्ध (विशेषकर लड़ाई-झगड़ों की) सीधा आत्म-रक्षा से होता है, फिर वे क्यों न उत्कर्ण हो सुनी

जाएँ? श्रोता फिर वक्ता बन जाते हैं और उस परम्परा को आगे बढ़ाते हैं।

खबर जितने लोगों में सुनी जाती है उतना ही बल पकड़ती जाती है। वह विद्युत गति से जन साधारण की वस्तु बन जाती है, फिर उसके प्रतिवाद की किसी की हिम्मत नहीं पड़ती। तर्क से काम लेना विरले ही जानते हैं। जैसे कहानी सुनने में हमारी कौतूहल-वृत्ति तर्क-वृत्ति को अभिभूत कर लेती है ठीक वैसे ही खबर सुनने वाला कुछ देर के लिए अवश्य अपनी बुद्धि को छुट्टी दे देता है। बुद्धि का औचित्य दर्शक (सेंसर) हठ जाने पर सभी बातें सम्भव हो जाती हैं।

अचेतन गत ईर्ष्या

इन खबरों के प्रचार में पाँचवे सवार समझे जाने की अदम्य अभिलाषा, और सरकार एवं संसार की गतिविधि के रहस्यों के ज्ञाता और आलोचक होने की महत्त्वाकांक्षा तो होती ही है, किन्तु अज्ञात रूप से सत्ताधारियों के प्रति ईर्ष्या-वृत्ति भी इन भावनाओं को बल प्रदान करती रहती है। जो लोग सरकार के अंग बनने का सौभाग्य नहीं प्राप्त कर सकते हैं, उनमें से अधिकांश लोग सरकार के छिद्रान्वेषण में अपना समय व्यतीत करने लगते हैं। जिन् खबरों में सरकार की लापरवाही अथवा अकर्मण्यता व्यंजित हो उनको प्रचारित करने में लोग विजेता की-सी आत्म-गौरव भावना का अनुभव करते हैं।

अपनी सरकार हो जाने पर भी लोगों की इस मनोवृत्ति से विशेष अन्तर नहीं आया है। स्वयं सत्ता-धारी और शक्तिशाली न होने की कमी को लोग अधिकारियों की बुराई करके पूरा कर लेते हैं। लड़ाई के दिनों में आक्रमण के समाचार और साम्प्रदायिक-झगड़ों के समय दूसरे पक्ष की उत्कट तैयारियों की खबरें सरकार की कर्तव्य-हीनता की द्योतक होने के कारण बड़े रस के साथ सुनी और सुनाई जाती हैं।

काल्पनिक भय

सब लोग ईर्ष्या-भाव से ही प्रेरित नहीं होते हैं। हमारे काल्पनिक भय वास्तविक भयों से अधिक भयानक होते हैं। हम अपनी कल्पना के स्वयं शिकार बन जाते हैं। हमारे भय भूत बनकर सामने आ जाते हैं, हम एक विभीषिका से आक्रान्त हो जाते हैं, बात का बतंगड़ बनते देर नहीं लगती। जब भय का वातावरण बन जाता है तब साधारण राहगीरों के पद-ध्वनि आक्रमणकारियों की अभियान-यात्रा-सी सुनाई पड़ती है और पास के घर में बिस्तरे झाड़ने की आवाज किवाड़ों की भीषण खड़खड़ाहट समझी जाती है। फुटबॉल फील्ड का शोर अल्लाहो-अकबर अथवा जय बजरंगबली की गूँज-सी प्रतीत होती है। फिर हमारी सामाजिकता स्वजनों की रक्षा की चिन्ता और उससे बढ़कर अपनी आत्म-रक्षा की कामना हमको दूसरों तक अपने मन का भय परि-प्रेषित करने के लिए बाध्य कर देती है।

निर्मूल भ्रान्ति

दंगो के दिनों में दशहरे के पूर्व राजपूत कॉलेज में संगीत और जन-नाटक का प्रोग्राम था। (बालकों की बानरी सेना को, विशेषकर राजपूत नामधारियों को भय की माया नहीं व्यापती। संकटकाल में भी उनके मनोरंजन में बाधा नहीं पड़ती, यह वृत्ति सराहनीय है।) लड़के जब हाल से बाहर निकले तो उन्होंने जयकारे लगाने प्रारम्भ किये। कुछ ही दिन पूर्व उसी कॉलेज के विद्यार्थियों और कुछ मुस्लिम-गुंडों से झगड़ा हो चुका था और उसमें कुछ विद्यार्थियों को चोटें भी लग चुकी थीं। अड़ोस-पड़ोस के मुसलमानों ने समझा कि ये विद्यार्थी आक्रमण करने आ रहे हैं। ये लोग भी आत्म-रक्षा के लिए घर से बाहर निकल आये और उन्होंने भी अल्लाहो-अकबर के नारे लगाने शुरू किये। दोनों के नारे सुनकर आस-पास के लोगों में आतंक छा गया। टूटी खाट की पट्टियाँ और हॉकी-स्टिकें कोनों से हाथों में आ गयीं। विद्युत-बर्तिकाएँ एकदम दीप्त हो उठीं। लोग हथ-बिजली लेकर छतों पर पहुँच गये। दो-एक महाशयों ने धोती-कुर्तो की ढीली-ढाली पोशाक को बिदा कर आधी बाँहों की कमीज और खाकी शर्ट की चुस्त रणसज्जा धारण कर ली। चारों ओर से होशियार-खबरदार की ध्वनि-प्रतिध्वनियाँ आरम्भ हुईं। सौभाग्य से दो-एक साहसी युवकों ने शोर के केन्द्र तक पहुँचने का निश्चय कर लिया। हम लोगों के मना करने पर भी वे लोग दौड़ गये और असलियत का पता लगाकर लौट आये। कॉलेज के विद्यार्थी अपने-अपने घर लौटने लगे थे। दोनों ओर के नारे भी निशा की स्तब्धता में विलीन हो गये। दोनों पक्ष के लोगों के जान-में-जान आयी। उधर दूर के मुहल्लों में खबर उड़ गयी कि दिल्ली दरवाजे पर झगड़ा हो गया। वे लोग रात को सतर्क सोये। सुबह छान-बीन करने पर वास्तविक स्थिति का ज्ञान हो गया। पहाड़ खोदकर चूहा निकला।

यद्यपि यह बड़े दुःख के साथ स्वीकार करना पड़ता है कि साम्प्रदायिक झगड़ों की वास्तविक घटनाएँ कल्पनाओं और अफवाहों से कहीं अधिक भयानक थीं और प्रायः पहाड़ के बिना खोदे ही चूहे के बदले शेर निकल आता था, फिर भी बहुत-सी प्रचलित खबरें चाहे निर्मूल नहीं थीं पर तिल का ताड़ बनकर अवश्य आयीं। इन अतिरंजित संवादों ने ही साम्प्रदायिक आग को अधिक भड़काया (ईश्वर को धन्यवाद है कि 'सबको सम्मति दे भगवान्' की प्रार्थना अधिकांश में स्वीकृत हो चुकी है।)

तिल का ताड़

अतिरंजन में प्रायः कल्पना सहायक होती है। सम्भावना के वास्तविक घटना समझे

जाने में देर नहीं लगती है। एक बार यह खबर उड़ी कि शहर में एक बड़े पुस्तक-विक्रेता की दुकान में आग लग गयी। वह वैसे ही शंकित-स्थल में थी और एक बार शान्ति के दिनों में उस दुकान में आग लग भी चुकी थी अतः उस खबर के विश्वास करने में देर न लगी। किसी ने कहा दुकानदार का क्या बिगड़ा; उसकी दुकान का तो बीमा था। बीमा कम्पनी वाले रोएंगे। दो-एक ने यह भी कहा कि किताबों की आग बड़ी बुरी होती है, देर में बुझती है। यद्यपि यह विश्वास था कि आग लग भी गयी होगी तो स्थानीय अधिकारी उसके बुझाने में कुछ उठा न रखेंगे तथापि मैं रात भर परेशान रहा। परेशानी में कुछ सहानुभूति थी और कुछ स्वार्थ। खूब दिन निकल जाने पर मैं सहानुभूति प्रकट करने उसके घर की तरफ रवाना हुआ। वह रास्ते में ही मिल गया। उसने कहा कि मेरी दुकान से कुछ दूरी पर एक पान वाले और एक ग्राहक में कुछ झगड़ा हो गया था। गाली-गलौज में ग्राहक ने कहा था कि तेरी दुकान में आग लगा दूँगा। यही इस खबर का आधार कहा जा सकता है।

कल्पना का खेल

जनापवादों का कैसे जन्म होता है, यह ठीक-ठीक बतलाना तो कठिन है, किन्तु इनके मूल में किसी-न-किसी प्रकार की भूल अवश्य होती है। ऐसे हृदय-हीन मनुष्य होते अवश्य हैं जिनको जान-बूझकर बेपर की उड़ानो में ही मजा आता है किन्तु बहुत थोड़े। अधिकांश खबरों का आधार सुनने-समझने और कभी-कभी देखने को भी गलती होती है। हमारे दैनिक प्रत्यक्षों में बाह्य आधार के अलावा मन की सक्रिय ग्राहकता का बहुत कुछ हाथ होता है। इसी सक्रियता के आधिक्य के कारण भ्रम और स्वप्न भी दिखाई देते हैं। स्वप्न में बाह्य-उत्तेजना तो शरीर के भीतर से ही प्रायः मिल जाती है किन्तु हमारे मन की क्रिया सूई की नोक पर काल्पनिक-महल खड़ा कर लेती है, उसी प्रकार हमारे मन की भावनाएँ कभी-कभी साकार होकर हमारे सामने आ जाती हैं। ईश्वर की भाँति हमारी कल्पना राई का पर्वत कर लेती है। मनुष्य के भीतर का कवि उसकी अभिव्यक्ति कर बैठता है, फिर क्या है हमारी सहज कौतूहलवृत्ति कल्पना से मिलकर किसी संवाद को मनचाहा रूप दे देती है—'जाकी रही भावना जैसी प्रभु' मूरति देखी तिन तैसी।।

उतावलापन और सामाजिकता

हम लड़ाई-झगड़े की बात सुनने को इतने उतावले रहते हैं कि लड़ाई शब्द को सुनते ही, चाहे वह साँड़ या तीतर-बटेर की ही क्यों न हो, उसे ही साम्प्रदायिक

झगड़ा समझ बैठते हैं। यदि कोई कहे कि चवन्नी या अठन्नी चल गयी तो उसको हमारे उत्सुक कान लकड़ी चल गयी का रूप दे देते हैं। प्रायः वैयक्तिक झगड़े भी साम्प्रदायिक झगड़े कहे जाने लगते हैं। युद्ध की मनोवृत्ति राष्ट्रों तक ही सीमित नहीं है। युद्धकांड से व्यक्तियों के भी हाथ उतने ही रंजित होते हैं जितने कि राष्ट्रों के। राष्ट्रों को तो अन्तर्राष्ट्रीय-विधान से बँधा रहना पड़ता है, किन्तु व्यक्तियों में तो सहज ही वाक्-युद्ध मल्लयुद्ध में परिणत हो जाता है। दुकानदार और ग्राहक में, ताँगे वाले और सवारी में तथा राहगीर-राहगीर में कहा-सुनी और हाथा-पाई हो जाना कोई आश्चर्यजनक बात नहीं। जब भय की मनोवृत्ति का साम्राज्य होता है, लोग लड़ाई का कारण जानने में अपना समय नष्ट नहीं करते। एक साथ भाग निकलते हैं। उनकी सामाजिकता दूसरों को खबर देने को बाधित करती है, किन्तु वे उतावलेपन में पूरी बात कह नहीं पाते, उसे सुनने वाले मनचाहा रूप देते हैं। बुरी बात में विश्वास भी सहज में हो जाता है। इसके ऊपर आत्म-रक्षा की वृत्ति सबसे प्रबल होती है। जान से जहान। जान के आगे रोजगार की क्या परवाह? दो-एक दुकानें बन्द हुईं, फिर भेड़ियाधसान की वृत्ति अपना कार्य करने लगती है, सारे बाजार में ताला पड़ जाता है। कारण पूछो तो पता नहीं, किन्तु जन-भय सबको एकदम आक्रान्त कर लेता है।

संकेतन (Suggestion)

कानों-सुनी में अनुकरण के साथ संकेतन का भी बहुत कुछ हाथ रहता है। कुछ बातें एक साथ हमारे सामने चित्र-सा खड़ा कर देती हैं और हम बुद्धि को काम में लाये बिना उन मानसिक चित्रों और प्रतीकों से प्रभावित होने लग जाते हैं। संकेतन में कहने वाले का चित्र जागृत करने का कौशल और सुनने वाले की संकेत ग्राहकता (Suggestibility) दोनों ही काम करती है। कहने वाला जान में या अनजान में लोक रुचि का ज्ञाता होता है। वह रुचि के विषय का अधूरा-सा चित्र उपस्थित करता है, सुनने वाला उसे पूरा कर लेता है। स्त्रियाँ, बच्चे, कमजोर दिमाग वाले ग्रामीण प्रायः इस संकेतन का शिकार बनते हैं। पढ़े-लिखे भी उनीदेपन में, थकावट में, दूध के जले होने की दशा में अथवा भावावेश में, सहज विश्वासी बन जाते हैं।

भय-शमन के उपाय

इस जन-भय के शमन के दो ही उपाय हैं। एक सत्य-संवादों का प्रचार और दूसरा जन-साहस को ठीक बनाये रखना। जन-साहस से वैयक्तिक साहस भी बना रहता

है और कायर भी शूर बन जाते हैं। शूर बन नहीं जाता है तो शूर समझे जाने की यह अवश्य चेष्टा करता है। कभी-कभी यह चेष्टा भी वास्तविकता का रूप धारण कर लेती है। जन-साहस के लिए सामाजिकता बढ़ाना आवश्यक है। सामाजिकता बढ़ाने के जितने साधन हैं वे सब जन-साहस बढ़ाने के उपाय हैं। कीर्तन, सामूहिक-प्रार्थनाएँ, कवि-सम्मेलन, गोष्ठियाँ, सभी जन-साहस बढ़ाने में सहायक होते हैं। अकेले में मनुष्य अपने को निर्बल समझता है–'संघे शक्तिः कलियुगे'। हिम्मत न टूटनी चाहिए। वीर रस का स्थायीभाव उत्साह है। जहाँ हिम्मत टूटी वहीं मनुष्य की कमर टूट जाती है और जहाँ हिम्मत होती है वहाँ परमेश्वर भी मदद करता है।

12

भेड़ियाधसान

(एक सामाजिक मनोविश्लेषण)

अनुकरण की स्वाभाविकता

विकासवाद के प्रवर्तक चार्ल्स डार्विन ने मनुष्य को बन्दर की सन्तान नहीं तो उसका निकट कुटुम्बी अवश्य बतलाया है। 'संस्कारात प्रबला जातिः' पूँछ तो बड़े ही आदमियों की होती है, किन्तु साधारण मनुष्यों में नकल करने का पारिवारिक गुण पर्याप्त मात्रा में रहता है। अनुकरण या नकल करना बन्दर जाति का विशेष गुण है, यहाँ तक कि नकल करने के लिए जो अंग्रेजी शब्द Aping है, उसका शाब्दिक अर्थ होता है 'बन्दरपन' करना। मनुष्य अपने बालकपन में विकास के इतिहास की पुनरावृत्ति करता है। बालकों में जातीय प्रवृत्तियाँ अविकल रूप में परिलक्षित होती हैं। उनमें अनुकरण और चापल्य के आधिक्य के कारण बालकों की टोली को वानरी सेना कहते हैं। विकासवाद का सिद्धान्त चाहे सत्य हो और चाहे असत्य, किन्तु यह निश्चित है कि बालकों में बानरों की-सी अनुकरण की प्रवृत्ति प्रचुर मात्रा में रहती है। 'हरी मन भरी भुटियों' के दाने के ऊपर के कोमल आरक्त तन्तुओं की खिजाब की हुई दाढ़ी-मूँछों से सुसज्जित हो बड़प्पन का गर्व करना, अधजली लकड़ी के टुकड़े का सिगरेट पीना, लकड़ी के घोड़े को 'चल रे घोड़े सरपट चाल' कहकर भगाना, जबलपुर के छः छः पैसे कहते हुए रेल के इंजन का रूप धारण करना, गुड़ियों के विवाह में पार्टियाँ करना और दान-दहेज देकर पेशगी मातृत्व का आनन्द लेना, धूल-मिट्टी के घरौंदे बनाना—ये सब अनुकरण-प्रवृत्ति के ज्वलन्त उदाहरण हैं। बालकों का भाषा-ज्ञान भी अनुकरण पर आश्रित है।

जब मनुष्य स्वयं दाढ़ी-मूँछ वाला हो जाता है, तब उसके कृत्रिम दाढ़ी-मूँछ लगाने या नकली सिगरेट पीने की तो हौंस नहीं रहती, किन्तु वह अनुकरण-प्रवृत्ति को छोड़ता नहीं। साहित्य और कला के मूल में भी अनुकरण-प्रवृत्ति जब व्यक्ति से

हटकर समाज में संक्रामक हो जाती है, तभी वह भेड़ियाधसान का रूप धारण कर लेती है। बेचारे सीधे सच्चे लोग तो भेड़ की भाँति हैं, वहाँ मुँड़ते ही हैं, पर व्यवहारकुशल लोग भी कम-से-कम अनुकरण के मामले में भेड़ से एक कदम आगे ही रहते हैं।

सामाजिकता

भेड़ियाधसान में अनुकरण-प्रवृत्ति के साथ सामाजिकता की भी सहजवृति लगी रहती है। जब तक किसी मनुष्य का स्वार्थ दूसरे के स्वार्थ से टकराता नहीं है तब तक वह सहज में अपनी सामाजिकता छोड़ता नहीं। मनुष्य कभी अकेला नहीं रहना चाहता। एकान्तवासी योगी बनना उसकी प्रवृत्ति से बाहर की चीज है। वह चाहे अगुआ बनने का साहस न कर सके, किन्तु पिछलगा बनने का मोह संवरण नहीं कर सकता। 'जमात में करामात' लोकोक्ति उसकी सामाजिकता की परिचायक है। जिस बात को वह अकेले करने में शरमाता है, वह बात अगर व्यापक बन जाती है तो उसके न करने में वह लज्जा का अनुभव करता है। बहुत से लोग किसी सार्वजनिक स्थान में अकेले गाते हुए देखा जाना पसन्द नहीं करेंगे, किन्तु धार्मिक संघ में वे बड़ी खुशी से 'जय जगदीश हरे' गाते रहेंगे या किसी जुलूस के साथ कौमी नारे लगाते हुए सहज में आवाज भारी कर लेंगे। जिस प्रकार आजकल पाश्चात्य सभ्यता में दीक्षित भद्र पुरुषों में अणुवीक्षण यन्त्र से देखे जाने वाले बालों के अंकुरों को चाणक्य के-से उत्साह के साथ प्रातः स्मरणीय सेफ्टीरेजर के साथ नष्ट कर देना सभ्यता का चरम लक्ष्य समझा जाता है, उसी प्रकार सिखों और मुसलमानों में दाढ़ी का मुड़ाना अधार्मिकता का प्रमाण-पत्र माना जाता है।

साहस का अभाव

प्राचीन युग में तो लोग अन्धविश्वासी होने के लिए बदनाम थे ही, किन्तु आजकल के प्रकाशयुग का व्यक्ति भी इस बात की चिन्ता नहीं करता कि वह जो कर रहा है उसका क्या सामाजिक, आर्थिक या नैतिक मूल्य है। किसी वर्ग विशेष का अपनाना परम्परागत परिस्थितियों और हितों पर निर्भर रहता है, किन्तु एक बार एक वर्ग को अपनाकर हमारी गति उसी साधु की भाँति हो जाती है जो रीछ से पीछा छुड़ाने की इच्छा रखते हुए भी उससे भाग नहीं सकता। कुछ लोग तो रूढ़ियों को प्रसन्नता से अपनाते हैं, किन्तु जो उनको नहीं भी अपनाना चाहते उनकी गति साँप-छछूँदर की-सी हो जाती है। रूढ़ि के चक्रव्यूह को तोड़ने का साहस विरले 'सायर-सिंह सपूतों' को ही होता है। 'नौ कनोजिया दस चूल्हे' वाली लजवन्ती सभ्यता में ही नहीं, वरन् प्राचीन विचार के वैश्यों में भी चौके की लकीर लक्ष्मण जी की बाँधी हुई रेखा से अधिक महत्त्व रखती है। वे लोग सच्चे अर्थ में 'लकीर के

फकीर' होते हैं। जिस प्रकार पच्चीस या तीस वर्ष पहले चौके के बाहर कपड़े पहनकर खाने का कोई साहस नहीं कर सकता था, उसी प्रकार अंग्रेज लोग बिना डिनर सूट पहने किसी सार्वजनिक भोज में शामिल होने का विचार भी नहीं कर सकते। किसको हम भेड़ियाधसान वाला कहें और किसको स्वतन्त्र विचार वाला? इसके निर्णय में विद्वानों को भी किंकर्त्तव्यविमूढ़ होना पड़ेगा। जिस प्रकार सिक्ख लोग पंच ककारों को प्रधानता देते हैं, उसी प्रकार ब्राह्मण चोटी और जनेऊ को, (आजकल के साहबी ब्राह्मण नहीं) और वैष्णव लोग माला को महत्त्व देते हैं। मैं यह नहीं कहता कि इनमें कोई आध्यात्मिक तत्त्व नहीं। किन्तु अधिकांश लोग इन वस्तुओं को गतानुगतिक रूप में ही स्वीकार करते हैं।

हमारे विवाह-सम्बन्धी रीति-रिवाज भी भेड़ियाधसान पर निर्भर हैं। जाड़ों में शर्बत पिलाया जाता है। आर्यसमाज भी वर को दो-चार अँगुली मधुपर्क चटा ही देते हैं। विवाह में जिस वस्तु को देने का रिवाज पड़ जाय वह चीज उधार लेकर भी दी जाती है। आजकल ब्याह-शादियों में लाउड स्पीकर पर रेकॉर्ड बजाने की प्रथा चल पड़ी है तो उसके बिना गृहस्थ सम्पन्नता की श्रेणी में ही नहीं आता।

फैशन

मुर्गे की बाँग जैसे प्लुत स्वर में बुद्धिवाद की दुहाई देने वाले हमारे नवयुवक पुरानी प्रथाओं को चाहे दकियानूसी कहकर उड़ा दें, किन्तु वे भी फैशन की अवहेलना नहीं कर सकते। कोई नवयुवक (बड़े बाल वाला) जरूरी-से-जरूरी काम पर जाने से पूर्व उनकी साज-सम्हाल किये बिना अपने सामाजिक कर्तव्य को अधूरा समझता है। कुछ शौकीन लोग तो फाउंटेन पेन की भाँति कंघे-शीशे को भी जेब में रखने लगे हैं। कोई भी स्वतन्त्र विचार वाला युवक हैट के पीछे के छज्जे को आगे करके पहनने का साहस नहीं कर सकता। फैशन भी मौसम की तरह बदलते हैं। कोटों की लम्बाई और पतलूनों की मुहरियों की चौड़ाई ने पिछले बीस वर्षों में कई रूप बदले हैं। यह इस बात का प्रमाण है कि लम्बाई-चौड़ाई की मात्रा में कोई वास्तविक तथ्य नहीं है। फिर भी कोई फैशन के विरुद्ध जाने की हिम्मत नहीं करता।

न्यूनतम अवरोध का मार्ग

भेड़ियाधसान बुद्धिवाद का दिवालियापन अवश्य है, किन्तु अधिकांश लोग इस दिवालियापन में ही मग्न रहना पसन्द करते हैं। इसका कारण विचार करने का मानसिक आलस्य तो है ही, किन्तु पीटी हुई लकीर पर चलने में सुलभता और सुरक्षा का भी भाव सन्निहित रहता है। इसमें न्यूनतम अवरोध के मार्ग पर चलने का सुख मिलता है। भेड़ियाधसान में सामाजिक एकता का भी ध्यान रहता है।

भेड़ों की तरह सिर झुकाये चलने में हमको यह अनुभव होता है कि हम अकेले नहीं हैं और अगर गलती भी करते हैं तो हमको दोष देने वाला कोई नहीं है—'पाँच पंच मिल कीजै काजा। हारे जीते आय न लाजा॥' धार्मिक और राजनीतिक आन्दोलन भी इसी भेड़ियाधसान की प्रवृत्ति पर पनपते हैं। मनुष्य अपनी गाडरी वृत्ति (भेड़ियाधसान) को छोड़ दे तो नेताओं की नेतागीरी खत्म हो जाय। कोई पीछे चलने वाला न हो तो नेतृत्व किसका करें? नेताओं के साक्षात् दर्शन तो मुश्किल से होते हैं, किन्तु उनके डिब्बे के भी दर्शन को सौभाग्य समझने वाली भोली जनता इसी गाडरी वृत्ति का प्रमाण है। सच्चा नेता वही है जो जनता की इस गाडरी वृत्ति से लाभ नहीं उठाता है।

तुलसीदास जी

बाबा तुलसीदास जी ने मनुष्यों की इस गाडरी वृत्ति का रहस्य पहचाना था और उन्होंने कहा भी है कि साधारण लोग जनता का आदर पाकर यह भूल जाते हैं कि इसमें सार कुछ भी नहीं है, यह भेड़ियाधसान है, और अपना आपा भूल जाते हैं:-

"तुलसी भेड़ी की धसनि, जड़ जनता सनमान।
उपजत ही अभिमान भो, खोवत मूढ़ अयान॥"

ईश्वर को लाख-लाख धन्यवाद है कि हमारे उच्चकोटि के राजनीतिक नेताओं में यह बात नहीं आयी है। तुलसीदास जी ने मुसलमानी पीरों के सम्बन्ध में तो भेड़ियाधसान और रूढ़िवाद का गढ़ ढाने का प्रयत्न किया है, किन्तु हिन्दू धर्मसम्बन्धी रूढ़ियों को अक्षुण्ण रखा है—

"लही आँखि कब आँधरे, बाँझ पूत कब जाय?
कब कोढ़ी काया लही, जग बहराच जाय॥"

कबीर ने हिन्दू-मुसलमान दोनों को ही लिया है। जहाँ उन्होंने गंगा-स्नान की हँसी उड़ाई है, वहाँ उन्होंने रोजेदारी को भी नहीं छोड़ा।

विचार-क्षेत्र में

धार्मिक कार्यों में ही भेड़ियाधसान का साम्राज्य नहीं है वरन् विचारों में भी उसका बोलबाला है। एक समय था जबकि रविबाबू की गीतांजलि को अपनी मेज पर रखना और उसके सम्बन्ध में चर्चा करना शिक्षित होने का चिह्न समझा जाता था। वीणा के टूटे तारों पर मौन संगीत गाते हुए लोग अनन्त की ओर जाया करते थे, किन्तु अब वीणा के टूटे तार जुड़ गये हैं और निराश प्रेमी भी जीवन से समझौता कर बैठे हैं। किन्तु किसान-मजदूरों की आह और पुकार की चर्चा रीतिकालीन

कवियों के विरह-वर्णन की भाँति भी होने लगी है। अनुभूति का अभाव उतना ही प्रगतिवाद में है जितना कि रहस्यवाद में था। राजनीतिक विचारधारा जिसे आजकल का शिक्षित जगत् 'आइडियोलॉजी' कहता है, स्वतन्त्र विचार का फल नहीं होती। यदि विचार वास्तव में स्वतन्त्र हो तो कोई भी विचारक किसी भी विचारधारा से सोलह आना सहमत नहीं हो सकता। विचार-भेद केवल विचार-भेद के लिए तो सराहनीय नहीं, वह तो कुतर्क हो जाता है, किन्तु सच्चा और संयत विचार-भेद जीवन का परिचायक है।

समाज में बैठकर व्यक्तियों का मनोविज्ञान भी बदल जाता है। किसी बात को आप अलग-अलग स्वीकार करा लीजिए, किन्तु जब वे लोग सब इकट्ठे बैठें तब भी वे उसी बात को स्वीकार करें, यह आवश्यक नहीं है। हड़तालों में भी भेड़ियाधसान की मनोवृत्ति काम करती है। लोग अपने से अधिक समाज की बुद्धि में विश्वास करते हैं। इसीलिए वे भेड़ियाधसान में पड़ जाते हैं। दूसरों पर विश्वास करना बुरी बात नहीं, किन्तु अपनी परीक्षा-बुद्धि को छोड़ बैठना मनुष्यत्व के अधिकारों का तिरस्कार है।

परीक्षा-बुद्धि की आवश्यकता

भेड़ियाधसान से बहुत कुछ लाभ होता है और समाज में शक्ति भी आती है, किन्तु जहाँ से भेड़ियाधसान के कारण हम किसी के साथ अन्याय करते हों, वहाँ यह गाडरी वृत्ति जितनी जल्दी दूर हो जाय उतना ही अच्छा है। इसे दूर करने के लिए विचार और प्रश्न करने की वृत्ति आवश्यक है। जिन बातों का अनुकरण किया जाता है वे सब बातें बुरी नहीं होतीं, किन्तु अनुकरण यदि बुद्धिपूर्वक किया जाय तो हम लकीर के फकीर बनने से बच जाते हैं। किसी प्रथा या सिद्धान्त के सम्बन्ध में पक्ष और विपक्ष दोनों पर विचार कर लेने से हमारा कट्टरपन दूर हो जाता है। कट्टरपन ही जीवन में कटुता उत्पन्न करता है। कटुता को बचाना अहंभाव प्रमुख साहित्य का एक प्रमुख ध्येय है।

13
हम हँसते क्यों हैं?

भौतिक और मानसिक कारण

हँसना प्रायः सभी जानते हैं और समय-समय पर प्रायः सभी हँसते हैं। कुछ दिन-रात हँसते ही बिताते हैं और कुछ जरा मुश्किल से हँसते हैं। उनके हँसने पर लोग कहते हैं—पानी बरसता है। समाज में लोगों के हँसने का उतना ही महत्त्व है जितना कि वर्षा का, फिर भी बहुत कम लोग जानते हैं कि हम क्यों और कैसे हँसते हैं? हास्य का विवेचन उतना आनन्दप्रद नहीं जितना की जीता-जागता हास्य। हास्य-रस का विवेचन कभी-कभी इतना ही नीरस हो जाता है जितना किसी भोजनभट्ट के सामने भोजन के तत्त्वों, दाँतों, मसूड़ों अन्न प्रणाली का विवेचन अथवा प्रेमी के लिए उसकी प्रियतमा के अस्थि-पंजर का।

हँसना केवल भौतिक कारणों से भी हो सकता है, जैसे गुदगुदी मचाने से और मानसिक कारण से भी जैसे कोई हास्य-रस की कविता सुनने से। दोनों ही प्रकार की हँसियों की मात्रा आश्रय अर्थात् हँसने वाले की संवेदनशीलता पर निर्भर रहती है।

अध्ययन के दो दृष्टिकोण

हास्य का अध्ययन दो दृष्टिकोणों से हो सकता है—एक हास्य के विषय की दृष्टि से और दूसरा हँसने वाले की दृष्टि से। पहली दृष्टि को हम रसशास्त्र की शब्दावली में आलम्बन की दृष्टि कहेंगे और दूसरी दृष्टि को आश्रय की दृष्टि से अभिहित करेंगे। आलम्बन मनुष्य भी हो सकते हैं, वस्तुएँ और परिस्थितियाँ भी और कभी-कभी विचार और शब्द भी।

प्रकार

मनुष्यों और वस्तुओं के सम्बन्ध में कभी-कभी हमें स्वयं ही हँसी आ जाती है, कभी

दूसरों द्वारा हम हँसाये जाते हैं। जब हास्य किसी व्यक्ति-विशेष को नीचा दिखाने के लिए उसकी जानकारी में हास्य का प्रयोग करते हैं तब उसे उपहास कहते हैं। जब उपहास के विषय के अतिरिक्त और लोग सुनने वाले होते हैं तब वह और भी तीव्र होता जाता है। जो हास्य दूसरे के शुद्ध विनोद में किया जाता है उसे परिहास कहा जाता है।

जब हास्य शब्द श्लेष या उत्तर की प्रत्युत्पन्नमतिता पर निर्भर रहता है तो उसे wit या वाक्पटुता अथवा वाक्चातुर्य कहते हैं। यह अधिक बौद्धिक होता है। इसमें हास्य करने वाले में सक्रियता रहती है और उसके आस्वाद करने वाले में बुद्धि की कुछ अधिक मात्रा अपेक्षित रहती है। जब हास्य किसी व्यक्ति या समाज के प्रति हो और उसमें व्यंजना का पुट अधिक हो तब उसे व्यंग्य कहते हैं। कभी-कभी मनुष्य हास्य के अविषय में भी हास्य देख लेता है, और कभी-कभी मनुष्य अपने ऊपर भी हँस लेता है।

आलम्बन की दृष्टि से

हास्य के सम्बन्ध में कई कल्पनाएँ हैं। उन सब में प्रधान है विपरीतता की। हास्य के मूल के सम्बन्ध में रस ग्रन्थों में कहा गया है–

"भाषा, भूषन, भेष जहँ उलटे ही करि भूल।
हँसी सु उत्तम, मध्य, लघु कह्यो हास्य रस मूल॥"

हास्य के मूल में हेजलिट ने बेमेलपन (Incongruity) को माना है। हास्य के आलम्बनों में कोई-न-कोई बात बे-मेल होती है। टोप से बाहर निकली हुई चुटिया और पतलून के भीतर ठुँसी हुई धोती को देखकर, शहरी आदमी को देहाती बोली बोलते हुए और देहाती आदमी को शहरी बोली बोलते हुए सुनकर, ऊँचे कद के आदमी की नाटी औरत को और नाटी औरत को ऊँट से लम्बे पति के साथ चलते देखकर, बड़े-से हाल में ढाक के तीन पात से दो या तीन आदमियों को बैठे हुए पाकर या छोटे कमरे में जरूरत से ज्यादा आदमियों को देखकर हमको बरबस हँसी आ जाती है। यही विपरीतता है।

अप्रत्याशित वस्तुएँ अथवा जो वस्तुएँ देश-काल के अनुरूप न हों वे भी हँसी का कारण बन जाती हैं। कम जाड़े के दिनों में ओवरकोट, टोपा और दस्तानों से सुसज्जित होना अथवा गर्मियों में रंगीन गुलूबन्द से अपने को अलंकृत करना अथवा अनौपचारिक अवसर पर औपचारिकता का प्रदर्शन करना, मनुष्य को उपहासास्पद बना देता है। किसी सभा में यदि अच्छी उपस्थिति और हाल की तैयारी और साज-सम्हाल के अनुकूल व्याख्यान रोचक और ज्ञानप्रद न हो या व्याख्यानदाता अंग्रेजी में बोले और टूटी-फूटी अंग्रेजी बोले या अनुचित प्रयोग करे

तो वह हास्य का पात्र बन जाता है।

ऐसे ही काव्य में छोटी-सी बात को अनुचित महत्त्व देने से, जैसे किसी पेरोडी (Parody) में तुलसी की भक्ति भावना के साथ बीमा के काम की बात जोड़ देने से अथवा श्री यशोदाजी की करुणा भरी भाषा को किसी क्षुद्र अवसर में प्रयोग करना हास्य का कारण बन जाता है, यह भी विपरीतता ही का नमूना है। एक उदाहरण लीजिए–

"असारे खलु संसारे सारं श्वसुरमन्दिरम्।
हरिः शेते क्षीराब्धौ हरः शेते हिमालये॥"

अर्थात् इस असार संसार में श्वसुर-गृह ही सार है। इसकी पुष्टि में बतलाया जाता है कि भगवान् विष्णु क्षीर-सागर में सोते हैं और महादेवजी हिमालय पर्वत पर रहते हैं, असारे खलु संसारे से शुरू होने में यह प्रतीत होता है कि कोई वेदान्त वार्ता होने वाली है। इस ऊँचाई से गिरकर तुरन्त श्वसुर-मन्दिर पर आ जाते हैं और देवाधिदेव विष्णु और महादेव को ससुराल में ही अधिवास करते दिखाया जाता है। ऐसा ही एक और हिन्दी का छन्द है जिसमें बतलाया गया है कि खटमलों के ही भय से विष्णु भगवान शेष शैया पर सोते हैं और महादेवजी व्याघ्रचर्म पर।

कहाँ त्रिलोकी के नाथ हरि और कहाँ खटमल! वही विपरीतता है–

"जगत् के कारन, करन चारों वेदन के,
कमल में बसे वे सुजान ज्ञान धरिकै।
दोखन अवनि दुःख सोखन तिलोकन के,
समुद्र में जाय सोये सेज सेस करिके॥
मदन जरायो औ संहार्‌यो दृष्टि हो सों सृष्टि,
बसे हैं पहार बेऊ भाजि हरबरि कै है।
बिधि, हरि, हर बड़े इनसे न कोऊ तेऊ,
खाट पै न सोवे खटमलन सों डरि कै॥"

बर्गसाँ

फ्रांसीसी विद्वान् बर्गसाँ (Bergson) का मत है कि जब मनुष्य अपनी नैसर्गिक स्वतन्त्रता को छोड़कर यन्त्र की तरह काम करने लगता है तब मनुष्य हास्य का विषय बन जाता है। मनुष्य में जो जीवन-शक्ति (Elan Vital) है, वह उसे नयी परिस्थितियों से अनुकूलता प्राप्त कराती रहती है। मनुष्य तो क और क। में अन्तर कर लेता है और उसकी प्रतिक्रिया क। में क से भिन्न होती है। मशीन बिना सोचे एक-सा व्यवहार करने लगती है। मनुष्य जब मशीन का-सा व्यवहार करने लगता

है तभी वह हास्यास्पद बन जाता है। एक उदाहरण लीजिए—एक दरोगा टेलीफोन सुनता है जब दूसरे छोर पर बोलने वाला कहता है कि मैं सुप्रिंटेंडेंट आफ पुलिस बोल रहा हूँ, दरोगा एक साथ सचेत मुद्रा में होकर फौजी सलाम करने लग जाता है। यहाँ वह मनुष्य नहीं रहता है वरन् मशीन की भाँति काम करता है। एक दूसरा उदाहरण भी ऐसा ही है। एक अवकाश प्राप्त सारजेंट अपना खाना लिए जा रहा था। एक विनोदी बालक ने पीछे से कह दिया (Attention) सावधान! सारजेंट एक साथ खड़ा हो गया और उसने दोनों हाथ नीचे कर लिए। उसका खाना गिर गया। इस प्रकार वह नयी परिस्थिति से अनुकूलता न प्राप्त करने के कारण हास्य का कारण बन गया। नित्य नयी अप्रत्याशित परिस्थितियों से अनुकूलता प्राप्त करने में ही विकास का मूल है। जो मनुष्य इस अनुकूलता को नहीं प्राप्त कर सकता वह हँसी का पात्र बन जाता है। इसीलिए प्रायः प्राचीन पन्थियों की हँसी उड़ायी जाती है। जीवन शक्ति की प्रकृति के अनुकूल बदलती हुई परिस्थितियों से अनुकूलता न प्राप्त करना हँसी का कारण बनता है। यह भी एक तरह की विपरीतता है। मनुष्य अपने स्वभाव के विपरीत चलता है। बर्गसाँ ने हास्य के नैतिक पक्ष पर भी बल दिया है। उसका कहना है कि हँसी में अपने पड़ोसी की भूलों को उसके मन और संकल्प से नहीं तो कम-से-कम उसके कामों से दूर करने की प्रवृत्ति रहती है।

मनोविश्लेषण की दृष्टि

हास्य का अध्ययन हँसने वाले की दृष्टि से भी किया गया है आजकल के मनोविश्लेषण-शास्त्रियों के मत से हास्य का मूल अचेत मन (Un-concious minds) में दबे हुए भावों में है। जैसे हम किसी से घृणा करते हैं, सामाजिक शिष्टाचारवश हम अपनी घृणा का प्रकाश खुले आम नहीं कर सकते, वह भाव दबा रहता है, किन्तु उपहास में वह एक सुन्दर वेष धारण कर बाहर आ जाता है। जैसे किसी पटवारी की कलम गिर गयी तो एक गरीब किसान के मुँह से सहसा निकल पड़ा—"मुंशीजी, आपकी छुरी गिर पड़ी है।" जमींदार से हँसी में लोग जिमीमार कह देते हैं और कविजी को कपिजी कह देते हैं। ये सब बातें दबी हुई घृणा की ही परिचायक हैं। अवचेतन की दमित यौन-वासना प्रायः हँसी-मजाक में निकास पा जाती है। उसमें वे स्वप्न की भाँति रूप बदलकर और कभी घनीकरण (Condensation) और कभी स्थानान्तरण (Transference) द्वारा सामने आती है। इस तरह का हँसी-मजाक वाक्चातुर्य Wit का रूप धारण करके आता है। ऐसे मजाक प्रायः द्वयर्थक होते हैं और कभी सांकेतिक होते हैं। इस सांकेतिकता द्वारा सामाजिक औचित्य दर्शक की आँख में धूल झोंक दी जाती है और दमन का दबाव हलका पड़ जाता है।

Wit की द्व्यर्थकता और सांकेतिकता के कारण सामाजिक औचित्य की रक्षा के साथ मानसिक प्रयत्न के लाघव का भी आनन्द रहता है।

फ्रायड के अनुयायी मनोविश्लेषण शास्त्रियों ने Wit को दो तरह का माना है—एक शुद्ध और दूसरा प्रवृत्यात्मक। Brill ने उसे Tendency Wit कहा है। शुद्ध में हृदय की फालतू उमंग के दर्शन होते हैं, एक उदाहरण लीजिए—

"चिर जीवौ जोरी जुरै क्यों न सनेह गम्भीर।
को घटि ये वृषभानुजा, वे हलधर के बीर॥"

बृषभानुजा और हलधर वीर ये श्लिष्ट है। वृषभ + अनुजा = बैल की बहन और बृषभानुजा = बृषभानु की लड़की। हलधर (बैल) और बलराम के भाई। इसमें दो अर्थों का एक साथ रहने का आनन्द मिल जाता है। इसमें वर्ज्याचार (Incest) की भी व्यंजना है। प्रवृत्यात्मक या वाक्पटुता दो प्रकार की होती है—एक ईर्ष्या या घृणात्मक जो किसी अनिष्टकारी के प्रति लक्षित होती है। यह प्रायः व्यंग्यात्मक होती है। नन्ददास की गोपियाँ कहती हैं—

"गोकुल में जोरी कोउ पायी नाहिं मुरारि,
मदन त्रिभंगी आपु हैं करी त्रिभंगी नारि।"

त्रिभंगी होना कृष्ण में तो सौन्दर्य का द्योतक है, और कुब्जा में कुरूपता का। गुण और दोष में शाब्दिक समता दिखाकर व्यंग्य किया गया है। दूसरी यौन-भावना से प्रेरित प्रदर्शनेच्छामूलक होती है। इसमें अश्लीलता को छिपाने वाले श्लिष्ट वाक्य या शब्द रहते हैं।

आश्रय की दृष्टि से अन्य कल्पनाएँ

अचेतन की घृणा या यौन-भावना की यह कल्पना सब जगह लागू नहीं होती। ऐसा हास्य भी होता है जिसमें घृणा का भाव नहीं होता। घृणा की कल्पना को दूसरे रूप में भी रखा गया है। दूसरों को भूल करते हुए देखकर हम में अपनी उच्चता की भावना जाग्रत हो जाती है और एक प्रकार का विजयोल्लास उत्पन्न हो जाता है। वही हास्य को जन्म देता है। इस प्रकार लोग हास्य का मूल अपनी उच्चता की भावना मानते हैं।

प्लेटो और होब्स (Hobbs) ने भी ऐसी ही बात कही है। वास्तव में हास्य और करुणा या सहानुभूति का मेल नहीं होता है। हमारे यहाँ भी रस शास्त्र में हास्य और करुणा का विरोध है। यह तो रही आश्रय (जिसमें भाव की उत्पत्ति हो) की बात, आलम्बन (जिससे भाव की उत्पत्ति हो) के सम्बन्ध में तो हम को यही कहना होगा कि उसमें किसी-न-किसी प्रकार की भूल, विकृति या विपरीतता ही को

कारण मानना पड़ेगा। आश्रय के दृष्टिकोण से मैकड्यूगैल (Mcdougall) की कल्पना है कि हास्य मनुष्य को अति दुःख से बचाये रहने का एक प्राकृतिक विधान है। हम जरा-जरा-सी बात से दुखित हो जाते हैं। प्रकृति ने मनुष्य में हास्य की प्रवृत्ति रखकर उसको छोटी-छोटी बातों पर दुःखी होने से बचा दिया।

इस प्रकार की एक और कल्पना हो सकती है। वह यह है कि जब कोई विपरीतता दिखाई देती है तब किसी अनिष्ट की आशंका होती है, लेकिन देखने पर वह हानि इतनी स्वल्प होती है कि मनुष्य की चेतना को बड़ा आराम मिलता है और उसमें सम्भावित आपत्ति का सामना करने के लिए जो शक्ति का संचय कर लिया था वह हँसी में निकल जाती है। जर्मन दार्शनिक कांट (Kant) की कल्पना ऐसे ही भाव की द्योतक है। उसका कहना है कि हास्य एक खिंचावपूर्ण प्रत्याशा के 'कुछ नहीं' में परिणत हो जाने से उत्पन्न होता है, Laughter arises from the sudden transformation of a strained expectation into nothingness, वास्तव में हास्य और करुणा में परिमाण का ही अन्तर रहता है। यदि हमारा पैर फिसल जाय और धूल झाड़-पोंछकर हम चल दें तो हम हँसी के कारण बनते हैं, किन्तु मोच आ जाय या हड्डी टूट जाय तो करुणा का विषय उपस्थित हो जाता है।

कुछ उदाहरण

साहित्यिक या मानसिक हास्य में प्रायः ऐसे खतरे की सम्भावना नहीं होती। खतरे की बात तो कोई भी नहीं होती, लेकिन कुछ विपरीतता अवश्य होती है। वही हास्य का कारण बनती है। विपरीतता की कल्पना तथा ऊपर की कल्पना में इतनी समानता अवश्य है कि उसमें थोड़ा मानसिक आघात होते हुए भी खतरे की तरह अनिष्टकारिणी नहीं होती। उससे अनिष्ट का न होना ही हँसी का कारण होता है। साहित्यिक या मानसिक हास्य के सम्बन्ध में एक बात और कही जा सकती है। वह यह है कि साधारण बातों की साधारणता और एकतानता (Monotony) से हमारा जी ऊबा रहता है। हास्य में एक नया मार्ग-सा खुल जाता है। चाहे वह मार्ग कहीं ले जाने वाला न हो तो भी उसमें एक सुखद नवीनता रहती है।

कोई भी चुटकुला लीजिए, उसमें आपको एक ऐसा नया मार्ग दिखाई पड़ेगा जो आपकी सूझ से बाहर हो।

एक स्त्री अपने पति से कहती है–

"बच्चे ने स्याही पी ली।"

पति महोदय उत्तर देते हैं–

"तो पेंसिल से लिख लेगा।"

पत्नी कहती है–

"अजी, कुछ दवा बतलाइए।"

उत्तर मिलता है–

"ब्लाटिंड की गोली खिला दो।"

ऐसे उत्तर सुनकर आपके ऊबे हुए जी को कितना विश्राम मिलता है। ऐसी ही नवीनता का अनुभव होता है जब एक पुरानी कही हुई बात को नयी परिस्थिति में लागू किया जाता है। एक बार दो अध्यापकगण जो सब मामलों में एक दूसरे से 36 का सम्बन्ध रखते थे किसी एक तीसरे को नीचा दिखाने में मिल गये। मिलकर वे तीसरे आदमी का भयंकर अनिष्ट करने वाले थे। उस परिस्थिति का वर्णन करते हुए वक्ता ने कहा–'अधिक अँधेरो जग करत मिलि मावस रवि चन्द' यह बिहारी के दोहे का एक अंश है जो वयःसन्धि की शृंगारिक स्थिति के सम्बन्ध में कहा गया था। एक नयी स्थिति में प्रयुक्त हुआ है।

यही हाल पैरोडी में हैं। 'आगे चले बहुरि रघुराई' के आगे 'ऋष्य मूक पर्वत नियराई' सुनते-सुनते जमाना हो गया है।

'पीछे लरिकन धूरि उड़ाई'? में अप्रत्याशित सुखद नवीनता आ जाती है।

इसी प्रकार की एक दूसरी रचना नीचे दी जाती है–

मेम्बरखाँ का करीमा

करीमा बबख्शाय बर हाले मा।
कमेटी का मेम्बर मुझे दे बना॥

2

नदारेम ग़ैर अज़ तो फरियाद रस।
कमेटी का मेम्बर रहूँ सौ बरस॥

ऐसे पदों को सुनकर एकदम प्रफुल्लता आ जाती है। हास्य मस्तिष्क के उर्वरापन का परिचायक है तथा शक्ति और जीवन के बाहुल्य का द्योतक है।

उपसंहार

वास्तव में हास्य के मूल में आत्म-गरिमा, कभी-कभी घृणा अथवा अधिक हानि न होने की खुशी तथा एकतानता को मिटाने की प्रवृत्तियाँ समय-समय पर काम करती रहती हैं। हँसने वाले की मानसिक स्थिति की कई व्याख्याएँ हो सकती हैं। हास्य की एक नीची भी भूमिका होती है उसमें घृणा या सेक्स का प्राधान्य होता है, और दूसरी ऊँची भूमिका होती है जिसमें अनिष्ट से बच जाने की प्रसन्नता रहती है। सबसे ऊँचा हास्य अपने ऊपर होता है–गोस्वामी तुलसीदास जी ने सीतान्वेषण तत्पर रामजी द्वारा लक्ष्मण जी से कहलाया है–

“तुम्ह आनन्द करहु मृग जाये।
कांचन मृग खोजन ये आये॥”

ऐसा हास्य जीवन का भार हल्का कर देता है। दूसरों की प्रसन्नता को भी ऊँचा बना देता है और कटुता में सौम्य भाव उत्पन्न कर देता है। इसी को दार्शनिक हास्य कहते हैं। इसको हेगिल (Hegel) ने मन की प्रसन्न मुद्रा, आत्मा की ऐसी स्वस्थ दशा कहा है जो भग्न मनोरथ होकर भी प्रसन्नता का अनुभव कर सकती है–It is the happy frame of mind, a hale condition of soul, which fully aware of itself can endure the dissolution of its aims. इस पुस्तक के लेखक ने ‘मेरी असफलताएँ’ नाम की पुस्तक में अपनी असफलताओं पर हँसने का प्रयत्न किया है।

हममें जो उमंग और स्वास्थ्यजनक फालतू शक्ति है वही हास्य के रूप में प्रस्फुटित होती है। हर्बर्ट स्पेंसर ने हास्य को फालतू उमंग का निकास ‘A discharge of surplus energy’ कहा है। स्मितहास्य से लगाकर अट्टहास तक इसके कई दर्जे हैं। हास्य शक्ति का द्योतक और वर्द्धक है। जिस मनुष्य में हास्य रसास्वादन की शक्ति नहीं है, वह मृतप्राय है। वह मनुष्य नहीं है, या तो वह देवता है और या दानव।

14
त्रयात्मक मानसिक जीवन

त्रिमूर्ति

धर्म की त्रिमूर्ति की भाँति मनोविश्लेषण में भी तीन की संख्या का अधिक महत्त्व है। उसमें दो त्रयियों का विशेष उल्लेख होता है–1. अचेतन (Unconscious—इसका संक्षिप्त रूप है Ucs और इसको बंगाली पुस्तकों में निर्ज्ञान कहा है), 2. चेतनोन्मुख (Preconscious—इसका संक्षिप्त रूप है Pcs और इसको बंगाली में आसंज्ञान कहते हैं), और 3. सचेतन (Conscious—इसका संक्षिप्त रूप है Cs और इसको बंगाली में संज्ञान कहा है) ये हमारी चेतना के तीन स्तर हैं। दूसरी त्रयी है अदस्, अहं और उच्चतर अहं।

सचेतन और अचेतन

इनका हम पीछे उल्लेख कर चुके हैं। हमने पहले अध्याय में जिसको 'अँधेरी कोठरी' कहा है अचेतन (Unconscious) वा निर्ज्ञान का ही दूसरा रूप है। यद्यपि यह अचेतन अंश है और चेतन के स्तर पर कठिनता से ही आता है और आता भी है तो हम उसके निवासियों को अपना कहने में आनाकानी करते हैं तथापि इसका अस्तित्व इतना ही निश्चित है जितना कि भूकम्प के मूल में पृथ्वी की गर्भस्थ अग्नि का। हमारा 'सचेतन' वा 'संज्ञान' मन का वह स्तर है जो कि चेतना के अग्रभाग में रहता है। मनुष्य जो कुछ अपनी आँखों के सामने घटता देखता है, उसके सम्बन्ध में जो विचार करता है अथवा वे स्मृतियाँ या भावनाएँ जो मन के ऊपरी स्तर पर आकर उसको प्रसन्न या अप्रसन्न करती हुई उसकी चेतना का केन्द्र बनती हैं, उन सबको सचेतन मन के अन्तर्गत समझना चाहिए।

चेतनोन्मुख

सचेतन और अचेतन के बीच का भी एक स्तर है। इसमें वे भाव या स्मृतियाँ

आती हैं जो यद्यपि इस समय तो हमारी चेतना केन्द्र में नहीं हैं तथापि थोड़े प्रयत्न के साथ वे चेतना के प्रांगण में लायी जा सकती हैं। वे समय पड़ने पर बिना रोक-टोक या बिना किसी लज्जा का अनुभव किये सहज भाव से बुलायी जा सकती हैं। वे किसी विशेष काल में चेतना से बाहर रहती हैं तथापि चेतना में आने का अधिकार रखती हैं। वे राजसभाओं के उन मेम्बरों की भाँति हैं जो मन न लगने या काम न रहने पर बाहर चले जाते हैं, किन्तु बुलाये जाने पर उपस्थित हो जाते हैं। किसी काल के लिए चेतना के बाहर तो ये भी रहते हैं और इस अंश में अचेतन के समान हैं, किन्तु इनका प्रवेश वर्जित नहीं होता। इनको भेष बदलकर नहीं आना पड़ता। ऐसे भावों या स्मृतियों के समूह को चेतनोन्मुख (Preconscious) वा आसंज्ञान कहते हैं। किसी समय में यह अंश भी अचेतन के क्षेत्र में समझा जाता था। किन्तु अब अचेतन को उसी अंश में सीमित कर दिया गया है जिसका अस्तित्व तो मन के अन्तस्तल या अँधेरी कोठरी में रहता है, किन्तु जिसके ऊपर आने के लिए रोक-टोक होती है। वह विशेष मार्ग या भेष बदलकर ही ऊपर लाया जा सकता है या आ सकता है।

अदस् (Id)

यह दूसरी त्रयी है–1. तद Id वा अदस्, 2. अहं (Ego) और 3. उच्चतर आत्मा (Super Ego) वा अधिशास्ता का है। Id अंग्रेजी It का ही मूल रूप है। बांग्ला पुस्तकों में इसे दस् कहा है। यद्यपि यह सबसे नीचा स्तर है तथापि प्रभाव में सबसे अधिक शक्तिशाली है। यह शक्ति का स्रोत है। यह वह घोड़ा है जिस पर सवार होकर अहं बुद्धि की लगाम से नियन्त्रण करता है। काम-वासना की शक्ति का भंडार इसी में निहित रहता है। यही प्रेम और मरण की सहज वृत्तियों या प्रवृत्तियों का क्रीड़ास्थल और उसकी शक्ति का स्रोत है। प्रय सिद्धान्त (Pleasure principle) का इसमें अविचल राज्य रहता है। यह अचेतन की शक्ति का भंडार है किन्तु इसमें नीति और बुद्धि का अभाव है। यह सांख्य की प्रकृति की भाँति है जिसमें क्रिया या क्रिया की शक्ति है, किन्तु ज्ञान का अभाव है। इसको ज्ञान अहं से मिलता है।

लिबिडो

जैसा ऊपर कहा जा चुका है लिबिडो का निवास इड (Id) में रहता है। मन में जो काम का प्रतिनिधित्व करती है वह शक्ति लिबिडो कहलाती है–"That force by which the sexual instinct is represented is called libido" वास्तव में वह उन सब वृत्तियों की, जो प्रेम के अन्तर्गत समझी जाती हैं, शक्ति है। (आगे सहज वृत्तियों का अधिकरण देखिए) फ्रायड का Sex शब्द बहुत व्यापक है इसका

एक छोर यौन-वासना है तो दूसरा छोर आत्म-प्रेम, देश-प्रेम, वात्सल्य-प्रेम आदि हैं। यह शक्ति एक ही व्यक्ति में भिन्न-भिन्न अवस्थाओं में न्यूनाधिक रूप से तीव्र होती है। फ्रायड के मत से कामशक्ति बाल्यकाल में रहती है यद्यपि इसकी तत्कालीन अभिव्यक्ति प्रौढ़ अभिव्यक्ति से भिन्न होती है। इसीलिए बाल्यकालीन कार्यवृत्ति को कामवृत्ति कहना कुछ अनुचित लगता है। काम-शक्ति का निवास केवल यौनवासना सम्बन्धी अवयवों में ही नहीं होता। वरन् पोषण (Nutrition) सम्बन्धी अवयवों, रेचनावयवों और जंघा, जननेन्द्रिय आदि काम-स्थानों (Erotogenic Zones) में संक्रमित होती रहती है। (फ्रायड और कामवासना शीर्षक अध्याय पढ़िए।) इस शक्ति का लक्ष्य बदलता रहता है। जब इस लिबिडो की प्रस्थापना अहं में होती है तब यह अहं के प्रति प्रस्थापना (Ego Cathexis) कहलाती है। नारसिसवाद या स्वरति इसी का रूप है। (देखिए, पृष्ठ 36) नारसिसवाद या स्वरति के दो रूप हैं—एक प्राथमिक (Primary narcism) और दूसरा गौण (Secondary narcism)। प्राथमिक में शिशु उस अवस्था में होता है जबकि वह बाह्य पदार्थों से जैसे माता के स्तन से अपने को भिन्न नहीं समझता और इस विषय और विषयी के भेदशून्य अहं में रति को केन्द्रित करने लगता है, इसी को प्राथमिक नारसिसवाद कहते हैं। पहले तो वह अपने में ही बाह्य जगत् को शामिल समझता था। पीछे से निराशा और कुंठा के कारण वह अपने को अलग समझता है। जब वह देखता है कि उसका बाह्य संसार उसके हुक्म में नहीं है तब वह अपने को अलग समझता है, यह दूसरी श्रेणी है। पीछे से जिन विषयों या पात्रों को अलग समझता था उनमें वह अपना तादात्मीकरण (Identification) करने लगता है। माता-पिता को वह अपनी उच्चतम आत्मा का अंग बना लेता है। अपने प्रेम पात्र को भी अपना अंग समझता है। तब माता-पिता का प्रेम या प्रेमपात्र का प्रेम अपना ही प्रेम हो जाता है। इसी को गौण स्वरति (Secondary narscism) कहते हैं।

इस प्रस्थापना का दूसरा रूप है बाह्य वस्तु के प्रति प्रस्थापना (Objects Cathexis)। यह वह प्रेम है जो हम प्रेमपात्र या माता-पिता के प्रति दिखाते हैं। तीसरा रूप है कल्पना-सम्बन्धी प्रस्थापना (Phantasy cathexis) इसमें मनुष्य अपनी काम-शक्ति को अन्तर्मुखी कर बाह्य वस्तुओं की अपेक्षा काल्पनिक वस्तुओं की ओर लगा देता है। वह मानस लोक में विचरने लगता है। वह आदर्शों की दुनिया में रहता है। वास्तविकता की कुंठाओं (Frustration) से छुटकारा पाने के लिए वह काल्पनिक लोक की शरण लेता है। उसमें पलायनवाद की वृत्ति आ जाती है।

जब यह प्रस्थापना किसी एक विषय में ही स्थिर हो जाती है तब उसे स्थिरीकरण (Fixations) कहते हैं। जैसे यदि बाल्यकालीन रति माता से आगे न बढ़े तो वह (Mother fixation) मातृ-प्रति स्थिरीकरण कहलाएगी।

सहज वृत्तियाँ

हमारी सहज वृत्तियाँ (Instincts) या प्रवृत्तियाँ इसी तद् (Id) में रहती हैं। सहज वृत्तियों के सम्बन्ध में बहुत मतभेद है। ये मैकडूयूगल ने तेरह या चौदह मानी है। फ्रायड के मत से Instincts वे मूल प्रेरणाएँ (Primary urges) हैं जिनका परमाणु की भाँति और विश्लेषण न हो सके। ये मानसिक प्रेरणाओं के रूप में शरीर संस्थान में ही रहती हैं और भिन्न-भिन्न अंगों द्वारा बाहर के विषयों से सम्बन्धित होकर एक विशेष चालक-शक्ति के रूप में परिणत होती हैं और उनसे सम्बन्धित क्रिया-कलाप में अपना सन्तोष प्राप्त करती हैं।

फ्रायड ने पहले पहल दो प्रकार की सहज वृत्तियाँ मानी हैं। अहं प्रधान (Egoistic) जिनमें खाद्य सहज वृत्ति, यश-लिप्सा आदि आती हैं और दूसरी यौन सम्बन्धी (Sexual) आरम्भ में वह इनको गुण भेद से (Qualitatively) पृथक् मानता था। फिर वह उन्हें कामशक्ति (Libido) की अहं (Ego) और बाह्य पदार्थों में स्थापना (Cathexis) का रूप मानने लगा। दूसरे संशोधन में उसने यौनवृत्ति और आक्रमण वृत्ति की ध्रुवीयता का द्वन्द्वता (Polarity) मानी, किन्तु वह इस पर भी स्थिर न रह सका।

अन्त में उसने दो मूल सहज वृत्तियाँ मानी हैं—1. काम[1] वा जीवन सहजवृत्ति (Eros or life Instinct)। इसमें अवर्जित वा अनवरोधित यौन-वासनाएँ, उन्नयन प्राप्त वासनाएँ और आत्म-रक्षा सम्बन्धी प्रेरक शक्तियाँ जिनमें भौतिक जीवन के साथ आदर्श सम्बन्धी मानसिक जीवन की रक्षा की भावना भी रहती है, सम्मिलित समझी जाती है। मनुष्य जीवन से सम्बन्ध रखनेवाली ऊँची और नीची सभी वृत्तियाँ इसमें आ जाती हैं।

2. मरणा या ध्वंस की सहजवृत्ति (Death or destruction Instinct) शरीर क्रिया-विज्ञान की दृष्टि से वह प्रवृत्ति है जिसमें सजीव अवस्था से निर्जीव तथा सावयव द्रव्य (Organic matter) से निरवयव द्रव्य (Inorganic matter) की ओर प्रत्यावर्त्तन (Regression) की प्रवृत्ति रहती है। इसमें अपनी स्वरूपता (Personality) या अस्मिता के विकास की पूर्व श्रेणियों के पुनःप्रतिष्ठान (Reinstatement) की प्रवृत्तियाँ, आत्मपीड़न, आत्मक्षति, आत्महनन की प्रवृत्तियाँ (तप, त्याग आदि इसी के उन्नत रूप हैं) तथा आक्रमण-प्रवृत्तियाँ जो इस वृत्ति का

1. संस्कृत में एक शब्द शृंग है जिससे शृंगार बना है। शृंगः मन्मथों भेदः। यह शब्द Eros का पर्याय हो सकता है, किन्तु अधिक प्रचलित नहीं है।

बहिर्मुखी रूप हैं, सम्मिलित हैं। दूसरों को नुकसान पहुँचाना, उन पर आक्रमण करना, उसको मारना इसी वृत्ति का बाह्य प्रक्षेपण (Projection) है। एडलर की प्रभुत्व-कामना भी आक्रमण-वृत्ति का ही एक परिष्कृत रूप है। अन्य सहज वृत्तियाँ भी इन्हीं प्रवृत्तियों के रूपान्तर वा भिन्न-भिन्न मात्रा के योग हैं।

वृत्तियों की स्वाभाविकता

ये दोनों वृत्तियाँ सहज और स्वाभाविक हैं, इसकी सिद्ध करने के लिए विशेष प्रमाणों की आवश्यकता नहीं। प्रेम या काम की वृत्ति मनुष्य की अधिकांश ऊँची और नीची क्रियाओं के मूल में है। इसके अन्तर्गत घोर कामुकता से लगाकर देश प्रेम और ईश्वर-भक्ति के ऊँचे स्तर भी सम्मिलित हैं, किन्तु इसको काम के अर्थ में ही लेना पड़ेगा। प्रेम के ऊँचे और नीचे रूप हमको जीवन में नित्य ही मिलते हैं।

मरण-वृत्ति कुछ अस्वाभाविक अवश्य लगती है। यह परोन्मुख भी होती है और आत्मोन्मुख भी। परोन्मुख वृत्ति के उदाहरण तो हमको प्रत्येक संघर्ष, कलह और सामूहिक रूप से युद्ध में मिलते हैं। आज मरण की परोन्मुख वृत्ति मानव में पशुओं से कहीं बढ़ी-चढ़ी है। मानव के बुद्धि-कौशल ने आक्रमण-वृत्ति पर जो परोन्मुख मरण-वृत्ति का ही रूप है, सान चढ़ा दी है। एटम बम और हाइड्रोजन बम भी घातक सभ्यता परोन्मुख मरण-वृत्ति अन्त में आत्मोन्मुख ही हो जाएगी, ऐसा लोगों का भय है। तप में शरीर को नाना प्रकार का क्लेश देने, आत्म-हत्या आदि में हम मरण-वृत्ति का ही खेल देखते हैं। राजपूती जौहर और सती-प्रथा में मरण-वृत्ति के समष्टिगत व्यक्तिगत रूप मिलते हैं। ये वृत्तियाँ व्यापक हैं। सृष्टि के पश्चात् प्रलय विराट की जीवन और मरण-वृत्ति के रूप हैं। इन्हीं की पुनरावृत्ति मानव-जीवन में समष्टि और व्यक्ति रूप से होती है। व्यक्ति और वातावरण में जब संघर्ष होता है तब व्यक्ति या तो वातावरण को अपने अनुकूल बना लेता है या स्वयं उसके अनुकूल बन जाता है। जब दोनों ही सम्भव नहीं होते तब व्यक्ति अपने अस्तित्व को मिटा देना चाहता है, न मर्ज रहता है और न मरीज। इस प्रकार संघर्ष मिट जाने की सम्भावना हो जाती है। घोर नैराश्य से उत्पन्न विषादोन्माद (Melancholia) में प्रायः मरण-वृत्ति जाग्रत हो उठती है। मनुष्य आत्म-हत्या पर उतारू हो जाता है। जापान में आत्म-हत्या (हेराकरी) का बहुत प्रचार रहा है, किन्तु हमारे यहाँ इसका निषेध किया गया है। 'जीवन्नरोभद्रशतानि पश्येत्।'

समन्वय

ऊपरी दृष्टि से जीवन-वृत्ति और मरण-वृत्ति एक दूसरे की प्रतीप स्वरूपा दिखाई देती हैं, परन्तु सूक्ष्म दृष्टि से मरण में भी मनुष्य अपने उच्चतर जीवन और आदर्शों की पूर्ति देखता है। आत्म-रक्षा मरण से अधिक तीव्र प्रेरणा है। इसलिए यह दोनों ही आत्म-रक्षा के ही रूप हैं। प्रेम, घृणा, सृजन और संहार का द्वन्द्व सदा चलता रहता है। इनकी समवलता (Ambivalence) जीवन में ओत-प्रोत रहती है। हम भोजन से प्रेम करते हैं। हमारे प्रेम का रूप उसका संहार होता है। हम उसका संहार करके ही उसे अपने शरीर का अंग बनाते हैं। हमारे साहसिक कार्य हिमाच्छादित उतुंग गिरिशिखरों पर आरोहण करने में, रत्नाकर की अतल तह में गोता लगाने, चन्द्रलोक के यात्रा के अर्थ अन्तरिक्ष के सन्तरण में, रण-क्षेत्र में गरम लोहे की वर्षा का सामना करने में हम जीवन-मरण की वृत्तियों का सुखद सम्मिश्रण ही देखते हैं।

इस प्रकार हम देखते हैं कि इड (Id) में, हमारी सहज वृत्तियाँ और दमित वासनाएँ रहती हैं। काम-शक्ति (Libido) भी इसी के अन्तर्भूत रहती है।

अहं

अहं (Ego) अदस् (Id) और बाह्य जगत् की वास्तविकता की बीच की चीज है। फ्रायड के अनुकूल अहं एक मानसिक संस्थान है जो अदस् के ऊपर बाह्य संसार की प्रतिक्रिया से अस्तित्व में आता है। वह इड का ही परिष्कृत रूप है; उसकी जड़ें इड में रहती हैं। उसका निचला भाग इड से पृथक नहीं होता, जहाँ इड में कोई व्यवस्था नहीं होती वहाँ अहं सुव्यवस्थापूर्ण संस्थान है। उसका वास्तविकता से सम्बन्ध रहता है। वह वास्तविकता के आलोक में अदस् में परिवर्तन लाता है और यह भी निर्णय करता है कि अदस् का कौन-सा भाग ऊपर आ सकेगा। अहं बुद्धि और व्यवहार-कौशल का प्रतिनिधित्व करता है। जहाँ अदस् में अन्धवृत्तियों की क्रीड़ा रहती है वहाँ अहं में प्रत्यक्ष (Perceptions) और बुद्धि का राज्य रहता है। यह अपने ऊपर भी शासन करता है और इड को भी शासित रखता है। उन्नयन (Sublimation) का भी कार्य इसी के माध्यम से होता है। इसी के द्वारा अवदमन कार्य होता है, यद्यपि अवदमन की प्रेरणा उच्चतर आत्मा से मिलती है। निद्रा में भी इसका अस्तित्व रहता है। यह स्वप्नों की स्मृति रखता है। इस (अहं) को भी एक त्रयी का सामना करना पड़ता है—वह त्रयी है—अदस् इड में स्थित काम-शक्ति, (Libido) बाह्य संसार और उच्चतर अहं (Super ego)। यह अहं तीनों में समन्वय करता है। जब समन्वय नहीं होता है, तभी एक प्रकार के अन्तर्द्वन्द्व की सृष्टि होती है।

हमारे हिन्दी के उपन्यासों में जैसे 'शेखर' और 'नदी के द्वीप' आदि में इड का खेल अधिक दिखाई देता है। उच्चतर आत्मा को कम स्थान मिलता है। समाज की उपेक्षा फ्रायड ने भी नहीं की है।

यद्यपि हम उच्चतर अहं की उत्पत्ति मातृरति ग्रन्थि (Oedipus complex) से नहीं मानते हैं क्योंकि हमारी समझ में वह एक व्यापक वृत्ति नहीं है तथापि उच्चतर अहं के अस्तित्व से इनकार नहीं किया जा सकता। भारतीय साहित्य और जीवन में इसका बहुत महत्त्व है। कविकुलगुरु कालिदास ने अपने अभिज्ञान शाकुन्तल में दुष्यन्त से कहलाया है–

'सताहि सन्देहपदेषु वस्तुषु प्रमाणमन्तःकरणवृत्तयः।' अर्थात् सन्देह स्थलों में अन्तःकरण की प्रवृत्ति ही प्रमाण होती है।

चेतना और अहं स्तरों का सम्बन्ध

अब यह प्रश्न उठता है कि चेतना के स्तरों का अहं के स्तरों से क्या सम्बन्ध है? इनका समीकरण तो होना कठिन है, किन्तु मोटे तौर से कहा जा सकता है कि इड (Id) का सम्बन्ध अचेतन मन वा निर्ज्ञान से है। अहं का सम्बन्ध सचेतन (Conscious) और चेतनोन्मुख (Preconscious) से है, किन्तु अहं अचेतन से निर्लिप्त नहीं है। इतना ही कहा जा सकता है कि सचेतन और चेतनोन्मुख का सम्बन्ध अहं से है, अदस् (Id) से नहीं है। उच्चतर आत्मा में इड की-सी अचेतन शक्ति रहती है। इस सम्बन्ध में उसका इड से अधिक सम्बन्ध है। उच्चतर आत्मा में भी बुद्धि का तर्कप्रधान व्यापार नहीं रहता। यद्यपि इसका व्यापार अधिकतर अचेतन स्तर से होता है तथापि अहं के चेतन से यह सम्पर्कित रहता है। अहं के साथ इसका प्रायः सहयोग रहता है। अहं ही इसके और इड के बीच की मध्यस्थता करता है।

मौलिक सिद्धान्त

फ्रायड ने मानसिक जीवन के कुछ मौलिक सिद्धान्त (Fundamental principles) माने हैं। यह वैसे तो चार हैं, किन्तु इनको भी त्रयात्मक रूप दिया जा सकता। ये हैं–

प्रेय सिद्धान्त (Pleasure Principle)

इस सिद्धान्त के अनुसार हमारा मानसिक जीवन हमारे सुख-दुःख के भावनात्मक सिद्धान्त से नियन्त्रित रहता है। अर्थात् मन यह चाहता रहता है कि मन को भीतर से और बाहर से सुख मिले। यह हमारे अचेतन मन की पहली माँग है। सुख की प्रारम्भिक परिभाषा करते हुए फ्रायड निवारण सिद्धान्त के निकट आ जाते

हैं, किन्तु पीछे से उन्होंने इनमें अन्तर किया है। सुख की प्रारम्भिक परिभाषा फ्रायड ने मानसिक खिंचाव या तनाव (Psychic Sension) के शब्दों में देते हुए कहा है कि जिन बातों से मानसिक उत्तेजना कम होती है अथवा एक-सी बनी रहती है वे सुखमय हैं और जिनसे मानसिक उत्तेजना बढ़ती है वे दुःखमय हैं। पीछे से उसने सुख और दुःख की इस धारणा को छोड़ दिया। उसने आगे चलकर यह माना है कि मानसिक खिंचाव या तनाव (Tension) में भी सुख हो सकता है।

वास्तविकता का सिद्धान्त (Reality principle)

इस सिद्धान्त के अनुकूल उसने माना है कि प्रेय सिद्धान्त ही सब कुछ नहीं है उसे संसार की वास्तविकता से ईषत् परिवर्तित होना पड़ता है। व्यक्ति की वातावरण के साथ अनुकूलता प्राप्त करने की आवश्यकता ने इस सिद्धान्त को जन्म दिया है। यह प्रेय सिद्धान्त का नितान्त बहिष्कार तो नहीं करता, किन्तु उसके वास्तविकता के साथ अनुकूलता प्राप्त करने के लिए उसको कुछ काल के लिए उठा रखने या विलम्बित कर देने पर बल देता है। कठोपनिषद् में तो प्रेय और श्रेय को एक दूसरे का विरोधी-सा बतलाया गया है। उसमें कहा गया है कि धीर लोग प्रेय की अपेक्षा श्रेय को महत्त्व देते हैं और मूढ़ लोग अपने योग क्षेम के अर्थ प्रेय का वरण करते हैं। फ्रायड के अनुसार भी प्रेय को वास्तविकता के आगे सर झुकाना पड़ता है किन्तु वह अन्तिम लक्ष्य में प्रेय की पूर्णतः प्राप्ति के लिए होता है। मनुष्य यदि प्रेय में ही रहे और वास्तविकता से नियन्त्रित न हो तो अव्यावहारिक हो जाय।

निर्वाण सिद्धान्त

इस सिद्धान्त के अनुसार मन मानसिक तनाव को न्यूनातिन्यून करना चाहता है। इसका ध्येय रहता है उत्तेजनाओं के चढ़ाव को नीचे ले आना। पहले तो सुख का भी फ्रायड ने यही रूप माना था पीछे फ्रायड ने प्रेय और सिद्धान्तों को पृथक् कर दिया।

पुनरावृत्ति की आवश्यकता का सिद्धान्त

इसको अंग्रेजी में (Repetition Compulsion principle) कहते हैं। इस सिद्धान्त के अनुसार मन अपने पूर्वानुभवों को विशेषकर उनको जिन्होंने उसके ऊपर गहरा प्रभाव डाला है, दुहराना चाहता है। वह उस जीवन की दूसरे वातावरण में पुनरावृत्ति चाहता है। स्वप्नों में उस जीवन की पुराने ही वातावरण में पुनरावृत्ति हो जाती है। फ्रायड ने इस सिद्धान्त को भी प्रेय सिद्धान्त से पृथक् माना है। उसका कहना है कि हम ऐसे अनुभवों की भी पुनरावृत्ति चाहते हैं जिनका प्रेम से कोई सम्बन्ध नहीं। अभिनय-कला, स्वप्न, मन की पुनरावृत्यात्मक कल्पना (Reproductive Imagination) आदि बातें इसी प्रवृत्ति की पुष्टि करती हैं।

तत्त्व-विवेचना

इस सब विवेचना के पश्चात् यह प्रश्न उठता है कि अहं और उच्चतर अहं वास्तव में हैं क्या? आजकल का मनोविज्ञान यद्यपि साइकोलोजी अर्थात् साइक या जीव का विज्ञान कहलाता है तथापि मन और अहं को कोई आध्यात्मिक वस्तु या सत्ता नहीं मानता। मनोविज्ञान में (Psyche) जीवात्मा का तो लोप हो गया, किन्तु जैसे मरे हुए दुकानदार के नाम से दुकान चलती रहती है वैसे ही Psyche के नाम से Psychology शब्द चलन में आ रहा है।

मन की वृत्तियाँ भी कोई स्थायी सत्ता के रूप में नहीं मानी जातीं। आखिर में वृत्तियाँ किसकी हैं? इस सम्बन्ध में आधुनिक मनोविज्ञान मौन है। जिस प्रकार आजकल भौतिक पदार्थ भी स्थिर और जड़ नहीं समझे जाते और वे शक्ति के ही रूप में माने जाते हैं उसी प्रकार मन की स्थिति प्रवृत्तिमय और गत्यात्मक (Dynamic) मानी जाती है। सारा जगत् क्रियाओं, संवेदनों और स्पन्दनों का संघात बन गया है। इनका अन्तिम तत्त्व क्या है? इसके सम्बन्ध में अन्य विद्वानों की भाँति मनोविज्ञान भी इस प्रश्न को अपने क्षेत्र के बाहर का समझता है। साधारण मनोविज्ञान की अपेक्षा मनोविश्लेषण कुछ गहराई में अवश्य गया है, किन्तु यह नहीं कहा जा सकता कि अन्तिम तह आ गयी है। अन्तिम तह बहुत दूर है, 'हिनोज दिल्ली दूर अॅस्त' की बात यहाँ भी लागू होती है। विज्ञान के अनुसन्धान के लिए अभी विस्तृत क्षेत्र पड़ा हुआ है। हमारे भारतीय मनोवेत्ताओं को अध्ययन के साथ अनुसन्धान की भो आवश्यकता है। इसके लिए अवकाश और एक ध्येयता अपेक्षित है। अन्य विज्ञानों की भाँति इस क्षेत्र में भी भारतीय लोग अपनी मौलिकता का परिचय दे सकते हैं। किन्तु गहरे पैठ की आवश्यकता है–'जिन खोजा तिन पाइयाँ गहरे पानी पैठ।'

15

स्प्रिच्युअलिज़्म

(मरणोत्तर जीवन)

भौतिकवाद की अपर्याप्तता

तार्किक (यूरोप के लॉजीसियंस) यह कहते कभी थकते नहीं कि मनुष्य मर्त्य है, उधर धार्मिक मनुष्य हमें विश्वास दिलाते हैं कि आत्मा (Soul) कभी मरता नहीं। 'नैनं छिन्दति शस्त्राणि नैनं दहति पावकः' शस्त्र आत्मा को नहीं वेध सकते, न अग्नि उसे जला सकती है—ऐसा भगवद्‌गीता में श्रीकृष्ण भगवान् ने कहा है। मरणोत्तर जीवन (स्प्रिच्युलिज़्म) पर विचार करने के लिए, आगे बढ़ने से पूर्व, हमें आत्मा की अमरता मान ही लेनी पड़ेगी। पदार्थवाद (Materialism) और अध्यात्मवाद विषयक विवाद पर विचार करने का यहाँ अवकाश नहीं। मैं तो यहाँ केवल इतना भर कहूँगा कि स्वातन्त्र्य, स्वतः स्फूर्ति (Spontaneity) तथा नवमार्गोन्वेषण के प्रयत्न की शक्ति और जीवन में आ पड़ने वाली वास्तविक समस्याओं के हल के लिए बौद्ध उद्योग, इस जड़ पदार्थ (Dead matter) सम्बन्धी भौतिक विज्ञान के किसी भी नियम से सिद्ध नहीं किये जा सकते। सर्वोत्तम मशीन (यन्त्र) भी मानव-शिशु के उन्मुक्त कार्य-कलापों को पहुँच तक नहीं सकती। 'धूल तुम हो और फिर तुम धूल में मिल जाओगे।'[1] यह आत्मा के सम्बन्ध में नहीं कहा गया।

दो प्रश्न

दो प्रश्न उठते हैं—प्रथम मृत्यु के अनन्तर भी सत्ता रहती है, और दूसरे, हम उन आत्माओं से भी सम्बन्ध बनाये रख सकते हैं जो इस संसार को छोड़ गयी हैं।

1. बाइबिल के एक वाक्य की ओर संकेत है—'Dust thou art and to dust returnest.' यह मानव को दिया हुआ अभिशाप है।

मरणोत्तर जीवनवाद इन प्रश्नों का उत्तर स्वीकारात्मक (affirmative) देता है। इस स्वीकारोक्ति की पुष्टि करते हैं धर्म और धार्मिक प्रथाएँ। अज्ञात अतीत से किसी रूप में आत्माओं से आदान-प्रदान होता चला आया है।

भूत-प्रेत

स्वप्नों में तो आत्माओं का सम्पर्क मर्त्यलोक-वासियों से होता ही रहा है (उसमें यह नहीं कहा जा सकता कि वह वास्तविक है अथवा कल्पना का विस्तार) भौतिक रूप में भी वे कभी-कभी 'भूत' के नाम से प्रादुर्भूत हुई हैं। धार्मिक साहित्य में भूतों के लग जाने तथा 'खोर' होने के उल्लेख कम नहीं मिलते। किंवदन्तियों में भी ऐसी बातों का अभाव नहीं और हममें से कितने ही व्यक्तियों के निजी अनुभव में भी आ चुके हैं (मेरे अनुभव में तो वे नहीं आये हैं, यद्यपि कभी-कभी घोर एकाकी मन से ऊबकर मैंने भूतों का आह्वान भी किया है)। आज के मरणोत्तर जीवनवादियों ने इनको उन ग्रामवासियों की अपेक्षा जो इन्हें भूत लगना या खोर होना ही समझते हैं, अधिक वैज्ञानिक आधार दे दिया है।

मुझे स्मरण है कि जब मैं एक विद्यार्थी था, मेरे पिता जी के दफ्तर के दफ्तरी का लड़का एक चमत्कारी अँगूठी लाया करता था। उस अँगूठी के कलईदार खाँचे में तेल की एक बूँद डाली जाती थी, तब वह उसमें प्रधान आत्मा के राजसिक ऐश्वर्य के साथ आत्माओं के एक पूरे दरबार को उसमें देख सकता था। एक बार तो उसे लुकमान हकीम ने एक बड़ा नुस्खा लिखाया था। मेरी भूल यह हुई कि उन औषधियों की किसी यूनानी हकीम से सम्पुष्टि नहीं करायी।

इस सम्बन्ध में कई प्रणालियाँ प्रचलित हैं, मैं यहाँ उनमें से कुछ का वर्णन करूँगा।

मेज-निमन्त्रण

तीन मनुष्य कुर्सियों पर बैठ जाते हैं, बीच में होती है तीन पायों की एक मेज। वे निश्चिन्त होकर पूरे आराम के साथ बैठते हैं, उनके चारों ओर उस अवसर के लिए एक धार्मिक वातावरण भी बना दिया जाता है। वे अपने हाथ मेज पर फैला देते हैं और उपासना करने की अवस्था में हो जाते हैं। उन्हें अपनी बाँहों और हाथों में एक कम्पन-सा अनुभव होता है और मेज का एक पाया पृथ्वी से उठ जाता है, मेज एक ओर झुक जाती है। आत्मा के आगमन का परिचय मेज के खटकों द्वारा मिलता है। उस आत्मा के नाम का पता भी निश्चित खटके बजवाकर लगा लिया जाता है। नाम का परिचय पाने के लिए विविध प्रेतात्माओं के नाम से विभिन्न गिनती के खटके करने को कहा जाता है। आयी हुई आत्मा अपने नाम के खटके कर देती है। इन खटकों के द्वारा ही विविध प्रकार के प्रश्नों के उत्तर जान लेने का उद्योग

किया जाता है। कभी-कभी एक विशेष अर्थवाली वर्णमाला का भी सहारा ले लेते हैं। हर बार जब वर्णमाला के अक्षर बोले जाते हैं, तो ठीक अक्षर पर ही वह मेज एक खटका कर देती है। ये अक्षर लिख लिए जाते हैं और वाक्य पूरा कर लिया जाता है। मुझे इन आत्मा बुलाने वालों के धैर्य की प्रशंसा करनी पड़ती है।

प्लानचेट

प्लानचेट एक दूसरी बहु प्रचलित प्रणाली है, जो बहुत समय से काम में आ रही है। विगत शताब्दी के अन्तिम दशाब्द में भी मैंने इसका उपयोग होते देखा था। यह आभास हो जाने पर कि वहाँ आत्मा आ गयी है दो व्यक्ति प्लानचेट पर उँगलियाँ छुआते हुए बैठ जाते हैं। प्लानचेट हृदय के आकार जैसी एक हल्की पट्टिका होती है, बहुत छोटी, जिसमें दो सहज ही घूमने वाले पहिये लगे होते हैं और एक सिरे पर होती है पेंसिल। इससे वह प्लानचेट चलता हुआ कुछ शब्द और वाक्य के किटकिन्ने करने लगता है। इस लिखावट को समझ सकना सरल नहीं होता, कभी-कभी इसके विभिन्न अर्थ लगाये जाते हैं, प्रत्येक व्यक्ति अपनी मनोरुचि के अनुकूल ही इसे पढ़कर अर्थ निकालता है। हाँ, कभी अत्यन्त स्पष्ट सन्देश भी लिखे गये मिलते हैं। जिनके पढ़ने और अर्थ करने में कोई मतभेद हो ही नहीं सकता।

क्वीगो बोर्ड

एक अपेक्षाकृत अधिक यान्त्रिक साधन 'क्वीगो बोर्ड' नाम का इसलिए निर्माण किया गया है जिससे कि पढ़ने और अर्थ करने के भेद न रहें। यह एक वृत्ताकार तख्ता होता है, उस पर वर्णमाला के अक्षर तथा अंक खुदे रहते हैं। शीशे (काँच) की एक चद्दर का टुकड़ा उस पर बिछा देने से प्लानचेट को चलने में सुविधा होती है। पेंसिल अथवा कोई नुकीली वस्तु संकेत करने का काम करती है। प्लानचेट दो हाथों से चलाया जाता है, और जिस अक्षर पर भी संकेतक रुकता है वही अक्षर लिख लिया जाता है। प्लानचेट को जो चलाते हैं वे साधन (Instruments) कहलाते हैं और वह व्यक्ति जो इस कार्य का संचालन करता है 'माध्यम' कहलाता है। एक मनुष्य अक्षरों को लिखता जाता है। बहुत दिन हुए एक पुस्तक 'महान् रहस्य' (The Great Mystery) नाम की प्रकाशित हुई थी। यह पुस्तक मरणोत्तर जीवनवाद के महान् पोषक सर आर्थर केनन डॉयल द्वारा लिखायी गयी बतायी जाती है। इसकी प्रामाणिकता के लिए हमारे ही 'भारतीय शिक्षा-क्षेत्र' (Indian Educational Service) के एक सदस्य की साक्षी भी है, अतः साक्षी के मूल्य पर अविश्वास करने से पूर्व हमें एक बार सोच लेना होगा।

साधारण प्लानचेट-लेखन-प्रणाली में लिखावट पढ़ने में विविध मत हो सकते हैं, पर एक लाभ उसमें यह है कि उसके संचालनों में किसी प्रकार के छल के लिए प्रलोभन नहीं क्योंकि उन्हें यह विदित ही नहीं रहता कि लिखा क्या जा रहा है? पर क्वीगो बोर्ड में संचालकों को प्रत्येक अक्षर का पता चलता रहता है।

स्वतःचलित लेखन

तीसरी प्रणाली प्रचलित है, स्वतःलेखन की। मेज के खटकों की आरम्भिक कार्यवाही समाप्त हो जाने पर वह व्यक्ति जिसमें 'स्वतःचलित लेखन' की सहज शक्ति है पेंसिल ले लेता है और उसे लिखने की स्फूर्ति होती है। वह यह अनुभव करता है कि उसने अपने हाथ को ढीला छोड़ रखा है और कोई अन्य ही उसे परिचालित कर रहा है। उसमें उस समय द्वित्तव्यक्तित्व होता है। एक, उसका निजी व्यक्तित्व, दूसरा, उस आत्मा का जो उसे शासित करती होती है। कभी-कभी माध्यम या साधनों की कायिक चेष्टाओं में परिवर्तन हो उठता है—प्रेम से घृणा, मैत्री या सौहार्द्र से झुँझलाहट का उद्‌गार हो उठता है, कभी ऐंठी भौहों से तो कभी सिकुड़ी नाक से इन भावों के विकारों का पता चलता है। यह स्वयं मैंने देखा है। माध्यम एक प्रकार के सम्मोहन में पड़ जाता है और वह जो कुछ सुनता और देखता है उसी को अभिव्यक्त करने लग जाता है। इस सम्बन्ध में मेरा अनुभव विशेष उत्साहजनक नहीं है। मृत व्यक्तियों के जो सन्देश आये वे उनके व्यक्तित्व के अनुकूल अवश्य थे, किन्तु वे किसी ऐसे व्यक्तियों का नाम न बता सके जो उनसे उनके जीवन-काल में सम्पर्कित थे जब कि माध्यम को उनका नाम नहीं मालूम था। अन्य बातों में माध्यम की ईमानदारी का कोई प्रश्न न था क्योंकि वह स्वयं मेरी पुत्री थी।

रेमण्ड (Reymond) नाम की सर ऑलिवर लॉज की पुस्तक में माध्यम ने एक ऐसे चित्र का वर्णन किया जिसे सर ऑलिवर ने देखा नहीं था, किन्तु जब वह फोटोग्राफ आया तो माध्यम के कथन की सर्वथा पुष्टि हो गयी। यह सम्भव नहीं था कि वह फोटो माध्यम ने कभी पहले कहीं देखा होता, वह एक दूसरे देश में उतारा गया था और उस समय तक यह इंग्लैंड में आ तक नहीं पाया था। उसने कुछ ऐसे नाम भी बताये जो माध्यम को मालूम न थे। Jackson उसके मोर का नाम था। उसने अपनी कुछ प्रिय वस्तुओं का भी अता-पता बतलाया था। इसमें भी माध्यम की ईमानदारी का प्रश्न न था, किन्तु उनके अनुभव सन्तोषजनक थे।

मूर्तत्व तथा व्यक्त ध्वनि

यह प्रयोग एक अँधेरे कक्ष में किया जाता है। आत्माएँ धुँधले रूप में प्रकट होती हैं और वे पर्दे पर देखी जा सकती हैं—विशेष प्रकार के यन्त्रों से इनकी स्पष्ट ध्वनि

भी सुनी जा चुकी है। इस सम्बन्ध में यद्यपि बहुत-कुछ छल की सम्भावना बतायी गयी है, क्योंकि अन्धकार के होने से इस प्रकार के सन्देह करने का पूरा स्थान है। फिर भी इन प्रयोगों को निश्चयात्मक रूप से असिद्ध भी नहीं किया जा सकता है। जैसे औषधियों में धोखेबाजी है, किन्तु इस आधार पर सम्पूर्ण औषधि-विज्ञान को व्यर्थ और धोखा नहीं बताया जा सकता, यही इस मरणोत्तर-सत्तावाद के प्रयोगों के सम्बन्ध में हैं।

माध्यमों ने मृत आत्माओं के चित्र तक लिए हैं। हमारे एक विद्यार्थी श्री मनोरंजन मांगलिक ने बताया कि उसके चाचा ने उसकी माँ का फोटो इंग्लैंड के एक माध्यम से प्राप्त किया था, और वह सर्वथा माँ के समान था। डॉक्टर गोरखप्रसाद ने फोटोग्राफी की अपनी पुस्तक में बताया है कि छली मनुष्य किस प्रकार आत्माओं के फोटोग्राफ लेकर दिखाते हैं—पर यहाँ भी औषधियों के सम्बन्ध में कही गयी बात लागू होती है।

महामहोपाध्याय डॉक्टर लक्ष्मीदत्त जी ने एक पुस्तक में लिखा है कि एक माध्यम ने उसके मृत पुत्र का एक स्केच, उसकी प्यारी दाई को देखकर खींच दिया था।

पक्ष और विपक्ष

टेलीपैथी, संयोग, पूर्वविश्वास, दृष्टि-भ्रम के नाम लेकर मरणोत्तर सत्तावाद के अनुभवों का निराकरण वे लोग कर देते हैं जो उसमें विश्वास नहीं रखते। फिर भी इन सबके द्वारा अनेकों ऐसी बातें हैं जिनका निराकरण नहीं हो पाता। यदि सर ऑलिवर लॉज जैसे व्यक्ति की साक्षी और प्रतिष्ठा पर विश्वास किया जा सकता है तो फोटोग्राफ की घटना का कोई निराकरण नहीं। वे अपने पुत्र के प्यारे मोर की बात का उल्लेख करते हैं। जब माध्यम से जैकसन का जिक्र हुआ तो उसने पाँच शब्द कहे, उसे टिकटी पर रख दो। मोर मर चुका था और सावधानी से उसके खाल को भरा जा चुका था। वह एक लकड़ी की टिकटी पर रखा जाता था। माध्यम को इसका पहले से कुछ भी पता न था।

जहाँ तक मेरा निजी अनुभव है, आत्माओं से परीक्षात्मक प्रश्नों का उत्तर नहीं दिया जा सका है। एक बार मैंने अपनी माँ से अपने मकान के उस साथी किरायेदार का नाम पूछा जो मेरी उस लड़की के उत्पन्न होने से पूर्व हमारे साथ रहता था, इसलिए माध्यम को उसका काम ज्ञात न था। महाराज छतरपुर को एक बार बुलाकर मैंने पूछा तो वे अपने प्रिय अफसरों के नाम तक न बता सके। हो सकता है कि वह उनके स्मरणाभाव के कारण या माध्यम की अपूर्णता से हुआ हो। मृतात्माओं के जो उत्तर मुझे मिले हैं वे साधारणतः उनके अनुकूल और माध्यमों के बुद्धि-धरातल से ऊँचे रहे हैं। एक बार मैंने अपनी बहिन से उसे मृतात्मा जगत् में

से मेरे एक मित्र को ढूँढ़ लाने की प्रार्थना की; उसके मरने का समाचार मैं सुन चुका था। वे उसे मृतात्मा जगत् में नहीं मिले, अन्त में मुझे एक समाचार-पत्र द्वारा विदित हुआ कि वह अफवाह झूठी थी, वे मरे ही न थे। इससे अध्यात्मवाद पर से मेरा डिगता हुआ विश्वास पूरी तरह न हट सका।

अनुसन्धान की आवश्यकता

साधारणतः अध्यात्मवाद के विरुद्ध कोई सिद्धान्त नहीं जाता। यहाँ तक कि पुनर्जन्म का सिद्धान्त भी इसमें कोई अड़चन नहीं डालता। मृतात्माएँ इस संसार में बहुत समय बाद जन्म लेती हैं। यह सब साक्षित्व का प्रश्न है जिसे पूरी तरह बिना किसी पक्षपात के नाप-जोख लेना होगा।

इस 'वाद' के उत्साही पोषकों ने और कठोर अविश्वासियों ने इस मरणोत्तर सत्तावाद को काफी क्षति पहुँचायी है। उत्साही पोषक तो किसी भी बात को परखने के लिए रुकना ही नहीं चाहते। किसी भी क्षुद्र से क्षुद्र साक्ष्य को लेकर वे दौड़ पड़ते हैं और उसे वेद-वाक्य की भाँति महत्त्व दे डालते हैं। उन्होंने आध्यात्मिक जगत् में भी अपने लड़ैते विश्वासों को स्थान दे दिया है और उसे जैसे इस पृथ्वी का ही एक प्रतिरूप बना डाला है। जहाँ न्यायाधीश हैं, कचहरियाँ हैं, गवाह हैं, खेल के मैदान हैं, सहायक, अध्यापक, प्रोफेसर (हमें परलोक से भयभीत होने की आवश्यकता नहीं) संवादप्रेषक संस्थाएँ हैं। उधर अविश्वासी किसी भी साक्षी पर ध्यान देने को प्रस्तुत नहीं। छल की एक बात ही उनके मन को फेर देने के लिए बहुत है। सच्चे वैज्ञानिक को अपना मन खुला रखना चाहिए। मैं तो अपने अनुभव से यही परामर्श दे सकता हूँ कि यद्यपि मैं मृतात्माओं से बात-चीत हो सकने की सम्भावना में पूर्णतः विश्वासी नहीं हूँ तथापि उसे प्रसिद्ध करने के लिए भी मेरे पास पर्याप्त साक्ष्य और प्रमाण नहीं हैं। शीध और अनुसन्धान से आगे विज्ञान के लिए नये क्षेत्र प्रस्तुत हो सकते हैं और किसी दिन बेतार के तार और हवाई जहाज की भाँति सिद्ध तथ्य ही रहेंगे। मरणोत्तर सत्तावाद के वैयक्तिक प्रयोगों की अपेक्षा विश्वविद्यालयों के वैज्ञानिक प्रयोगों की आवश्यकता है। इन प्रयोगों में निर्मम निष्पक्षता वांछनीय है। भाव प्रसाररम (Telepathy) के ऐसे प्रयोग अवश्य हुए हैं जिनसे टेलीपैथी की सम्भावना सिद्ध होती है। एक प्रयोगकर्ता कुछ ताश लेकर दूसरे कमरे में बैठ जाता है और वह ताशों से अंकित आकारों को बताता जाता है। दूसरे कमरे में बैठा हुआ माध्यम उनके बिना सुने आकारों को बताता है। प्रायः ठीक होते हैं। ठीक होने की जितनी प्रारम्भिक सम्भावनाएँ होती हैं कम-से-कम उनसे अधिक ठीक होती हैं। ऐसे ही वैज्ञानिक प्रयोग मरणोत्तर सत्ता और जन्मान्तर के सम्बन्ध में होने चाहिए इससे विज्ञान के क्षेत्र का विस्तार होगा और विश्वासों में दृढ़ता आएगी।

अनुक्रमणिका

Abreaction = अभिस्फोट; बंगाली में भी वही। स्मृतियों का जो एक साथ स्फोट के साथ रेचन होता है। उसे अभिस्फोट Abreaction कहते हैं।

Adjustment = संयोजन।

Aggressive instinct = आक्रमण की सहज वृत्ति; बांग्ला : आक्रमण-प्रवृत्ति।

Anatomy = शरीर रचना-विज्ञान; बांग्ला : शरीर स्थान।

Ambivalene = उभयवलता; हिन्दी-बांग्ला दोनों में एक है।

Ambivalance denotes contradictory emotional attitudes towards the same object either arising alternately or existing side by side without either one interfering necessarily or inhibiting the expression of another.

उभयवलता एक ही व्यक्ति के प्रति परस्पर व्याघातात्मक मनोवेग सम्बन्धी मानसिक स्थितियों का द्योतन करती है। ये स्थितियाँ चाहे एक दूसरे के पश्चात् आवें चाहे साथ रहें। इनमें से कोई भी आवश्यक रूप से एक दूसरे के अस्तित्व में बाधक नहीं होती हैं।

Attention = अवधान; बांग्ला : मनोयोग।

Auto-erotic = स्वयोनिज रतिशील बांग्ला; स्वतःकामी।

Castration fear = इन्द्रियभंगभय; बच्चे की दुःशीलता देखकर प्रायः माँ-बाप बच्चे की इन्द्रिय काट लेने की धमकी देते हैं। उस धमकी को वास्तविक समझ बालक के मन में उसके भंग हो जाने की आशंका बैठ जाती है।

Cathexis = प्रस्थापन। यह शब्द भौतिक विज्ञान (Physics) से मनोविश्लेषण शास्त्र में आया है। इसका प्रयोग काम-शक्ति के अहं अथवा बाह्य वस्तुओं की ओर लगाने के सम्बन्ध में होता है।

Catharsis = रेचन; बांग्ला ; विरेचन इस शब्द का प्रयोग स्वच्छन्द सम्बन्ध शृंखला (Free association) द्वारा दमित वासनाओं और स्मृतियों के निकास के सम्बन्ध में होता है।

Censor = औचित्य-दर्शक; बांग्लाः प्रहरी।

Complex = ग्रन्थि; बांग्ला : गूढ़ैषा।

Condensation = घनीकरण; बांग्ला : संक्षेपण; स्वप्न में प्रायः होता है। गालियाँ भी कुछ अंश छोड़कर प्रायः आधी दी जाती हैं। इसी को घनीकरण या संक्षेपण कहते हैं। स्वप्न के सम्बन्ध में देखिए पृष्ठ 52।

Conscience = अन्तरात्मा।

Daydream = दिवा-स्वप्न; बांग्ला : जागरण-स्वप्न।

Disassociated = संगमुक्त; बांग्ला : विषंग।

Diplaument = अभिक्रान्ति।

Distortion = विकृति; बांग्ला में भी वही है। स्वप्न में अव्यक्त सामग्री जो हमारी भीतरी इच्छा होती है दूसरा रूप रखकर आती है। जैसे महत्त्वाकांक्षा सीढ़ी का रूप रख कर आती है। यही रूपान्तर होना विकृति कहलाता है। इस विकृति का कारण स्वप्न-क्रिया (Dream work) कहलाता है।

Dynamic = गत्यात्मक; हिन्दी-बांग्ला दोनों में एक-सा है।

Ego = अहं; बांग्ला में भी वही।

Super Ego = उच्चतर अहं; बांग्ला : अधिशास्ता।

Emotion = मनोवेग; बांग्ला : प्रक्षोभ।

Emotional blockade = मनोवेगावरोध; बांग्ला : प्रक्षोभावरोध।

Eros = 'काम :, शृंग शृंग : मनमथो भेदः, साहित्यदर्पण।

Erotogenic Zones = कामस्थान; बांग्ला : कामस्थान जंघा, ओष्ठ, जननेन्द्रिय आदि विशेष कामस्थान माने जाते हैं।

Escapism = पलायनवाद।

Exhibitionism = प्रदर्शनवाद; इसका प्रारम्भ जननेन्द्रियों के प्रदर्शन से होता है। यह उसका पूर्व रूप है। यह जीवन के प्रत्येक क्षेत्र में लागू रहता है। वैभव प्रदर्शन से लगाकर धार्मिकता-प्रदर्शन और पांडित्य-प्रदर्शन इसके भव्य और समाजानुमोदित रूप हैं। प्रदर्शन का अध्याय पढ़िए।

External stimulous = बाह्य उत्तेजक। बांग्ला में बाह्य उद्दीपक कहते हैं।

Extravert = बहिर्मुखी।

Fixation = स्थिरीकरण; बांग्ला : सम्बन्ध। काम-शक्ति का किसी के प्रति कुछ काल के लिए स्थिर हो जाना।

Forgetting = विस्मृति।

Frustration = कुंठा।

Free association = स्वच्छन्द सम्बन्ध शृंखला; बांग्ला : अबाध भावानुषंग।

1. Fundamental Principles = मौलिक सिद्धान्त।

2. Pleasure Principle

प्रेम-सिद्धान्त।

3. Reality Principle = वास्तविकता का सिद्धान्त।

4. Nirvana Principle = निर्वाण सिद्धान्त।

Genitals = प्रजननेन्द्रिय; बांग्ला : उपस्थ।

Hallucination = निराधार प्रत्यक्ष : बांग्ला : अमूल प्रत्यक्ष।

Illusion = भ्रामक प्रत्यक्ष, दृष्टि भ्रम।

Hetrosexual = विषम रतिवान; बांग्ला : इतर रति।

Homosexual = समलिंगी रति।

Hypnosis = सम्मोहनजन्य निद्रा; बांग्ला : संवेदन।

Hypnotism = सम्मोहन विद्या।

Hysteria = हिस्टीरिया; बांग्ला में भी वही। कुछ लोग इसे मूर्च्छा रोग भी कहते हैं।

Id = तद्, बांग्ला : अदस्। इस सम्बन्ध में पृष्ठ 14 और त्रयात्मक मानसिक जीवन का अध्याय पढ़िए।

Imagination = कल्पना।

Imago = मानस चित्र, छाया, विशेषकर अचेतनगत माता से सम्बन्धित मानस चित्र।

Inhibition = वर्जन।

Inferiority Compex = हीनता -ग्रन्थि; बांग्ला : हीनता-भाव। Inferiority sense के लिए ठीक होता है। पृष्ठ 17, मानसिक ग्रन्थियों और हीनता ग्रन्थि वाला अध्याय पढ़िए।

Incest = वर्ज्याचार या वर्ज्य रति; बांग्ला : अजाचार।

Insight = गूढ़ दृष्टि; बांग्ला : परिज्ञान

Instinct = सहज वृत्ति; बांग्लाः सहज प्रवृत्ति।

वृत्ति में मानसिक पक्ष पर बल है, प्रवृत्ति में क्रियात्मक पक्ष पर। मैंने भी कहीं-कहीं सहज प्रवृत्ति का प्रयोग किया है।

Instinctual Energy = हिन्दी और बांग्ला : साहसिक शक्ति।

Integration = एकीकरण; बांग्ला : सम्पूर्ण।

Internal Conflict = अन्तर्द्वन्द्व, आन्तरिक संघर्ष।

आन्तरिक संघर्ष शीर्षक अध्याय पढ़िए।

Internal stimulous = आन्तरिक उत्तेजक; बांग्ला में Stimulous के लिए उद्दीपक शब्द आता है।

Internal Sensations = आन्तरिक संवेदनाएँ।

Introjection = अन्तः प्रक्षेपण; बांग्ला : अन्तःक्षेपण।

Introvert = अन्तर्मुखी।

Libido = कामशक्ति; बांग्ला में भी वही। त्रयात्मक मानसिक जीवन शीर्षक अध्याय पढ़िए।

Melancholia = विषादोन्माद; बांग्ला : विषाद वायु।

Manifest Content = व्यक्त सामग्री; बांग्ला : व्यक्त अंश। स्वप्न में जो ऊपरी तौर से दिखाई देता है। जैसे मेरे एक स्वप्न की व्याख्या में पृष्ठ 57 पर शुक्ल जी के स्मारक में भोंपू पीछे लगे होने की बात अथवा उस स्मारक को

खीर और मक्खन अर्पण करना। भोंपू का पीछे होना इस बात का द्योतक है कि आचार्य शुक्ल जी ने पुराने कवियों का गुणगान किया है। खीर और मक्खन मेरी आलोचना की खीर की-सी मधुर और मक्खन की-सी सार रूप प्रकृति की द्योतक है। इसको परिभाषिक शब्दावली में Latent content अर्थात् अव्यक्त तथ्य कहते हैं। बांग्ला में अव्यक्त अंश का प्रयोग होता है।

Mascochism = कामजन्य आत्मपीड़न।

Masterbation = हस्तमैथुन; बांग्ला में पाणिमेहन। पाणिमेहन अधिक वैज्ञानिक है, किन्तु हिन्दी में कम समझा जाएगा। मैथुन शब्द मिथुन से बना है जिसका अर्थ दो होता है किन्तु अर्थ-विस्तार से यह ठीक हो सकता है।

Mucus Membrane = श्लैष्मिक झिल्ली; बांग्ला में श्लेष्मा झिल्ली।

Narcissism = स्वरति; बांग्ला : स्वकाम।

Primary Narcism = प्राथमिक स्वरति।

Secondary Narcism = गौण स्वरति।

पृष्ठ 38 और त्रयात्मक मानसिक जीवन शीर्षक अध्याय पढ़िए।

Neurosis = स्नायुविकता; बांग्ला : उद्घायु स्नायुविक विकृति अच्छा रहेगा।

Neurotic = स्नायुविक विकृति सम्बन्धी; बांग्ला : उद्घायुजनित।

Oedipus Complex = मातृरति ग्रन्थि; बांग्ला : ईडीपस गूढ़ैषा।

देखिए पृष्ठ 24 और मानसिक ग्रन्थियों वाला अध्याय।

Oral = मौखिक; बांग्ला : में भी वही

Organic matter = सावयव दृव्य, सजीव पदार्थ।

Inorganic Matter = निरयभव दृव्य, निर्जीव पदार्थ

Perception = प्रत्यक्ष।

Sensation = संवेदन।

Personality = स्वरूपता; बांग्ला : अस्मिता।

Physiology = शरीर क्रिया-विज्ञान; बांग्ला : शरीर तत्त्व।

Positive transference = भावात्मक संक्रमण; बांग्ला : समर्थक संक्रमण। साधारणतया संक्रमण प्रेम के विषय के संक्रमण को कहते हैं। जब प्रेम एक व्यक्ति से या एक वस्तु से हटकर दूसरे व्यक्ति या वस्तु पर पहुँच जाता है तब उसका संक्रमण कहा जाता है। स्वच्छ सम्बन्ध शृंखला द्वारा चिकित्सा में ऐसा प्रायः होता है कि रोगी का अवदमित प्रेम अपने पूर्वकालिक प्रेमी से हटकर स्वयं चिकित्सक पर केन्द्रस्थ हो जाता है। फ्रायड के गुरु बूयर के साथ ऐसा ही हुआ था। देखिए पृष्ठ 12।

Negative Transference = अभावात्मक संक्रमण; बांग्ला :

अनर्थक-संक्रमण। प्रेम पात्र के प्रति प्रेम के साथ घृणा के भाव जाग्रत हो जाते हैं, विशेषकर जब उससे अभीष्ट सिद्धि नहीं होती। जहाँ पर इस घृणा का संक्रमण होता है वहाँ अभावात्मक या अनर्थक संक्रमण होता है।

Projection = बाह्य प्रक्षेपण।

Post hypnotic Suggestion = निद्रापश्चात्: संकेतन; बांग्ला : निद्राकारक अभिभावन।

Polarity = ध्रुवीयता, ध्रुवत्निकता, द्वन्द्व-भाव, सुख-दुःख, सक्रियता निष्क्रियता, जीवन-मरण, प्रेम घृणा।

Qualitative = गुणात्मक।

Qualitative difference = गुणात्मक भेद।

Qualitatively = गुणभेद से।

Quantitative = परिमाणात्मक।

Rationalization = युक्तया रोपण; बांग्ला : युक्तयाभास। अपने दोष का दूसरों में वहिक्षेपण (Projection) किया जाता है, जैसे 'नाच न जाने आँगन टेढ़ा' में वह अपने अयोग्य व्यवहार को युक्ति संगत बनाने को किया जाता है। यह वास्तविक युक्ति नहीं होती, युक्ति का आरोप या आभास दिखावा होता है।

Reinstatement = पुनः प्रतिष्ठान।

Regression = प्रत्यावर्त्तन।

Repression = दमन; बांग्ला : अवदमन।

Resistance = प्रतिरोध, विरोध।

Rythm = लय।

Sadism = कामजन्य प्रियपीड़न।

Secondary elaboration = गौण विस्तार; बांग्ला में भी वही। इस शब्द का प्रयोग स्वप्न के सम्बन्ध में होता है। स्वप्न को हम जैसा का तैसा नहीं कहते। उसमें तारतम्य लाने को कुछ जोड़-तोड़ कर देते हैं। इसी को गौण विस्तार कहते हैं।

Sex life = यौन जीवन।

Sublimation = उन्नयन; बांग्ला : उद्‌गति।

Suggestion = संकेतन; बांग्ला : अभिभावन।

Symbolism = प्रतीकवाद।

Telepathy = दूर संवेदन।

Tension = मानसिक खिंचाव

The will to power = प्रभुत्व कामना।

Tradition = परम्परा; बांग्ला : ऐतिह्य। ऐतिह्य एक प्रमाण होता है जिसमें परम्परा को महत्त्व दिया जाता है। परम्परा अधिक बोधगम्य और जन-भाषा के निकट है।

Transformation = रूपान्तरीकरण।

Unconscious = अचेतन; बांग्ला : निर्ज्ञान। Conscious = सचेतन; बांग्ला : संज्ञान Preconscious = चेतनोन्मुख; बांग्ला : आसंज्ञान।

Via Regia = राजपथ।

Visual imagery = चाक्षुस मानसचित्र, बांग्ला : दर्शन-प्रतिरूप।

Voycurism = दर्शन कामीपन, या दर्शन कामना। गुप्त अंगों को देखने की इच्छा।

❑❑